당신 개는 살쪘어요!

반려동물 기르기의 윤리학

당신 개는 살쪘어요!

제시카 피어스 Jessica Pierce 지음
조은경 옮김

황소걸음
Slow & Steady

일러두기

1. 이 책에서는 인간을 '소유자'나 '주인'으로, 동물은 '애완동물'로 지칭했습니다. 이는 현재 반려동물을 기르는 환경에서 일반적으로 통용되는 언어입니다. 그리고 이 책 마지막 부분에서 이런 명칭이 왜 문제가 되는지, 좀 더 적절한 용어는 무엇인지 논의합니다.

2. 단행본과 잡지는《 》로, 논문과 신문은〈 〉로 표기했습니다.

3. 국내에 번역·출간된 단행본이나 논문은 번역 제목에 원제를 병기하고, 출간되지 않은 단행본이나 논문은 원제에 번역 제목을 병기했습니다.

4. 지은이 주는 미주[1]로, 옮긴이 주는 각주[*]로 처리했습니다.

약어 목록

AAFCO	미국사료관리협회	American Association of Feed Control Officials
AAHA	미국동물병원연합	American Animal Hospital Association
ASPCA	미국동물학대방지협회	American Society for the Prevention of Cruelty of Animals
APPA	미국애완동물상품연합	American Pet Products Association
AVMA	미국수의학협회	American Veterinary Medical Association
AVSAB	미국동물행동수의학협회	American Veterinary Society of Animal Behavior
CDC	질병통제예방센터	Centers for Disease Control Prevention
CVM	수의학센터	Center for Veterinary Medicine
EWG	환경보호그룹	Environmental Working Group
FDA	미국식품의약국	Food and Drug Administration
HABRI	인간과동물의유대연구계획	Human Animal Bond Research Initiative
HSUS	미국동물애호협회	Humane Society of the United States
HTA	동물을위한치유의손길	Healing Touch for Animals
MSC	해양관리협의회	Marine Stewardship Council
NAIA	전미동물권익연맹	National Animal Interest Alliance
PETA	동물을윤리적으로대하는사람들	People for the Ethical Treatment of Animals
PIJAC	애완동물산업합동자문위원회	Pet Industry Joint Advisory Council
USDA	미국농무부	United States Department of Agriculture
WHO	세계보건기구	World Health Organization

1/

애완동물에 대해
생각하기

넘쳐나는 애완동물

"애완동물을 키우는 사람 중 90퍼센트가 자신의 털북숭이 친구를 가족으로
여긴다."

"애완동물을 키우는 미국인 가운데 3분의 2가 동물과 함께 잔다."

"우울증 연구에 따르면 항우울제보다 애완동물이 낫다."

"애완동물 열 마리 중 하나는 페이스북 페이지가 있다."

"금붕어 조지의 주인은 조지의 수술비로 수백 달러를 쓴다."

이런 상황을 살펴보면 미국 사회에서 애완동물에 대한 인식
에 변화가 일어났다는 것을 알 수 있다. 애완동물이 급격히 증
가해 우리의 집, 거리 그리고 상점으로 밀려든다. 1970년대 중
반 이후 애완동물이 급속도로 증가해, 현재 미국에는 사람보다
애완동물이 훨씬 많다. 사람은 3억 1600만 명인데, 애완동물은
4억 7000만 마리다. 애완동물이 급증한 현상은 비단 미국이나

다른 선진국에 한정되지 않는다. 가처분소득이 증가하고 도시화와 애완동물 소유에 대한 인식이나 태도가 바뀌면서 전 세계적으로 애완동물의 숫자도 폭발적으로 증가하는 추세다.

애완동물을 구매하는 방식뿐만 아니라 동물을 대하는 방법도 변했다. 실내에서 생활하는 동물의 숫자가 점점 늘어난다. 흔히 동물을 가족이라고 말한다. 동물 전용 스파, 전용 옷, 사람이 먹는 것보다 질 좋은 유기농 먹이, 동물 장례 서비스, 말기 동물 환자 전용 호스피스 서비스, 장애 동물을 위한 휠체어와 보철용 수족, 항우울제, 행동 건강 상담사, 줄기세포 치료법과 화학요법 등 애완동물은 40년 전에는 상상조차 할 수 없는 호사를 누리기도 한다. 수의사와 심리학자는 이런 현상을 '인간과 동물의 유대'가 진전한 거라 말하고, 사회 비평가는 '애완동물의 인간화'라고 일컫는다.

지구에 사는 다른 동물의 운명은 그리 밝지 않은 반면 애완동물은 어느 때보다 엄청난 행운을 누리는 듯하다. 이런 인식이 애완동물의 복지가 윤리적 측면에서 염려해야 할 문제로 제기되는 일이 드문 이유일 것이다. 사실 애완동물은 종종 응석받이가 된다. 애완동물이 포근하고 아늑한 침대를 차지하고 편안하게 지내는 동안 실험동물이나 식용동물, 동물원에 있는 동물은 사슬에 묶이거나 우리에 갇히고, 고립된 채 춥거나 더운 곳에서 어려움을 겪는다. 우리가 애완동물을 사랑하는데 왜 그런 걱정을 하느냐고 묻는 사람이 있을 것이다. 사랑으로 충분하지 않을 수 있다. 우리가 '애완동물'이라고 부르는 4억 7000만 마리에게 도덕적 관심이 필요하다. 애완동물이 겪는 어려움도 기업식 농업이나 생체 의학 연구 산업의 굴레에 갇힌 수십억 동물의 고초만큼, 어쩌면 그보다 심각한 상황일 수 있다.

번식·사육 시설 문제, 총기나 장난감처럼 거래되는 동물 도매시장, 높은 폐사율, 사체가 범람하는 동물 보호소, 주인에게 물리적 학대나 성적 착취를 당하는 동물이 경악스러울 정도로 많다. 정서적 충격을 야기하는 징벌적 훈련 방식, 전체 애완동물 소유자 가운데 최소 4분의 1이 애완동물에게 기본적인 의료 서비스를 제공하지 못하는 사실 등은 애완동물 기르기의 어두운 이면이다. 애완동물의 인간화나 인간과 유대의 진화에 대한 주장에도 수많은 애완동물이 사랑받지 못하거나 비뚤어진 사랑을 받는다. 매우 사려 깊고 책임감 강한 애완동물 소유자조차 이런 암류의 거친 도전에 맞닥뜨린다. 이는 우리가 무엇을 잘못하고, 우리의 행동이 어떤 점에서 동물에게 해가 되거나 그렇지 않은지 오직 우리의 시야로 보기 때문이다.

애완동물 기르기가 점점 인기를 얻는 이유는 우리가 이전보다 동물을 사랑하기 때문이라고 보는 사람이 많은데, 나는 이 점을 신중히 고려해볼 필요가 있다고 생각한다. 현재 우리는 애완동물 기르기라는 거대한 물결에 휩쓸려 간다. 인간과 수많은 동물이 포함된 이 물결은 가공할 만큼 파괴적인 힘이 있다.

동네 동물원

　내 경우 애완동물을 기른다는 개념은 천천히, 장시간에 걸쳐 진화를 거듭했다. 어릴 때부터 애완동물과 함께 살았지만 내 아이가 생기기 전에는 애완동물에 대해 걱정하지 않았다. 우리 집안 전통에 걸맞게 내 아이는 동물에 유독 관심이 많았고, 곧 이 동물 저 동물을 사달라고 조르기 시작했다. 나는 그 부분에 지나칠 정도로 너그러웠다. 딸아이가 초등학교에 입학할 무렵, 우리 집은 동네 동물원으로 불렸다. 동물이 많아 동네 아이들 모두 우리 집에서 놀고 싶어 했다. 덩치 순서로 나열해보면(다행히 한꺼번에 동시에 데리고 살지는 않았다) 개, 고양이, 기니피그, 쥐, 햄스터, 뱀, 도롱뇽, 표범도마뱀붙이, 타란툴라, 생쥐, 개구리, 금붕어, 소라게, 민물고기, 달랑게, 미니 개구리, 지렁이, 귀뚜라미가 있었다. 통신판매 동물 기르기 세트 중 개구리 기르기 세트 (이 세트로 올챙이 단계 이상 나간 사람은 아무도 없다), 애벌레를 나비로 키우기 세트, 산 개미가 작은 비닐 튜브에 담겨 배달되는 개미 농장, 시몽키, '트라이아스기' 긴꼬리투구새우 기르기 세트 (이 녀석의 알은 자라서 섬뜩하게 생긴 녀석이 되는데, 서로 잡아먹어 딸아이를 기겁하게 만들었다) 등도 있었다.

이웃들은 자녀가 기르던 애완동물에 싫증을 내면 일단 우리 집으로 데려왔다. 그러다 보니 기니피그와 민물고기, 쥐를 기르게 됐고, 동물 우리는 생쥐로 가득했다. 내 경험상 생쥐는 어린 아이에게 좋은 애완동물이 아니다. 생쥐는 워낙 잘 놀라고, 너무 조그맣고 빠른데다, 점프를 아주 잘한다. 우리가 기르던 생쥐 가운데 화이트 얀이라는 녀석이 있다. 어느 날 딸아이가 화이트 얀을 데리고 노는데, 녀석이 아이의 손에서 탈출해 집 안 어디론가 숨어버렸다. 그러더니 밤마다 나와 새로 산 소파 쿠션의 정중앙 네모난 천 부분만 쏠았다. 덕분에 화이트 얀은 우리 집 '애완동물'에서 '유해 동물'로 지위가 바뀌었다.

충분히 예상하겠지만 나는 그 많은 동물을 먹이고 돌보기에 여념이 없었다. 수많은 우리를 청소하고, 여기저기 널린 물그릇에 물을 채우고, 쥐에게 먹일 사료나 우리 바닥에 깔아줄 대팻밥, 얼룩 냄새 제거제, 산 귀뚜라미를 사러 애완동물 상점에 드나드느라 지쳤다. 그리고 동물의 처지를 생각할수록 점점 더 불편해졌다. 아마 내가 동물행동생물학을 연구하느라 동물의 행동을 관찰하면서 그들의 정신이 경이로울 정도로 풍성하다는데 눈떴기 때문인 듯싶다. 정확한 이유는 잘 모르겠지만 인간에 사로잡혀 사는 동물이 애처롭게 느껴졌다. 금붕어의 지적 능력에 관한 연구 결과를 읽으며, 서랍장 위에 놓인 작은 어항 안에서 원을 그리며 헤엄치기를 무한 반복하는 금붕어가 얼마나 지루할지 깨달았다. 생각할수록 민망한 사건이 있다. 딸아이와 친구 몇 명이 우리가 키우던 소라게 스파이디에게 따뜻한 물로 목욕을 시킨 적이 있다. 소라게는 따뜻한 물에 목욕하기를 좋아한다고 알려졌는데, 물이 생각보다 뜨거웠는지 스파이디는 죽고 말았다. 소라게에 대한 연구를 통해 녀석이 고통을 느끼고 기억도 한다는 것을 안 뒤, 소라게를 더 동정했다.

무시무시한 헨리에 대해 알았기 때문일 수도 있다. 어느 날 딸아이와 함께 애완동물 상점 펫스마트PetSmart에 메뚜기를 사러 갔는데, 상점 매니저가 혹시 쥐를 한 마리 더 입양할 수 있는지 조심스럽게 물었다. 애완동물 상점 우리 안에서 다른 쥐들에게 공격을 받은 헨리는 온몸이 물린 자국과 딱지로 가득했다. 털이 없는 덤보래트dumbo rat인 헨리는 상처투성이라 전혀 예쁘지 않았다. 말 그대로 보기 흉측해 다른 쥐들처럼 판매될 가능성이 희박했다. 곧 안락사 당할 처지인데, 헨리를 아끼는 매니저가 우리에게 입양을 부탁한 것이다. 나는 이런 사정을 듣고 이야기를 나누다가 애완동물 상점의 정책에 대해 알게 되었다. 우리에서 탈출한(이런 일이 상당히 빈번하다) 동물은 판매하기보다 안락사를 시켜야 한다. 우리를 빠져나간 동물이 병에 걸리지 않았다고 보장할 수 없기 때문이다. 우리는 두말 않고 헨리를 데려왔다.

죽는 동물의 숫자가 점점 늘어났기 때문일 수도 있다. 독이 없는 줄무늬 가터뱀은 몇 달 만에 죽었고, 도롱뇽은 우리 안에서 한 해 여름을 넘기고 떠났다. 앞서 말한 소라게 스파이디를 포함해 조그만 동물이 계속 죽어 나갔다. 동물 돌보기 관련 책을 열심히 읽으며 최선을 다해 돌봤지만 소용이 없었다. 아니면 76리터들이 유리 탱크에 갇혀 지내는 척박한 삶에 놀랍도록 적응해 살아가는 게코도마뱀 리지를 보며 깨달았을까? 리지에게 많이 미안했다. 리지의 먹이 귀뚜라미에게도 미안했다. 25마리 단위로 포장한 메뚜기는 클립이 든 종이 상자보다 작은 상자에 담겨 배달된다. '저렇게 작은 상자에서 어떻게 살지?'라는 생각이 절로 든다. 언젠가 리지에게 줄 귀뚜라미를 사러 펫스마트에 갔을 때, 매니저가 배달원에게서 아기 쥐로 가득 찬 식품 저장 용기를 받는 장면을 목격한 때일 수도 있다. 내 인생이 바뀌는 경험처럼 깨달았을지도 모른다. 그 아기 쥐는 모두 엄마 쥐에게서 강제로 분리됐다는 것을.

내 집에 그토록 다양한 생명체를 사로잡아 가뒀다는 간단한 사실을 깨달은 데서 원인을 찾은 것일 수도 있으리라. 철창 우리 너머나 유리 용기 안에서 나를 바라보는 수많은 눈이 의식될 때의 느낌, 몇 차례에 걸친 깨달음과 죄책감이 쌓여갔고, 결론적으로 애완동물 산업 전체가 불편해지기 시작했다.

우리는 2년 반 전에 이사했다. 그 몇 달 전 조그만 녀석 중에 성격 좋은 늙은 쥐 구구가 세상을 떠났지만, 나는 구구의 빈자리를 채우지 않았다. 기르던 애완동물을 처리하기 위해 우리 집에서 키워달라고 부탁하는 이웃과 친구의 요청을 줏대 있게 거절했다. 동물이 부담스러운 존재가 된 것은 결코 동물 탓이 아니었다. 그들의 운명이 불확실하다는 것을 알기 때문에 거절하기가 유감스럽지만, 더는 받아들일 수 없었다. 부디 오해 없기 바란다. 달라진 점이 있지만 나는 여전히 애완동물 중독자다. 지금도 우리 집에는 동물이 살고, 그들이 없는 집은 도저히 상상할 수 없다. 큰맘 먹고 수를 대폭 줄여서 고양이 한 마리와 개 두 마리, 금붕어 두 마리가 되었다.

클론다이크와 딥스는 딸아이 방에 있는 커다란 수조에 산다. 금붕어는 계속 자라기 때문에 그에 맞춰 수조를 바꿔줘야 한다. 공간이 있으면 계속 자랄 것이다. 이 순환은 언제 끝날까? 녀석들이 정말 25년 동안 살 수 있을까? 딸아이가 대학에 진학하고 독립한 뒤에도 이 금붕어를 돌볼 수 있을까? 고양이 토르는 3년 전부터 우리 가족과 함께 살았다. 토르는 한동안 길 고양이 생활을 했고, 롱몬트동물애호협회Longmont Humane Society에도 잠깐 있었다. 토르 덕분에 내가 고양이를 좋아한다는 걸 깨달았다. 나는 개도 좋아한다. 우리 집 개 마야는 포인터 믹스로 현재 열두 살이고, 지금까지 내가 만난 개 중에서 가장 온화하다.

　　　　　　　　　　　　　애완동물에 대해 생각하기

강아지 때부터 우리 가족과 함께 살며 동물원 규모가 폭발적으로 커졌다가 줄어드는 모습을 지켜봤다. 또 다른 개 벨라는 가장 늦게 들인 애완동물로, 수수께끼 같은 삼색 믹스지만 보더콜리 유전자가 단연 우세하다. 함께 산 지 2년쯤 됐다. 벨라가 한 살 무렵일 때, 동물 단속반이 상처 나고 놀란 녀석을 거리에서 발견해 보호소로 데려왔다. 벨라는 마야의 친구를 만들어줄 요량으로 보호소에 갔을 때 맨 처음 본 개다. 녀석에게는 문제가 있다. 지금 벨라는 개 침대에 앉아 머리는 묻고 엉덩이는 치켜든 자세로 나를 올려다보며 이렇게 말하는 듯하다. "주인님이 보호소에서 나를 처음 보고 우리 옆에 앉았을 때 내가 으르렁댄 일에 대해 말해요. 헤헤헤." 벨라 덕분에 지루할 틈이 없다.

애완동물은 누구인가?

개, 고양이, 토끼, 기니피그, 햄스터 등 가장 일반적인 애완동물은 가축화된 동물군에서 선발된 종이다. 이들은 선택적 진화의 압력을 받아왔고, 인간이 일정한 목표를 가지고 번식시키기도 했다. 이런 동물은 조상과 비교하면 수백수천 년에 걸쳐 유전자나 형태, 행동이 상당히 변했다. 가축화된 종은 색깔이 독특하고(예를 들어 검고 흰 털), 이빨과 뇌, 주둥이가 작아졌다. 꼬리가 말리거나 귀가 축 늘어진 종도 있다.[1] 가축화된 동물은 인간과 함께하는 것을 받아들였다는 점이 무엇보다 중요하다. '가축화된domesticated'과 '길든tame'은 동의어가 아니다. 인간이 새끼 사자를 데려와 기르며 길들이고 사회성을 갖추게 할 수 있지만, 가축화할 수는 없다.

가축화는 종종 인간이 길들여 복종하게 만든 동물을 주인이 소유하는 노예화 과정으로 묘사된다. 하지만 가축화 과정은 그보다 미묘하다. 동물은 항상 인간이 조종하는 대로 움직이지는 않는다. 진화의 궤적을 형성하는 데 적극적으로 참여하는 동물도 있다.[2] 개나 고양이 같은 몇몇 반려동물의 가축화 과정은 인간과 동물이 서로 익숙해지는 과정이었다. 우리 인간도 동물에게 길들여졌다. 가축화된 개별 종이 어떻게 인간과 가까운 관계를 맺었는지에 대한 구체적인 설은 제각각이다. 고고학적·유전자적 증거도 모순되며, 많은 경우 인간-동물 진화에 통일된 그림을 그리지 못한다.[3]

최근에 나온 가설에 따르면, 초기 인간이 시도한 가축화는 기본적으로 길들이기 작업에 초점을 맞췄다. 동물의 외모가 달라지는 물리적 변화는 부차적이다. 진화된 특징인 길들여짐은 투쟁-도피 반응을 관장하는 부신과 교감신경계의 변화로 나타난다. 그런데 투쟁-도피 반응 발달이 늦춰지거나 제대로 기능하지 않는 동물이 있다. 이런 동물은 사회화의 창이 열려 있는 시간이 길다. 즉 투쟁-도피 반응이 완전하게 작동하지 않는 이 기간 동안 인간은 동물에게 다가가 상호작용을 할 수 있다. 이런 동물은 부신과 교감신경계가 발달할 때쯤이면 인간에게 익숙해지고 상당히 길들여진다. 또 부신과 신경조직 일부를 형성하는 신경관 세포는 색소와 두개골, 이빨, 귀의 발달을 결정한다. 진화에서 이렇게 투쟁-도피 반응에 변이가 생긴 동물이 계

속 선택된다면, 그 종은 점점 더 길들여지고 외모에도 특별한 변화가 나타날 것이다.[4]

물론 이것은 한 가지 가능성일 뿐이다. 가축화 과정에서 정확히 어떤 유전자 변형이 나타났으며, 그것이 동물에게 어떤 반향을 일으킬지 규명하는 연구는 계속될 것이다. 가축화가 왜, 어떻게 일어나는지에 대한 과학적 논쟁은 순전히 학문적으로 보이지만, 여러 측면과 관련이 있다. 이런 연구로 어떤 동물이 우리 친구가 되는지 이해하는 데 도움 받을 수 있다. 늑대의 행동에 근거해서 개를 훈련하는 것처럼 애완동물과 주인에게 종종 실질적인 영향을 미치기도 한다.

개나 고양이와 같이 가축화된 동물이 우리에게 가장 친근한 애완동물이지만, 인간이 애완용으로 기르는 동물은 가축화된 종에 그치지 않는다. 야생동물도 애완용으로 기르는데 그중에는 표범도마뱀붙이와 볼파이슨도 있고, 거북이나 푸른 마코앵무새, 원숭이 등도 있다. 뿐만 아니라 포유류, 파충류, 양서류, 새, 물고기 심지어 벌레까지 키운다. 자신이 아는 가장 기묘한 동물에게 끌리는 사람이 있다. 그러고 보면 인간의 상상력은 우리가 원하고 기르고자 하는 애완동물의 종류를 제한하는 유일한 요소다. 일단 원하는 동물을 상상하면 그것을 당신에게 팔려는 사람을 찾기는 그다지 어렵지 않다.

우리는 움직이는 것은 거의 다 애완동물로 삼는다. 움직이지 않는다 해도 애완동물로 들이는 데 문제 없지만, 기르기에 적합하다고 일컫는 동물이 있다. 이는 물론 우리가 내리는 '애완동물'의 정의에 따라 달라진다. 애완동물을 어떤 물건 혹은 관심과 즐거움의 원천으로 보고 순전히 일방적인 관계를 맺는다면, 특이하고 다를수록 좋을 것이다. 하지만 애완동물 기르기를 의미 있는 우정을 쌓아가는 과정이나 동물과 유대감 조성(전반적인 동물의 관점이 우리에게 중요하다면)으로 본다면, 행동과 인지 면에서 인간과 가장 흡사한 가축화된 종이나 인간과 함께 진화해온 개와 같은 종이 아마 최고의 애완동물이 될 것이다.

004

왜 애완동물인가?

때때로 나는 이 작은 동물, 눈이 매서운 이들을 왜 보호해야 하는지 자문한다.

존 실켄Jon Silken, 《Caring for Animals동물을 돌본다는 것》

인간이 동물에게 어떤 식으로 사회적 애착을 느끼는지는 잘 알려졌다. 하지만 애완동물에 매료되는 이유는 여전히 수수께끼다. 우리는 알 수 없고 신비로운 그 무엇 때문에 저녁 식사보다 좋은 게 애완동물이라며 특정 동물의 이름을 외친다. 거의 모든 어린아이가 선천적으로 동물에게 호기심과 관심을 보인다. 동물은 의심할 여지없이 어린아이를 잡아당기는 자석과 같은 힘이 있다.[1] 인간이 애완동물을 기르는 방식을 연구하는 제임스 서펠James Serpell은 애완동물 기르기는 역사적 내력이 길고, 모든 문화에서 지속적이며 전 지구적으로 발견되지는 않지만 확실

히 인간의 보편성에 가깝다고 주장한다.[2]

조금 더 자란 어린이와 어른이 동물(특히 애완동물)과 사회적 관계를 맺는 방식은 특정 문화에서 그리고 문화 사이에서 다양하게 존재한다. 동물을 사랑하는 사람이 있지만, 공포를 느끼거나 혐오하는 이도 있다. 개는 좋아하는데 고양이는 싫어하는 사람이 있고, 뱀이나 도마뱀을 사랑하는 사람이 있는 반면에 소름 끼치게 싫어하는 사람도 있다. 이토록 다양한 동물에 대한 감정 가운데 어떤 부분은 분명 문화와 관련된다. 미국에서는 개를 사랑하기 때문에 개를 먹는다는 생각을 혐오한다. 하지만 다른 문화에서는 우리가 농장에서 돼지를 기르듯 개를 사육하고, 그릴에 구운 개고기에 칠리소스를 발라 먹을 것을 생각하며 즐거워하기도 한다. 개인적인 경험, 뜻밖의 재미를 얻은 경험도 영향을 미친다. 개를 좋아하는 사람은 통계적으로 어릴 때 집에서 개를 기른 경우가 그렇지 않은 경우보다 많다. 그리고 '애완동물' 하면 아이의 오므린 손에 담긴 작은 생쥐가 쏙 빠져나가는 모습을 떠올린다. 한 가지 정의가 나오면 그에 대응하는 예도 생각난다. 애완동물은 단독적 밀회의 대상이자, 사회적 단어라는 점이 가장 많이 떠오른다.

애완동물의 사전적 정의를 보면 '즐거움을 얻고 친교할 목적으로 가정에서 기르는 혹은 길들여진 동물로, 사람이 애정을 담아 다룬다'고 나온다. 이런 정의에 따라 애완동물은 경제적·실용적 기능과 무관한 범주의 동물이라는 주장이 지배적이었다.

그래서 애완동물은 식용동물, 실험동물, 고된 노동에 동원되는 동물이나 동물원에서 전시되는 동물과 비교할 때 도덕적 측면에서 완전히 분리된 존재로 받아들여졌다. 우리가 실용적 목적으로 기르는 동물은 물건이나 생산 단위로 받아들이고, 그에 맞춰 다룬다. 이는 우리가 이런 동물을 보호하는 문제에서 윤리적 과실을 설명할 때 도움이 될 것이다. 이와 대조적으로 애완동물은 애지중지한다. 애완동물과 인간의 관계는 친화적이다. 그들은 가족과도 같다. 단순한 '물건'이 아니고, '사람에 가까운' 위치에 있으며, 그와 비슷한 도덕적 위상을 누린다.

서펠은 이 점을 쟁점화한다. 그는 애완동물은 실용적 기능을 하지 않기 때문에 인간의 실용주의적 계산에서 면제된다고 말한다. "어떤 사회에서든 애완동물을 좋아하는 것이 지역이나 가정 경제에 기여하는 바는 거의 없다."[3] 서펠은 예증하기 위해 애완동물과 식용동물을 비교한다. 그는 베이컨이 될 운명인 돼지의 끔찍하고 단순한 삶을 길게 묘사한 뒤 다음과 같이 말한다. "이렇게 가축화된 동물 착취를 냉정하게 경제적 관점에서 보는 것은 솔직하고 단순한 태도로, 서구 사회의 대다수 사람이 이를 암묵적으로 지지한다. 인간은 고기를 먹을 권리가 있다. 농장주는 이 욕구에 부응해 가능하면 싼값에 고기를 공급할 의무가 있으므로 동물의 희생이 불가피하다." 서펠은 계속 말한다. "우리 사회에는 집에서 기르는 동물 중 완전히 다른 범주의 동물이 있다. 이 동물은 분명한 이유 없이 식용동물과 다른 처우를 받는

애완동물에 대해 생각하기

다."[4] 바로 우리가 기르는 애완동물이다. 그러나 애완동물 역시 착취의 대상에서 벗어나지 못하며, 식료품점 판매대에 진열될 운명인 돼지와 마찬가지로 경제적 계산에 따라 희생된다. 인간은 일반적으로 애완동물을 먹지 않는다. 먹히는 존재가 아닌 애완동물은 인간의 영혼을 채운다. 대다수 사람이 애완동물을 기를 인간의 권리를 암묵적으로 지지하며, 이 욕구를 충족하기 위해 애완동물 공급자가 줄을 섰다. 그 결과 동물이 필연적으로 고통을 받는다.

개인이 애완동물을 키워서 경제적 이득을 누리는 경우는 거의 없다. 애완동물 덕분에 금전적 이득을 얻기보다 오히려 부담이 되는 경우가 많다. 하지만 애완동물을 기르는 개인적 이유에 초점을 맞추면 큰 그림을 놓친다. 애완동물은 어떤 사람에게, 아니 사실상 많은 사람에게 경제적으로 막대한 이득을 준다. 이런 경제적 측면의 영향력 때문에 사람들은 습관적으로 애완동물을 기르고, 어디서나 손쉽고 싸게 동물을 구할 수 있다. 이 점이 바로 애완동물 기르기가 크게 유행한 주요 원동력이다. 애완동물 기르기를 높은 가치를 추구하는 활동으로 인식하는 사회적 조건이 만들어지는 데 한몫하는 것은 애완동물 산업이다.

이 모든 마케팅과 사회적으로 형성된 애완동물을 대하는 태도와 욕구, 쇼핑 습관의 이면에는 관계를 희망하는 욕구가 있다. 사람이 동물을 친구로 삼기 원하는 주원인은 심리적인 데 있다. 동물은 인간을 행복하게 만들며, 돌보고 사랑하고 유대를 맺고 싶어 하는 기본적인 욕구를 충족한다. 애완동물을 향한 애착에 대한 책을 쓴 특수교육학 교수 헨리 줄리어스Henri Julius 와 동료들은 말한다. "반려동물은 적절히 공감하는 파트너를 원하는 개인의 욕구를 충족할 수 있다. 사람은 돌보고 애착을 느끼면서 '사회적 비용'은 비교적 저렴한 상대를 원한다. 예를 들어 고양이나 개와는 언쟁할 일이 없고, 그들은 인간 파트너보다 덜 까다롭다." 동물과 인간의 관계는 정서적 요소를 강조하고, 인간이라면 관계를 복잡하게 만들 수 있는 인지적·문화적 요소는 대단치 않게 생각한다. 반려동물은 '한쪽으로 치우쳤다 싶을 만큼 무조건적으로' 함께하는 인간에 맞춰 적응한다. "애완동물을 선택하는 행위는 동물이 어떤 태도와 욕구를 보이는지 그 질에 따라 달라진다."[5] 사회성이 뛰어난 종은 '열린 프로그램'의 일종이기 때문에 이런 동물의 사회적 행동은 배움과 경험에 따라 만들어진다. 이들은 인간의 사회적 환경에 적응할 수 있고, 우리가 바라는 방식으로 반응하도록 교육할 수 있다. 우리는 반려동물이 적절하게 '사회화'될 수 있도록 아주 어릴 때 데려오는 것이 이상적이라고 생각한다. 사회화 과정에는 반려동물이 동물 부모보다 인간에게 각인되도록 하는 행위가 있다. 우리는 반려동물이 오직 인간과 유대를 맺기 바란다.

그래서 정서적 충족감은 상대적으로 유해하지 않은 착취라고 해도 결국 인간이 애완동물을 이용한다는 불편한 느낌이 든다. 최근 수의사 친구에게 인간과 반려동물의 관계를 어떻게 생각하

애완동물에 대해 생각하기

는지 물었는데, 그는 가볍고 경쾌한 어조로 말했다. "반려동물은 노예야. 소지품 같은 노예." 충격적이었다. 그런 선언을 태연스럽게 하는 친구의 태도 역시 언짢았다. 나중에 친구의 말이 유독 거슬린 이유가 뭔지 생각해봤는데, 그가 아픈 곳을 건드렸기 때문이다. 인간과 애완동물의 관계에서 내가 불편해하는 부분, 동물이 인간에게 봉사하기 위해 존재한다는 생각을 그가 말했기 때문이다.

지리학자 투안Yi-Fu Tuan은 1984년에 출간한 《Dominance and Affection지배와 애정》에서 애완동물을 기르게 하는 모호한 힘에 대해 탐구했다. 투안에 따르면, 어떤 생명을 애완동물로 삼아 기르는 것은 지배 행위다. 하지만 이 행위가 놀이와 즐거움의 영역에서 일어나며, 애정이라는 감정에 묻혔기 때문에 이런 병리 증상을 제대로 감지하지 못한다. 이 책은 경제적·정치적 영역에서 힘의 남용에 대해 이야기한다. 놀이 영역에서 힘의 남용에는 거의 완전한 침묵이 있을 뿐이다.

> 지배는 잔인하고 착취적인 성향이 있으며, 그 안에는 일말의 애정도 없다. 지배는 희생자를 만든다. 그런 지배와 애정이 결합되어 만들어지는 것이 애완동물이다.[6]

놀이가 가미된 지배 심리는 "어떤 사람이 돌보고 후원할 수 있는 대상에게 따뜻한 시선을 보내지만, 그러면서 우월감에 찬 상태"[7]다. 부정하고 싶지만 이 구절에 진실이 담겨 있다. 우리 집 고양이 토르를 볼 때 가끔 생각한다. '그래, 토르를 내 마음대로, 내 욕망에 따라 노예로 만들었어. 영리하고 감정적으로 섬세하며 따뜻한 피가 도는 생명과 함께하는 즐거움을 누리고 싶다는 욕망에 따른 셈이지.' 토르는 '내 고양이'가 되기 전에 동물애호협회의 재산이었다. 나는 토르를 입양했고(엄밀히 말하면 80달러를 지불하고 샀다), 이제 토르는 내 소유다. 집에 친구를 둔다는 것, 토르를 돌본다는 데서 나는 편안하고 따스한 느낌을 받는다. 나는 토르가 우리 집에 살면서 행복할 거라고 생각하지만, 사실 토르는 다른 선택지가 없었다.

우리가 애완동물과 맺는 관계에 지배 개념이 있지만, 그게 전부는 아니다. 동물과 매우 가까이 유대를 맺어본 사람이라면 누구나 동물은 단순한 '것 혹은 물건'이 아니며, '애정'이라는 단어로 동물을 향한 모든 감정을 표현하기는 너무 단순하고 부족하다는 것을 안다. 토르에 대한 내 감정, (내가 생각할 때) 나에 대한 토르의 감정은 애정보다 훨씬 깊다. 인간과 동물의 관계가 때때로 균형이나 (감히 말하건대) 평등의 지점에 접근할 때가 있다. 그곳에서 인간과 동물은 상호 선택에 따라 물리적·정서적 공간을 공유한다. 비록 토르가 활보할 공간이 우리 집과 근처 언덕 정도지만, 토르는 여기서 자기 방식으로 우리 가족과 사회적 생활을 공유한다. 문이 열렸으니 토르가 원한다면 언제든 자유롭게 갈 수 있다. 하지만 토르는 남기로 선택했다.

애완동물에 대해 생각하기

005

오염된 사랑

애정을 바탕으로 한 관계에서 애완동물이 주는 기쁨을 누리기는 쉽다. 그러나 동물을 가족으로 여기는 사람조차 동물과 함께 살아가는 일이 항상 행복하지는 않다. 스트레스나 심적 고통을 받고, 좋은 관계를 맺지 못하거나 불안감이 들고, 애완동물을 위해 최선을 다하고 싶지만 '최선'이 무엇인지 확신하지 못할 때가 있다. 인간과 애완동물의 사랑은 복잡하다.

이 책의 도입부에 해당하는 1장 '애완동물에 대해 생각하기'에서 나는 애완동물을 기르는 것이 왜 윤리적으로 풍부하고 중요한 조사의 영역이 되는지 보여주려 했다. 이 문제가 확실하게 결론이 났다면 책을 쓰기에 흥미롭고 설득력 있는 재료가 되지 못할 것이다. 당신이 생각하는 바를 표현하고 빨리 마무리하면 그뿐이다. 하지만 깊이 생각하기 시작하면 문제가 더 흥미롭게 느껴지고, 다원적이고 복잡하며 확실히 맞고 틀린 답을 낼 수 없는 단계로 발전한다. 애완동물을 기르는 행위와 관련된 윤리 문제는 이런 범주에 속한다.

애완동물을 기르는 당신을 불편하게 만드는 문제가 몇 가지 있을 것이다. 당신은 애완동물을 병원에 데려갈 경우 비용(내 애완동물의 생명은 얼마나 가치 있는가? 애완동물을 위해 월급의 몇 퍼센트를 지출하겠는가?)을 이미 고려했을 것이다. 식용동물이 받는 고통이 걱정스럽지만, 기르는 고양이의 건강을 위해서는 고기를 먹여야 한다고 생각할 수 있다. 일하는 동안 개를 혼자 둬야 하는데, 개가 외로워하고 사회적 자극을 충분히 받지 못하며 운동을 제대로 하지 못하는 점을 염려할 수도 있다. 애완동물은 행복해지기 위해 우리에게서 무엇을 얻어야 할까? 당신은 애완동물을 좋아하지만, 그들을 가둬놓고 기르는 행위에 도덕적인 문제를 제기할 수 있는가? 2장 '애완동물과 함께 살기'에서는 가정과 이웃의 사적 공간에 초점을 맞춰 이런 문제와 개인적 책임감에 대해 알아볼 것이다.

3장 '애완동물에 대해 걱정하기'는 애완동물을 기르는 개인이 고려해야 할 차원을 넘어 애완동물에 대한 집착이 주는 강력한 영향과 문제를 다룬다. 애완동물을 기를 때 생기는 포획, 감금, 무료함, 학대, 유기 같은 상황은 동물이 견디기 매우 힘들다. 게다가 애완동물 기르기와 문화적 관습이 연관된 측면은 개별 소유자와 그들의 동물 차원을 넘어, 방대한 영역에 반향을 일으킨다. 수많은 사회의식 함양 프로젝트처럼 어떤 지역에서 좋은 관습이 전 지구적 차원으로 확산될 수 있기 바란다. 여기서 '전 지구적'이란 전 세계의 모든 애완동물을 의미하지만, 나는 주로 (몇 가지 예외가 있으나) 미국의 애완동물 기르기에 초점을 맞췄다. 동물이 상품이 될 때 무슨 일이 일어나는가? 애완동물 상점 진열장 속의 동물은 어디서 올까? 남아도는 동물이나 사람이 샀지만 더는 원하지 않는 동물에게는 무슨 일이 일어날까?

결론에 해당하는 4장 '애완동물 돌보기'에서 나는 애완동물 기르기가 엄격한 윤리적 성찰과 시험을 이겨낼 수 있을지 묻고, 인간과 동물을 위해 윤리적인 애완동물 기르기는 어떤 모습이어야 하는지 알아보고자 한다.

반려동물을 윤리적인 관심사로 중요하게 다뤄야 한다는 점을 당신이 받아들이도록 설득하고 싶다. 그 이유는 다음과 같다.

- 애완동물 수백만 마리가 있고, 그 숫자는 점점 더 증가한다.
- 대다수 사람이 애완동물의 상황은 좋고, 무엇에게서 보호해야 할 필요가 없다고 생각한다. 이런 인식 아래 애완동물 복지와 관련된 염려를 간과한다.
- 애완동물 관련 산업과 애완동물 소유자 사이에 동물을 대상으로 한 잔학성이 만연해 동물이 고통 받는다.
- 동물에게 폭력을 가하는 병적 행위는 인간을 대상으로 한 폭력

과 밀접하게 연관된다.

- 동물에게 끼치는 해를 다방면으로 해결할 수 있다. 이를 통한 시너지 효과를 기대할 수 있다.

우리와 가장 많이 공감하고 교감하는 애완동물이 겪는 고통과 어려움을 인식한다면 모든 동물에 대한 염려와 관심이 증가할 것이다. 동정과 연민이 가득한 세상을 누가 반대하겠는가?

나는 이 책을 통해 당신에게 동물의 관점에서 애완동물 기르기를 생각해보라고 권하고 싶다. 물론 우리는 결코 '모든 동물의 관점'을 채택할 수 없다. 동물은 단일한 독립체가 아니다. '고양이'조차 동질적 개체가 아니다. 그렇다면 좀 더 적절한 목표를 추구할 수 있을 것이다. 우리가 데려와 애완용으로 기르는 모든 동물이 독립적이고, 반드시 생각해봐야 할 개별적 존재라는 사실을 인정하자. 우리가 다른 동물이 될 수는 없지만, 그들의 입장에서 그 세상 속으로 여행해보려고 노력할 수는 있다. 우리가 목격할 것을 좋아하지 않을까 두렵기도 하다. 하지만 무엇을 보면 그에 대해 공개적으로 이야기할 필요가 있다. 침묵도 일종의 묵인이기 때문이다. 우리의 동물 친구에게는 그들을 보호하는 우리의 목소리가 필요하다.

애완동물에 대해 생각하기

2/

애완동물과
함께 살기

애완동물은 가족일까?

　'애완동물은 가족이다!' 미디어나 애완동물 관련 산업이 주문처럼 되풀이하는 표현이다. 심지어 수의학 서적에도 나온다. 가족의 일원으로 여겨지는 동물의 숫자는 실로 엄청나다. 몇몇 심리학자가 '가족 별자리family constellations'라는 표현을 쓰는데, 애완동물은 종종 가족 별자리의 한 부분을 차지한다. 나는 이런 별자리 이미지를 좋아한다. 보이지 않지만 강력한 중력의 힘에 따라 별이 모였다가 흩어지기도 하는 역동적인 체계를 암시하기 때문이다. 1980년대 샌드라 바커Sandra Barker와 랜돌프 바커Randolph Barker가 실행한 연구에 대해 알아보자. 이들은 개를 기르는 사람을 대상으로 가족 생활공간 도표를 채우게 했다. 이 설문지를 보면 가족과 개를 나타내는 상징이 어떤 사람의 '생활공간'을 의미하는 원 안에 있다. 도표에서 38퍼센트는 개가 다른 가족 구성원보다 응답자와 가깝다.[1] 가족 내 애완동물의 위치를 조사한 다른 연구 사례에서도 비슷한 응답이 나왔다. 애완동물이 중앙에 근접한 자리, 심지어 인간 가족 구성원보다 가까이 있다. 무인도에 가면 누구를 데려가겠느냐는 질문에 놀라울 정도로 많은 사람이 배우자 대신 개나 고양이를 선택했다. 이는 우리가 배우자나 자녀보다 애완동물을 사랑한다거나, 그들을 사람으로 간주한다는 의미가 아니다. 애완동물이 생활공간에 사람보다 항상 가까이 있다는 뜻이다. 나도 여기에 해당한다. 내 생활공간에서 벨라와 마야, 토르를 뺀 모습은 상상할 수 없다. 나는 집에서 일하기 때문에 많은 시간을 사무실과 학교에 있는 남편이나 딸보다 개나 고양이와 오랜 시간을 보낸다. 내 인간 가족은 독립적이다. 나와 겹치는 점도 있지만, 그들의 생활공간이 따로 있다. 하지만 동물은 그다지 독립적이지 않아서 그들의 생활공간이 내 공간에 들어온다. 그들은 모르겠지만 적어도 나는 그렇다고 생각한다.

동물의 지위는 자주 바뀐다. 민족지학적 연구를 보면 인간과 동물의 유대가 얼마나 미약하고 변변찮은지 알 수 있다. 동물의 '행동 문제'라고 인지되는 것이나 이혼, 질병, 실업, 아기의 탄생 같은 인간의 상황 변화로 동물의 존재가 불편하게 느껴질 때 인간과 동물의 유대가 긴장 상태에 들어갈 수 있다. 이 경우 동물은 가족 체계에서 간단히 쫓겨난다. 이스라엘 출신 인류학자

다프나 쉬르-베르테시Dafna Shir-Vertesh가 표현했듯이, 동물은 '탄력적인 사람' 혹은 '감정이 있는 상품'이다. 동물은 우리가 원할 때 사람이 된다. 반면 싫증이 나거나 가족 내에 긴장감을 조성하면 '단순히 개'로 격하된다.[2]

사람들은 종종 애완동물을 아이라고 부른다. '털북숭이 아기'라고 부르는 사람도 있다. 그리고 애완동물 관련 업계는 물론 심지어 병원까지 동물 주인을 '애완동물 부모'라고 부른다. 애완동물도 어린아이처럼 지속적으로 돌봐줘야 한다. 먹이고, 물을 주고, 스스로 상처 내지 않게 하고, 털을 손질해주고, 수의사 진료를 받게 하는 등 전반적으로 보호하고 돌봐줘야 한다. 특히 개는 유전적으로 아이처럼 생기고 아이처럼 행동하게 만들어져서 인간의 돌봄 본능을 자극한다.[3] 하지만 어느 시점에 도달하면 어른의 부양과 보호에서 이탈하거나 아예 거절하는 아이들과 달리 애완동물은 계속 사람에게 의지한다. 앨런 벡Alan Beck과 애런 카처Aaron Katcher는 다음과 같이 말했다.

우리가 애완동물과 가장 순수한 애정에 근거한 최선의 교류를 할 때, 이와 반대로 최악의 경우에도 동물은 여전히 아이처럼 행동한다. 그리고 우리는 애완동물을 아이로 정의함으로써 그 동물을 기르면서 파생되는 모든 이점을 누린다. 돌보고, 먹이고, 물을 주고, 보살피고, 보호하는 행동은 모두 반응을 불러일으키며, 이 모든 행동의 합은 보살피는 주체에게 자신이 필요한 존재라는 감정을 준다. 무엇을 돌보는 행위의 상호 감정과 누구에게 필요한 존재라는 느낌은 우리가 삶을 지탱하게 만든다.[4]

마이클 로빈Michael Robin과 로버트 텐 벤셀Robert ten Bensel은 애완동물은 처음 데려왔을 때 새로운 가족 구성원과 같은 역할을 한다고 주장했다.[5] 새로운 애완동물이 오면 가족은 좋은 것과 나쁜 것을 포함해 다양한 변화를 경험한다. 애완동물을 집에 들이면 가족이 함께하는 시간이 늘어, 사이가 가까워진다. 하지만 역기능이 생기기도 한다. 애완동물을 돌보는 책임에 대한 의견이 다른 때를 예로 들 수 있다. 개가 남편이 아내에게 다가가지 못하게 하는 경우, 그리고 아내가 그런 상황을 좋아한다면 안 그래도 어려운 가족 관계의 역학이 더 나빠질 수 있다. 동물이 경쟁 상대가 되는 셈이다. 신문의 상담 칼럼 '디어 애비Dear Abby'에 온 편지를 예로 보자. 한 여성이 약혼자가 항상 피곤하고 바빠서 자신에게 애정을 쏟을 여력이 없다며, 정작 그는 "개와 고양이랑은 함께 뒹굴며 놀기 바쁘다"고 한탄한다.[6]

폭력이 일어나는 가정에서는 애완동물이 자녀가 유일하게 사랑하는 대상이 될 수 있고, 종종 폭력의 도구이자 희생양이 되기도 한다(030 '연결 고리' 참고). 부모와 아이를 이어줄 다리 역할로 애완동물을 집에 들이기도 하지만, 동물이 할 일을 하지 않아 상황이 원하는 대로 풀리지 않는 경우가 있다. 그러면 부모는 애완동물을 치워버린다. 아이가 오직 애완동물과 교감하고 부모와는 관계를 단절하기도 한다. 애완동물이 부지불식간에 가족 내 역기능을 일으키는 셈이다.

가족 구성원과 애완동물의 관계는 다양하기 때문에 애완동물을 무조건 완전한 가족의 일원이라고 부르는 것은 문제를 너무 단순하게 보는 것이다. 아내는 애완동물과 깊고도 상호 의존적 관계, 어쩌면 심각한 병중 수준으로 의존하는데 남편은 동물을 매우 싫어할 수 있다. 딸은 동물을 사랑하고 유대가 매우 깊다. 애완동물이 남동생보다 자신을 좋아한다는 점으로 남매 간 경쟁에서 이겼다고 여기기도 한다. 반면 아들은 동물을 갖고 노는 대상으로 볼 수 있다.

애완동물은 가족 내 '삼각 구도'의 한 축이 되기도 한다. 가족 체계 이론에 따르면 두 사람으로 구성된 가족은 내재적으로 불안정한 면이 있고, 긴장 상태에 맞닥뜨릴 경우 세 '사람'이 삼각 구도을 형성하려 한다.[7] 애완동물이 삼각 구도의 마지막 축이 될 경우, 긴장을 해소하거나 갈등을 일으킬 수 있다. 이 구도에서 화가 날 때 배우자 대신 애완동물에게 분노를 표출하거나 화풀이하는 사람이 있다. 반대로 배우자가 아니라 애완동물에게 위로 받으려고 할 경우, 애완동물을 향한 분노와 화염에 기름을 붓는 격이다. 사람 싸움에 애완동물이 말려들기도 한다. 예를 들어 남편은 고양이에게 부드럽게 말하면서 아내와는 거리를 둔다. 부부가 배우자 대신 고양이에게 애정을 쏟기도 한다.

아내는 남편에게 직접 이야기하지 않고 고양이를 '대변인' 삼아 속내를 털어놓는다. 말하자면 이런 식이다. "플러피, 저 사람이 또 쓰레기 버리는 걸 잊었대. 믿어지니? 아무래도 너랑 나랑 이 모든 일을 해야 할 것 같아. 그치?"

좋든 싫든 애완동물은 가족의 일원이 된다. 우리는 그들과 어느 정도까지 가족으로서 상호성에 근거한 관계를 나눌까? 애완동물은 가족이라는 서사에서 애완동물이 여러 가지 일상 활동을 함께 하니 가깝다는 얘기를 자주 듣는다. 특히 개를 기르는 사람은 야외 활동을 함께 하기에 이런 말을 많이 한다. 함께 산책이나 조깅을 하고, 심부름할 때 데려가고, 휴가도 같이 간다. 그런데 어떤 의미에서 이 모든 활동을 '함께' 한다고 말할까? 사람과 개가 (산책이나 민첩성 시험 같은) 몇몇 활동을 함께 할 수 있다 해도 그 활동을 시작하고 끝내는 주체는 인간이다.[8] 예를 들어 내가 컴퓨터 앞에 앉아 일하면 벨라가 내 무릎에 공을 떨어뜨리며 함께 놀자는 신호를 무수히 보낸다. 나는 몇 번 응답해주지만 대개는 아니다. 벨라의 요구를 대부분 무시하고, 내가 하고 싶거나 준비됐을 때 개를 부추긴다. 내 머릿속에는 이런 생각이 오간다. '놀아달라는 대로 받아주면 잠재적으로 귀찮은 행동을 강화하는 꼴이 돼. 동물 행동 연구서에 나오는 대로 활동을 시작하는 주체가 나라는 사실을 벨라에게 가르쳐야 해.' 하지만 인간이 항상 주체이자 주인이 돼서 지배하고 감독한다면 동물과 어떻게 호혜적인 관계를 맺는단 말인가?

애완동물과 함께 살기

동물이 사회적으로 고립된 사람과 가족 관계를 맺을까? 그런 경우가 있다. 배우자를 잃거나 자녀가 독립해서 외로운 사람, 다른 사람과 잘 교류하지 못하는 사람의 구세주가 될 수 있다.[9] 하지만 전체 애완동물 소유자 중 혼자 사는 사람은 가장 낮은 비율을 차지한다. 가장 높은 비율을 차지하는 집단은 어린 자녀가 있는 가족이다.

위의 질문에 관련된 구체적인 연구 조사 결과를 살펴보지 않았지만, 나는 '가족을 완성'해야 한다는 문화적 압력이 강하고 자녀에게 이롭다는 생각으로 애완동물을 기르는 가정이 많은 것은 아닐까 의구심이 든다. '육아 예행연습' 차원에서 개나 고양이를 기르는 경우도 있다. 아기를 낳기 전에 애완동물을 키워서 육아 기술을 연마하고 부모 역할을 하며 잠재적으로 생기는 차이와 문제점을 해결하는 연습을 한다. 아기가 태어나면 개나 고양이는 정서적으로나 실질적으로 원래 차지하던 자녀의 지위를 잃어버린다. 역설적으로 가정을 꾸린 지 얼마 되지 않은 가족은 애완동물을 기르는 문제를 가장 조심스럽게 접근해야 한다. 이들은 동물을 기르기에 가장 부적합하다고 볼 수 있다. 아무래도 시간과 돈이 충분하지 않고, 인내심도 적을 가능성이 높다. 아기를 기르다 보면 인내심이 순식간에 바닥난다고 하지 않는가. 자녀가 성장할수록 삶이 바빠지기 때문에 동물을 적절히 돌보기가 더욱 힘들어진다. 애완동물에게 느끼는 애착 연구에 따르면 가정을 꾸린 지 얼마 되지 않은 가족의 애착도가 가장 낮고, 애완동물을 보호소에 버리는 일도 종종 있다.

애완동물이 가족이라는 생각에 마지막으로 덧붙일 사항이 있다. 애완동물을 하나 이상 기르는 집에 새로운 동물을 데려올 경우, 예기치 못한 반향이 일어날 수 있다. 예를 들어 개를 한 마리 키우다가 한 마리 더 들이면 개들의 복잡한 관계, 관심을 받기 위한 경쟁, 개와 사람의 독특한 관계 등으로 가족 전체에 복잡한 갈등이 더해지면서 심각한 변화가 생길 수 있다. '형제'가 되는 개들이 깊은 유대감과 우정을 발전시키는 경우가 많지만, 서로 전혀 적응하지 못하기도 한다. 그리고 가정 내 개들의 공격성 때문에 수의사나 동물 행동 전문가를 찾아 상담 받는 경우가 상당히 많다. 개들의 싸움은 포악하고 다루기 힘들어, 대개 한 마리 이상을 다른 가정으로 보내거나 안락사 시킨다. 고양이도 마찬가지로, 종전의 고양이가 새로운 고양이를 가족으로 받아들이지 못하는 사례가 빈번하다. 그래서 입양하기 전에 잠깐 만나 인사를 시키는 방법(다수의 보호소에서 이렇게 한다)이 권장되지만, 처음에 받아들이는 신호를 보낸다고 계속 사이가 좋을 거라 확신하기는 힘들다. 개를 기르는 가정에서 고양이를 들이려면 전면적이고 대대적인 개편이 필요하다.

좋건 나쁘건 수많은 가정에서 애완동물을 가족에 포함하지만, 반대 경우도 많다. 따라서 '애완동물은 가족'이라는 주장은 보편적이라고 말하기 힘들다. 애완동물을 가족으로 받아들이는 가정이 많다는 '자료'도 애완동물을 기르는 특정 인구통계에 따른 설문지를 근거로 만들어졌을 뿐이고, 결과 역시 상당히 왜곡됐다. 이런 설문 조사 결과로는 우리 사회에 애완동물 개체 수에 대해 일반화할 수 있는 항목이 아무것도 없다. 우수한 새끼를 낳는 데 이용되는 동물은 가족이 아니고, 보호소에 있는 집 없는 동물 역시 가족이 아니다. 인간 가정에서 동물에 대한 정서적 애착과 동물의 역할은 변화가 심하며, 항상 긍정적이지도 않다. 어떤 가정에서는 애완동물이 자녀 대신이다. 어떤 가정에서는 애완동물이 동반자 역할을 하는가 하면, 애완동물을 유형자산으로 취급하는 가정도 있다. 애완동물이 돈 안 주고 부리는 고용인, 희생양, 감정적·물리적 폭력이나 성폭력의 대상이 되는 경우도 있다.

애완동물을 기르지 않는 이유

애완동물에 집착하는 문화에 따라다니는 두 가지 고정관념
이 있다. 첫째, 애완동물을 기르는 사람은 동물을 사랑하고 보
호하길 원한다. 둘째, 애완동물을 기르지 않는 사람은 동물을
싫어하고 이기적이며 방해받기를 원하지 않는다. 첫째 유형은
이 책에서 지속적으로 논의하니, 둘째 관점에 대해 살펴보자.

애완동물을 기르지 않는 수많은 사람이 동물을 싫어한다는
게 틀린 말은 아니다. 어쩌다 그런 생각을 하는지 모르겠지만,
동물은 더럽고 병원균이 득시글거리며 귀찮은 존재라고 여기는
사람이 있다. 당신이 애완동물을 기른다면 분명 동물을 싫어하
는 사람을 만나본 적이 있을 것이다. 하지만 동물을 사랑하면
서도 애완동물을 기르지 않는 사람이 있다. 내 지인 중에는 애

완동물을 기르지 않으면서 동물에 대한 책임감이 누구보다 강한 이가 있다. 내 친구 줄리와 마크를 예로 들어보자. 줄리와 마크는 둘 다 동물을 사랑한다. 두 사람은 침을 질질 흘리는 덩치 큰 세인트버나드, 벤을 키웠다. 그들은 10년 동안 가족으로 함께 살며 벤을 거의 왕처럼 모셨다. 벤이 죽자 줄리와 마크의 세 아이들이 새 강아지를 데려오자고 졸랐다. 하지만 줄리는 강경하게 반대했다. 줄리는 말했다. "지금은 우리가 개를 돌볼 수 있는 시기가 아니에요. 가족 모두 너무 바빠요. 아이들은 방과 후에 각자 할 일이 있고, 우리 부부는 둘 다 일을 하죠. 우리 가족은 여행도 즐기는데, 이런 상태에서 개를 데려온다는 건… 개에게 불공평해요."

사람들이 애완동물을 기르는 이유와 기르지 않는 이유를 조사했는데, 놀라운 결과가 나왔다. 다른 개를 들이지 않기로 한 줄리와 마크, 의식적으로 애완동물을 기르지 않기로 선택한 사람에게는 공통점이 있다. 데이비드 멜러David Mellor, 에밀리 패터슨-케인Emily Patterson-Kane, 케빈 스태퍼드Kevin J. Stafford는 몇 가지 연구 결과를 편집한 《The Science of Animal Welfare 동물 복지의 과학》을 통해 이에 대한 부분적 답을 제시했다. 다음을 살펴보자.[1]

🐕 애완동물을 기르는 이유(중요한 순서대로 표기)

동료애, 우정

사랑과 애정

자녀를 위해

나를 반겨줄 누군가 있었으면 해서

재산 보호

돌봐주고 싶은 대상을 위해서

동물의 아름다움 때문에

스포츠(예 : 사냥)

가치를 보여주기 위해

🐕 애완동물을 기르지 않는 이유(중요한 순서대로 표기)

내가 없을 때 생길 문제 때문에

시간이 부족해서

집이 애완동물을 들이기에 적합하지 않아서

집이 애완동물에게 위험한 위치라서

집이 애완동물을 기를 수 없는 곳이라서

알레르기가 있는 가족 때문에

동물을 싫어해서

비용이 너무 많이 들어서

동물에게 전염되는 질병 때문에

응답을 살펴보면 흥미로운 사실을 알 수 있다. 애완동물을 기르는 사람은 주로 사람에게 초점을 맞추거나, 이기적인 이유로 동물을 들인다. 반면 애완동물을 기르지 않는 사람은 동물 입장에서, 주로 동물 복지에 관한 염려를 이유로 들었다. '애완동물을 기르는 이유' 가운데 많은 항목이 동물에게 심각한 영향을 줄 수 있다. 예를 들어 사람이 애완동물과 보내는 시간은 하루에 평균 40분 정도로 추산되는데, 이는 결코 상호 보완적이고 우정을 강화하는 데 충분하다고 볼 수 없는 시간이다.[2] 자녀의 장난감 용도로 동물을 들이면 예상치 못한 상황이 벌어질 수 있다. 아이가 동물과 유대를 맺지 않을 수 있고, 동물이 예기치 않게 가족 내 갈등을 야기하거나 정서적 스트레스를 늘리는 원인이 될 수도 있다. 아이가 자라서 자기만의 활동을 하다 보니 동물과 보내는 시간이 줄어드는 경우도 있다. 이처럼 감정적 보조기구로 이용된 동물은 주인에게 너무 의존한 나머지, 혼자 남겨질 경우 적응하지 못할 수 있다. 그래서 불안 장애를 앓는 개들이 무척 많다.

앞서 언급했듯이 애완동물 소유자별 인구통계 연구를 보면, 젊은 커플과 가정을 꾸린 지 얼마 되지 않으며 자녀가 있는 가족이 애완동물을 가장 많이 기른다. 그런데 이들은 동물과 유대감이 약하고 책임감도 희박하다. 애완동물 산업계의 정교한 마케팅 전략이 이런 흐름을 주도하는 듯싶다. 그들은 애완동물이 행복한 가정을 이루는 데 필수적 요소라고 말하는 문화적 인식을 심으려고 애쓴다. 우리는 무엇이든 의학적으로 분석하는 것을 즐기는 문화에 살다 보니 '애완동물 결핍 장애'라는 진단을 받지 않을까? 그렇다면 굳이 애완동물을 기르지 않아도 동네 애완동물 상점에서 위안을 얻을 수 있으리라.

애완동물 데리고 자기

고양이의 숨과 냄새는 폐를 망가뜨리고 끝내주는 유머도 힘을 잃게 만든
다. 고양이와 함께 자는 사람의 침실 공기는 오염되고, 그들의 삶은 정신없
고 소모적이다. 자기도 모르게 먹는 고양이 털은 폐동맥을 막고 질식을 유
발한다.

에드워드 톱셀Edward Topsell,
《The History of Four-Footed Beats 네발짐승의 역사》(1607)[1]

나는 20년째 고양이와 함께 잔다. 남자랑 자느니 고양이랑 자는 게 훨씬
낫다.

익명

   의료 포털 웹엠디WebMD가 조사한 바에 따르면, 애완동물을
기르는 사람 중 대략 절반이 동물을 데리고 잔다. 이것이 인간
과 동물의 침실 공유 관습에 대해 우리가 아는 전부다. 연구가

없으면 확실한 의견도 없다. 침실에 동물을 들이는 것은 위험하고 역겨운 일이라고 나무라는 사람이 있는가 하면, 살면서 그만큼 즐거운 일이 없다고 생각하는 사람도 있다. 나는 후자에 속한다. 제대로 쉬지 못하는 경우가 많지만, 개와 고양이를 데리고 자는 것이 참 좋다. 녀석들이 짖고, 침대 위로 뛰어오르고 내리는 소리는 창밖에서 들려오는 소음과 다른 재미가 있다. 따뜻한 피가 흐르는 생명과 한데 있으면 몸이 더워진다. 고양이 토르는 몸에 내장된 자명종이 새벽 4시에 맞춰져서, 그 시간만 되면 우리 부부의 머리 위를 왔다 갔다 한다. 결국 둘 중 한 사람이 일어나서 침실 밖으로 내보낸다.

동물을 데리고 자는 것을 찬성할 이유로 들 만한 것은 하나뿐이다. 잘했다는 느낌, 좋은 느낌이 든다는 것인데 이 한 가지 이유가 매우 강력하다. 우리 동물은 아주 따뜻하고 꼭 껴안고 싶기 때문에 그 무리에 섞이는 게 좋다는 생각이 든다.

나쁜 점은 수면 방해와 동물에게 전염되는 질병에 대한 염려, 동물에게 나쁜 행동 습관을 심어줄 가능성이 있다는 것이다.

마요수면의학센터에서 실시한 연구에 따르면, 애완동물을 기르며 수면 장애가 있는 환자 가운데 10퍼센트가 애완동물이 수면을 방해한다(10년 전 1퍼센트에서 이렇게 증가했다. 이는 애완동물을 기르는 가정이 증가했기 때문인 듯하다)고 말했다. 낑낑거리는 소리, 깩깩 소리, 짖는 소리, 으르렁대는 소리 같은 소음이 수면을 방해하는데, 이 경우 동물을 밖으로 내보내거나 치료 받을 필요

애완동물과 함께 살기

도 있다.[2] 이는 동물과 함께 침대에서 자기 때문에 생기는 문제라기보다 집 안에 애완동물이 있으면 어쩔 수 없이 벌어지는 상황이다. 침실에 동물을 들이건 들이지 않건 그들은 수면을 방해할 가능성이 높고, 그 점에 대해서 우리가 할 수 있는 일이 별로 없다.

애완동물을 기르면 발생하는 이런 특정한 문제에 대해 진지하게 생각해야 한다. 수많은 동물이 이와 같이 예기치 않은 문제로 보호소에 보내진다. 수면 방해 문제는 애완동물을 데려오기 전에 신중히 고려할 사항 목록에 포함해야 한다. 아주 일반적인 상황에 대해 이야기해보자. 한 아이가 부모에게 졸라 쥐나 햄스터, 기니피그를 집에 데려온다. 이제 표면적으로는 아이가 밤에 혼자 자기를 두려워하지 않을 거라 생각한다. 하지만 이런 녀석은 대개 야행성이라 밤마다 먹이를 갉아 먹고, 바퀴를 돌리고, 깔개 정리를 해서 아이가 못 자게 만든다. 나도 똑같은 상황에 맞닥뜨린 적이 있다. 딸아이의 애완용 쥐를 식사하는 곳 옆에 놓고 길렀다. 그때는 살던 집이 작아 손님이 오면 대개 애완용 쥐의 집 옆자리를 내줄 수밖에 없었다. 친구들이 종종 나가서 밥을 먹자고 한 이유가 그 때문인 듯싶다.

당신이 기르는 개나 고양이가 어디에 있고 어느 날 무엇을 했는지 생각하고, 병원균이나 동물 매개 감염 균을 퍼뜨리지 않을지 염려하는 것은 당연한 일이다(015 '동물이 옮기는 질병에 관한 생각' 참고). 한번은 자다가 일어나니 벨라가 내 쪽으로 토하는 중이고, 씹어놓은 동물의 사체 조각이 침대에 널려 있었다. 아마도 집 안으로 몰래 들어온 동물을 잡아먹은 모양이다. 이런 사건이 일어난다 해도 애완동물이 우리에게 치명적인 질병을 전염시킬 위험과 침실에 동물을 들이는 행위는 상관이 없다. 애완동물을 집 안에 들이는 것, 특히 녀석의 코와 입에 입을 맞추거나 발톱 때문에 상처가 나고, 마음껏 만져주고 나서 손을 씻지 않으면 질병에 전염될 가능성이 높다. 침실까지 개방하면 아무래도 동물과 더 가까이 있기 때문에 위험 수위가 높아진다. '개를 데리고 자면 개 빈대 때문에 잠에서 깰 것'이라는 경고도 있다. 하지만 나를 포함해 수많은 사람이 그건 감수할 가치가 있는 위험이라고 생각한다.

침대가 집에서 탐나는 영역 중 하나이다 보니 갈등의 근원이 되기도 한다. 동물행동심리학자는 개를 침실에 들이면 때로 다른 동물이나 인간에게 공격적인 행동을 할 수 있다고 경고한다.[3] 개가 많은 집에서 침대는 지키고 싸워 쟁취해야 할 대상이 되기 쉽다. 침대에 오줌을 싸는 애완동물도 있다. 고양이를 침실에서 재울 때 생기는 고양이 행동의 문제에 대해서는 논의된 부분이 많지 않다. 하지만 고양이를 여럿 키우는 집에서 한두 마리를 침실에 재우면 영역 문제가 악화될 수 있다. 앵무새나 햄스터, 애완용 돼지를 침실에 재우는 집에서도 이와 유사하거나 매우 다른 문제가 발생할 수 있다.

쓰다듬어주세요

애완동물을 기르며 누리는 즐거움 중 하나가 동물을 쓰다듬는 것이다. 털에 손을 넣고 위아래로 쓸어내리거나 배를 쓸어주는 것, 손을 가만히 동물의 등에 얹고 온기를 느껴보는 일은 매우 즐겁다. 우리는 동물을 만지기 좋아한다. 동물도 대부분 우리와 닿고 우리가 만져주는 것을 즐기는 듯하다. 쓰다듬을 수 없다면 애완동물이 무슨 소용이란 말인가? 영어에서 애완동물을 의미하는 단어 '펫pet'의 정확한 기원은 알려지지 않았지만, 16세기에 사용되기 시작했고 '응석받이'나 '길들여진 동물'을 의미했다. 동사 'to pet'은 17세기에 '쓰다듬다' '어루만지다'라는 뜻으로 처음 사용됐다. 성적 의미로 '진하게 애무하다'는 현대에 생긴 뜻이다. 내 동물은 온종일 내가 만져주기를 원하고, 나 역시 그들이 내게 털을 비비며 접촉하기를 원한다. 내가 마야, 벨라, 토르와 소통하는 방법 중 가장 선호하는 것이 만지기다. 토르가 내 책상에 올라와 컴퓨터 키보드 바로 앞이나 위에 몸을 말고 누우면 나는 일하는 척하면서 녀석의 머리를 긁어주고 털을 쓰다듬는다.

생물학자는 우리가 만지고, 누군가 우리를 만지는 기분을 즐기는 생리학적 이유를 밝혀냈다. 쓰다듬기에 민감한 신경이 있는데 이에 대해 알아보자. 인간을 포함해 피부에 털이 있는 포유류에게는 적지만 'C-촉각 신경'이라는 감각신경이 있다. 부드럽게 쓰다듬는 행위로 이 신경을 자극하면 옥시토신이 분비된다. 옥시토신은 모성적 행동, 친근함, 쌍의 결합, 털 손질 행위, 신뢰, 상처 치유에 중요한 역할을 한다. 촉각 신경은 이름 그대로 쓰다듬기에 반응하지만, 꼬집거나 쿡쿡 누르기에는 반응하지 않는다.[1]

쓰다듬으면 주체와 객체에게 생리학적 영향이 나타난다. 쓰다듬는 동안 인간과 동물 모두 옥시토신 분비가 급증한다. 주인이 부드럽게 쓰다듬는 동안 개의 스트레스 호르몬 분비가 줄고 심장박동이 느려진다. 사람도 개나 고양이의 털을 만지는 동안 혈압이 내려가고 심장박동이 느려진다. 쓰다듬으면 엔도르핀 같은 내인성 아편이 분비돼 고통이 줄고 기분이 좋아진다. 쓰다듬기는 인간과 동물의 유대에서 중요한 역할을 한다.

애완동물과 함께 살기

사회적 동물은 물리적 친근감에 민감하다. 하지만 쓰다듬어서 기분이 좋은지, 침해 받는 것 같은지 개체별은 물론 종별로도 편차가 심하다. 예를 들어 고양이에 관한 연구를 보면 주인이 자주 쓰다듬어주기를 원하는 녀석이 있고, 쓰다듬어주면 오히려 스트레스를 받는 녀석도 있다.[2] 개는 주인이 쓰다듬어주는 것을 즐기지만, 낯선 사람은 경계하고 그들이 쓰다듬는 것은 싫어하는 경우가 있다. 기니피그와 쥐, 날다람쥐같이 작은 동물은 사람이 쓰다듬는 데 익숙지 않거나, 거칠게 다루면 스트레스를 받을 수 있다. 쓰다듬기는 다분히 침해가 될 수 있다. 누군가 바싹 다가오거나 불편한 마음이 생기게 건드리는 경우를 생각해보라. 동물도 불편함을 느낄 수 있다.

우리는 종종 애완동물을 동물 인형으로 착각하는 실수를 저지른다. 우리가 동물에게 쏟는 관심과 애정 표현은 뭐든지 언제나 환영받을 거라고 멋대로 상상하며 만지고, 움켜쥐고, 쓰다듬기를 반복한다. 아이를 길러본 사람은 누구나 사적 공간이 필요하다는 점, (비록 당신이 사랑하는 이라도) 누군가 끊임없이 당신의 몸에 기어오르고 머리카락을 쓰다듬고 얼굴을 어루만질 때 드는 감정, 자포자기하고 싶은 마음을 이해할 것이다. 그리고 사적 공간의 개념을 설명하고, 모두 자기만의 공간을 가질 권리가 있으며 그것을 존중해야 한다고 주장하는 자신을 발견한다. 우리는 종종 쓰다듬는 손길을 싫어하는 개나 고양이는 짜증이 났거나 쌀쌀맞은 성격이라고 성급한 결론을 내린다. 하지만 꼭 그렇지는 않다. 그들도 사적 공간을 원하는 것일 수 있다. 동물도 사람처럼 자기만의 영역에 들어가 "싫어"라고 말할 수 있어야 한다. 끈에 묶였거나, 누군가의 팔에 안겼거나 작은 우리에 갇혔을 때는 그러기 힘들다.

《당신의 몸짓은 개에게 무엇을 말하는가?The Other End of the Leash》를 쓴 패트리샤 맥코넬Patricia McConnell은 가끔 개와 주인 사이에 부조화가 있다고 말한다. 한쪽은 거리를 두는 편인데, 다른 한쪽이 만지기 좋아하는 것이다. 사람 입장에서 개가 거리를 두는 것은 자신을 싫어한다는 뜻으로 해석할 수 있다. 반대로 개는 주인이 만져주길 원하는데 사람이 냉담하다면 상호 접촉 요구는 채워지지 않을 것이다. 보통은 주인이 쓰다듬는 것을 좋아하는 개라고 해도 놀 때나 심하게 자극받을 때, 아플 때와 같이 만지기에 적절하지 않은 경우가 있다.

동물을 만지고 싶은데 주위에 적당한 개나 고양이가 없다면 어떻게 할까? 최근 《뉴욕타임스매거진The New York Times Magazine》에서 '당신의 미래를 바꿀 발명품' 목록에 올라간 항목 가운데 '스마트퍼smart fur'가 있다. 이 상품은 브리티시컬럼비아대학교The University of British Columbia 연구실에서 개발한 '인공지능 털'로, 특이한 인조 모피 조각 혹은 어딘가 잘못된 부분 가발처럼 생겼다. 스마트퍼에는 전도성 실로 만든 감지기가 장착돼 만지면 진짜 동물의 촉감이 난다. 심지어 스마트퍼는 만지는 방법에 따라 그 사람의 감정을 '읽을 수' 있다. 개발자는 스마트퍼가 아홉 가지 감정적 제스처를 구별할 수 있다고 말한다. 스마트퍼는 '햅틱haptic 생물'의 최신 유행 상품이다. 햅틱은 촉각을 의미한다. 햅틱 디자인은 촉각 평가를 사용자의 인터페이스에 포함한다.

스마트퍼는 그저 재미를 위한 것이 아니다. 스마트퍼의 기본적인 아이디어는 사람이 동물을 쓰다듬기 좋아하며, 쓰다듬는 행위가 치료에 도움이 된다는 데서 비롯됐다. 쓰다듬는 행위의 이점을 알아도 진짜 개나 고양이와 교류하지 못하는 경우가 많다. 예를 들어 병원에 입원한 환자나 양로원에 있는 노인이 스마트퍼를 사용할 수 있다. 동물을 사랑하지만 알레르기가 심한 사람도 사용 가능하다. 나처럼 평범한 사람도 쓸 수 있다. 지갑에 스마트퍼를 넣고 다니다가 교통 체증이 심하거나 식료품점 계산대에 줄이 길 때, 스트레스 받을 때마다 쓰다듬을 수 있을 것이다. 나라면 단연코 스마트퍼를 갖겠다. 궁극적으로 스마트퍼를 '로봇 애완동물'과 결합해 진짜 동물 같은 것을 만들 수 있을 것이다. 현재 스마트퍼 로봇 토끼의 원형을 개발 중인데, 성공하면 인간은 살아 있는 동물의 행복이나 복지와 관련된 염려에서 벗어나 완전히 새로운 애완동물을 소유할 것이다.

인간과 동물의 관계에서 만지기의 역할에 대한 논의는 수의학, 특히 상호 보완적 치유 방식에서 인간의 손길이 하는 중요한 역할을 언급하지 않고는 완성될 수 없다. 앞서 언급했듯이 만지면 엔도르핀이 분비되고 근육이 이완되며, 혈액순환이 원활해지고 산소의 흐름이 증가한다. 이 모든 것이 스스로 치유하도록 몸을 자극한다. 치유의 손길은 인간 의학에 전체론 방식으로 받아들여지며, 신체의 에너지 센터(차크라)와 외부의 에너지를 통해 작동한다. 동물을위한치유의손길Healing Touch for Animals, HTA*도 동일한 치료 원칙을 적용한다. 동물의 에너지 장은 사람과 다르다고 인식되기 때문에 수의학적 측면에서 적용하기 위해 특별 훈련을 하는 것이 유용하다. 치료사나 동물 주인은 동물의 몸이나 피부에 부드럽게 손을 대고 에너지의 흐름을 유도함으로써 치유 반응을 자극할 수 있다. 지압점을 부드럽게 쓰다듬는 텔링턴 터치Tellington Touch나 근막을 부드럽게 조작하는 방법과 관련된 마사지도 동물을 돌보는 데 효과를 볼 수 있다. 이 모든 만지기를 토대로 한 치료법은 병들고, 불안해하고, 심한 정신적 충격을 받거나 통증으로 고통스러워하는 동물에게 도움이 될 수 있다.

---

* 애완동물 주인과 동물 애호가가 알아야 할 제반 사항과 동물의 행동 문제를 해결하기 위한 정보를 제공하고, 동물과 인간의 유대감 향상을 돕는 구체적인 방법을 가르치는 곳.

동물과 이야기하기

동물과 이야기하는 사람이 많다. 그런데 사람의 말을 듣는 동물이 그리 많지 않다는 게 문제다.

벤저민 호프Benjamin Hoff, 《The Tao of Pooh곰돌이 푸의 도》지은이

나는 내 동물과 온종일 이야기한다. 지속적으로 대화를 이어가는데, 창피할 정도로 뻔한 이야기가 대부분이다. "빨래가 다 됐는지 가볼까? 그다음에 나는 초콜릿을, 너는 비스킷을 먹는 거야." 뭐 이런 식이다. 나는 미치지 않았지만, 미쳤다고 해도 나 같은 사람이 얼마든지 있으니 걱정할 필요는 없다. 애완동물을 기르는 사람 대다수가 이처럼 동물에게 말을 한다. 그들은 우리가 하는 말을 들을까? 사실 동물에게는 선택의 여지가 없다. 잡힌 신세니까. 그래도 나는 그들이 인간의 말을 듣는 것은 어떤 면에서 인간 반려자에게 중요하다고 생각한다. 동물은 판

단하지 않고 듣는다. 뇌물 따위도 받지 않고, 중간에 말을 끊는 일 없이 듣는다. 당신은 흉금을 터놓고 말할 수 있고, 비밀이 새 나가지 않는다. 가식적이지 않게, 경계할 필요 없이 자신을 드러 낼 수 있다. 동물은 정말 우리가 하는 말을 들을까? 개나 고양 이, 그밖에 동물의 정서적 지각력을 감안할 때 상당히 이해하는 것 같다. 우리가 외국어로 말한다고 해도 말이다.

그러나 동물에게 이야기하는 것이 '소통'은 아니다. 소통은 상호적 활동이다. 적절한 정보가 이해할 수 있는 형태로 오가 야 소통이라 할 수 있다. 애완동물 주인이 져야 할 책임 중 하나 가 동물이 하는 말을 '듣고' 그들에게 분명히 '이야기해서' 우리 가 원하는 게 무엇인지 동물이 이해하도록 소통하는 방법을 익 히는 일이다. 소통하는 능력은 성공적인 관계를 구축하는 토대 다. 소통에 문제가 생기면 심적으로 고통 받고 나쁜 감정이 쌓 여 결국 유대감이 깨진다.

말로 표현하지 않아도 얼마든지 소통할 수 있다는 점을 과 소평가해선 안 된다. 인간은 언어 표현 능력이 고도로 발달한 종이지만, 우리는 말이 그저 말이고 표면적이라는 것을 안다. 누군가 말하는 방식, 어떤 말을 하는 시기, 말할 때의 눈빛을 보 면 진짜 알아야 할 것이 뭔지 알 수 있다. 인간을 연구하는 과 학자는 언어로 하는 소통 가운데 60~90퍼센트는 비언어적 표 현을 쓴다고 추산한다. 따라서 동물이 영어나 다른 언어를 못 하기 때문에 우리와 소통할 수 없다는 생각은 말도 안 된다. 우

애완동물과 함께 살기

리는 애완동물과 소통에 실패할 때 일반적으로 동물 탓을 하지만, 인간의 잘못일 가능성이 높다. 개는 우리가 자기 말을 듣지 않을 때 문다. 개가 무작정 달려들어 무는 일은 좀처럼 생기지 않는다. 개는 먼저 수차례 경고를 보낸다. 하지만 사람, 특히 어른보다 개의 행동 신호를 읽는 데 서투른 아이들이 이 경고를 알아차리지 못한다. 아이들은 개의 안면 표현을 잘못 해석하기 쉽다. 예를 들어 개가 이빨을 드러내면 웃는 것으로 받아들인다. '웃는' 개를 안아주려 하다가는 험한 일을 당할 수 있다.[1]

동물 친구와 소통하는 방법을 배우기는 외국어 배우기와 비슷한 면이 있다. 완전히 새로운 어휘와 소리를 배워야 하고, 제스처도 의미가 사뭇 다르다. 예를 들어 개는 짖고, 으르렁거리고, 낑낑거리고, 훌쩍거리는 등 다양한 소리로 소통한다. 또 눈과 귀, 얼굴, 몸으로 말한다. 꼬리가 짧게 잘린 개는 소통에 중요한 수단을 잃은 셈이다. 개와 고양이 모두 비강에 서비鋤鼻 기관이 있는데, 이곳을 통해 페로몬이라는 화학 신호를 포착한다. 이들은 이런 방식으로(특히 성적으로) 소통하며, 사람보다 효과적으로 인간 페로몬의 '냄새'를 맡을 수 있다. 인간도 화학 신호로 소통하지만, 그 능력은 동물에 비해 현저히 떨어진다.

나처럼 개와 고양이를 모두 키우는 사람은 할 일이 훨씬 더 많다. 개와 고양이는 서로 완전히 다른 언어를 사용하기 때문에 개의 마음을 읽는다고 해서 신비로운 고양이의 마음을 해석하는 데 도움이 되지 않는다. 예를 들어 개가 꼬리를 흔드는 것은 대개 더 가까이 오라는 우호적 초대 신호다. 꼬리를 크게 흔드는 것은 활짝 미소를 띠는 것과 마찬가지다. 하지만 고양이가 꼬리를 흔드는 것은 기분이 나쁘다는 의미다. 흔드는 폭이 넓을수록 공격적이고 심기가 불편한 것이다. 다행히 어릴 때부터 함께 자라거나 수년간 함께 산 개와 고양이는 일반적으로 다른 소통 방식에 잘 적응한다.

인간과 개가 소통하는 능력은 놀랍기 그지없다. 개는 진화하며 인간의 얼굴과 감정을 읽는 기술을 습득했다.[2] 개는 인간의 얼굴을 볼 때 지속적으로 왼쪽에 편향된 모습을 보인다. 개는 뭔가를 가리키는 손가락을 따라가는 법을 알고, 인간의 시선이 이끄는 방향에 따른다. 심지어 신뢰할 만한 인간에게는 좀 더 지속적으로 반응하는 모습을 보여 신호를 주는 사람이 믿을 만한지 추론하는 것 같다.[3] 연구자들은 개가 우리와 원활히 소통하기 위해 발성 목록을 진화시켰다고 믿는다. 인간은 개가 보내는 신호를 능숙하게 읽어낸다. 예를 들어 인간은 개가 짖는 소리의 질에 따라 개의 감정을 정확히 해석할 수 있다.[4] 개는 자기가 우리 시선을 따라오듯 인간이 자기 시선을 따라오리라고 예상하는 것 같다. 벨라는 하루에도 몇 번이나 이렇게 행동한다. 내가 볼 수 있는 곳에 공이나 프리스비*를 갖다 놓고 내게

---

* 개 놀이용 장난감.

애완동물과 함께 살기

레이저 같은 눈빛을 쏜다. 그리고 이따금 눈을 깜박거리며 내가 메시지를 제대로 받았는지 확인한다.

우리는 동물이 분명하지 않은 행동 신호를 보낼 때 잘 감지하지 못한다. 예를 들어 2012년 실행한 연구에서 수의사 키아라 마리티Chiara Mariti와 동료들은 동물 주인이 자기 개가 스트레스 받는다는 신호를 감지하는 데 실수가 있음을 알아냈다. 주인은 개가 스트레스 받는다는 신호로 낑낑거리거나 떠는 것은 잘 알아봤지만, 고개를 돌리거나 하품하고 코를 핥는 등 좀 더 미세한 행동은 보고한 사례가 별로 없다.[5] 이런 신호는 애완동물의 행복에 직접적으로 영향을 미치기 때문에 반드시 알아차릴 수 있어야 한다. 예를 들면 애완동물을 기르는 사람은 동물이 고통을 표현하는 것을 읽지 못하고, 주의를 기울이지도 않는다. 동물이 퇴행성 관절염이나 잇몸병처럼 통증이 심한 질환에 걸렸어도 주인이 그 사실을 알아차리지 못하기 때문에 제대로 치료 받지 못한다. 많은 사람이 동물은 아프면 낑낑거리거나 울부짖을 거라고 생각한다. 틀린 건 아니지만, 동물은 대개 고통이 참을 수 없는 정도에 이르러야 낑낑거리거나 울부짖는다. 동물이 행동에 미묘한 변화를 보일 때 그 메시지를 감지할 수 있어야 하는 또 다른 중요한 이유는 개와 어린아이나 개들 사이에 위험한 상황이 벌어질 경우 중간에 개입하기 위해서다.

기르는 동물에게 가정이나 지역사회 같은 인간의 환경에서 살아가는 데 필요한 기술을 가르칠 때는 확실하고 분명한 소통이 더 중요하다. 내 경험에서 배웠듯이 동물과 효과적으로 소통하기는 어려운 일이다. 개의 행동에 대한 책을 찾아 읽을수록 내가 보내는 신호가 얼마나 모호한지 깨닫는다. 내가 좋아하는 훈련서 중 하나는 작고한 소피아 잉Sophia Yin이 쓴 《개, 어떻게 가르쳐야 하는가How to Behave So Your Dog Behaves》이다. 이 책은 '개 훈련은 90퍼센트가 사람 훈련'이라는 교훈을 준다. 예를 들어보자. 어떤 사람이 초인종을 눌렀는데 개가 미친 듯이 짖어댄다. 이때 사람이 "시끄러!" 하고 소리치면 개는 '맙소사, 저게 뭐야? 침입자인가? 그럼 계속 짖자!'라고 받아들일 것이다.

몇몇 행동학자는 점잖은 개와 순종적인 개를 구분한다.[6] 순종적인 개는 지시 받은 대로 한다. 갈등 상황이나 심하게 흥분한 상태에도 주인의 말을 따른다. 그러나 순종적인 개도 주인을 계속 발로 긁어 관심을 끌거나 성가신 행동을 할 것이다. 점잖은 개는 인간의 환경에서 '사회적으로 적절하게' 행동한다. 다양한 상황에 적절하게 반응하고 주인을 방해하지 않는다. 점잖은 개로 키우려면 소통과 교육이 필요하다. 줄리언 카민스키Juliane Kaminski는 《The Social Dog: Behavior and Cognition사교적인 개》에서 "순종 훈련에 초점을 맞춘 행동주의를 넘어 인지적으로 좀 더 복잡한 개의 세상을 포용해, 개가 삶의 기술을 개발할 수 있게 해야 한다"고 말한다. 인간과 개는 소통 체계가 다르고, "환경이나 상대에게서 얻은 정보를 처리할 때도 다른 편견이 있다".[7] 개가 '제멋대로 행동'하고 우리의 명령을 무시하는 것이다. 명령할 때는 말이나 비언어적 요소를 사용하는데, 주인은 자신이 비언어적 요소를 사용했다고 인식하지 않아도 개는 두 가지 모두 정확히 처리해야 한다. 주인도 개가 보내는 신호를 정확히 처리해야 한다. 개와 사람에게 모두 일이 꼬일 수 있다. 명령을 인식하지 못했거나 소리가 새로울 때(예를 들어 어조가 다를 때) 개는 주인의 말에 순종하지 않을 수 있다. 주인이 강하고 명랑한 목소리로 명령하는 데 익숙한 개는 같은 명령이라도 화가 나서 소리 지르면 반응하지 않을 수 있다. 개는 물리적 위치에도 민감하다. 부엌에서 앉으라고 훈련을 받은 개는 바닷가나 개 공원에서는 앉으라는 명령에 반응하지 않을 수 있다.

우리는 개를 의인화하려는 경향이 있다. 이는 애완동물 주인이 개가 어떤 것은 하고 다른 것은 하지 않는 이유와 관련해 문제가 있는 추론을 할 수 있기 때문에 긴장과 오해를 불러일으킬 가능성이 있다. 예를 들어 애완동물 주인이 "맥스를 주말 내내 혼자 뒀더니 화가 났는지 집 안에 오줌을 쌌어. 앙심을 품은 거지"라고 하는 말을 자주 듣는다. 사람이 앙심을 품는다고 해서 개도 그런다고 가정해서는 안 된다.

역사적으로 볼 때 고양이와 인간의 소통에 대한 과학적 연구는 비교적 덜 진행됐지만, 지금은 바뀌는 추세다. 우리가 고양이를 이해하고 고양이가 우리를 이해하는 방식에 관심이 높아졌다. 고양이 주인은 오래전부터 알던 점이 요즘 나온 연구로 재확인된다. 고양이는 그들을 위해 우리 인간이 할 수 있는 일이 뭔지 다양한 방식으로 최선을 다해 말한다. 고양이는 부드럽고 도발적으로 '이~야옹' 소리를 내거나 '지금 당장 먹이를 달라!' 며 '이야~아아아옹' 한다. 우리는 날카로운 발톱에 상처 날 위험을 감수하며 고양이의 눈과 꼬리, 몸의 흐름을 읽는 법을 배운다. 때때로 고양이는 얼굴 표현으로 많이 소통하지 않는다는 주장이 제기된다. 예를 들어 템플 그랜딘Temple Grandin은 《Animals Make Us Human우리를 인간으로 만드는 동물》에서 고양이는 뚱하고 '무표정한' 얼굴이라고 말한다.[8] 우리 고양이 토르를 보면 생각이 달라질 것이다. 토르는 얼굴로 정말 다양한 감정을 표현한다. 폴 레이하우젠Paul Leyhausen이 쓴 고전 《Cat Behavior고양이의 행동》에는 고양이의 다양한 얼굴 표정을 그림으로 표현한 행동 목록과 (가능한) 의미가 수록됐다. 이 책을 보면 고양이가 개보다는 다소 규정하기 어렵지만, 얼굴로 많은 이야기를 한다는 것이 상당히 설득력 있게 다가온다.

고양이의 행동에 관한 연구가 늘어나면서 고양이는 냉담하고 자신에게 관심 있을 뿐이라는 고정관념이 점차 사라진다. 언제 우리 무릎에 머리를 대고 손에 코를 둬야 하는지 아는 듯한 개처럼 명백하게 감정이입이 되지 않을 수 있지만, 고양이는 주의를 기울인다. 예를 들어 집고양이의 '사회적 참고' 행동에 관련된 최근 연구는 고양이가 함께 사는 사람의 표정과 어조를 읽는지, 거기서 얻은 정보를 자신의 행동 결정에 반영하는지 알아내는 데 역점을 둔다. 연구자들은 새로운 자극(초록색 리본이 달린 선풍기)

애완동물과 함께 살기

을 이용하기로 했다. 고양이 주인이 처음에는 선풍기를 보고 아무런 감정을 드러내지 않다가, 그다음에 행복한 표정과 목소리를 내고, 마지막으로 두려움이 서린 표정과 목소리를 내게 했다. 이 실험에 참여한 고양이 가운데 4분의 3 이상이 주인이 그 선풍기를 보고 반응하는 방식을 관찰한 다음 그에 맞춰 행동했다.

소통이 거의 없는 쥐 같은 동물과 함께 살 경우, 주인은 쥐의 행동 신호를 읽기 위해 더 많이 노력해야 한다. 행동은 동물의 감정 세계를 들여다볼 수 있는 창문으로, 그들이 편안하고 안전하다고 느끼는지, 무섭거나 아프지 않은지, 통증에 시달리지 않은지 말해준다. 쥐는 인간의 귀에 거의 들리지 않는 찍찍 소리로 소통한다. 하지만 이빨을 가는 소리는 사람 귀에 들리고(앞니를 부드럽게 가는 소리로 편안하다는 표시다), 구슬 같은 눈을 계속 움직이고 아래턱을 앞뒤로 움직이기도 한다. 딸아이가 기르는 쥐가 이 행동을 하는 모습을 처음 봤을 때, 나는 그 가련한 녀석을 수의사에게 데려가야 한다고 생각했다. 다행히 쥐의 행동에 관한 책을 닥치는 대로 읽은 딸아이 덕분에 그 행동이 정확히 무슨 의미인지 알 수 있었다. 쥐의 턱을 움직이는 근육이 눈의 뒤로 지나갔다가 돌아오기를 빠르게 반복할 때 (이빨을 가는 행동도 함께 한다) 눈알도 움직이는 것이다. 딸은 기르는 쥐 가운데 한 마리가 '부풀어 올랐기' 때문에 상태가 좋지 않다는 것도 즉시 알았다. 부풀어 오른 것은 털이 섰다는 의미로, 쥐가 스트레스 받을 때나 고통스러울 때 자주 나타나는 모습이다.[9]

말하기 좋아하는 인간의 성향을 감안할 때, 인간의 언어 공격을 싫어하는 동물이 있다는 점을 상기할 필요가 있다. 예를 들어 내가 펫스마트에서 쥐 한 마리를 들어 내 얼굴 가까이 대고 "어쩜 이렇게 귀여울까? 정말 예쁘다… 요 귀여운 수염 좀 봐!"라고 달콤하게 속삭인다면 그 쥐는 불편해할 수 있다. 게코도 마뱀, 뱀, 생쥐, 소라게도 인간의 목소리가 무서울 수 있다.

동물에게 말을 건네고 그들의 표현을 듣는 것이 좋은 관계를 쌓는 데 중요한 부분이지만, 가끔은 조용히 있을 필요도 있다. 보호소에서 처음 벨라를 입양한 뒤, 나는 벨라가 우리 가족은 물론 인간 세상의 시민으로서 잘 적응하도록 훈련하는 데 무던 애를 썼다. 그때 읽은 훈련서 중 개에게 하는 말을 제한하려고 애쓰는 것이 좋다는 구절이 있었다. 우호적인 교류는 모두 좋은 것이라고 생각하던 내게는 계시와 같은 조언이었다. 주인이 계속 말하면 개에게는 그 목소리가 단순한 배경음이 돼서 둔감해질 수 있다. 그러면 "이리 와" "그만해"처럼 구체적으로 어떤 행동을 하라고 지시할 때, 개는 그 소리를 단순한 웅얼거림으로 받아들인다.

나는 동물에게 평화나 고요가 필요하지 않은지도 궁금하다. 소음 공해는 인간의 행복에 중요한 측면으로 작용한다. 환경 건강 연구도 시끄러운 공장이나 고속도로, 공항 가까이 살 때 건강에 부정적인 영향을 미친다는 결과를 지속적으로 보여준다. 음향 환경은 인간을 제외한 동물의 행복과 스트레스 지수에도

애완동물과 함께 살기

매우 중요하다. 소음이 심한 경우 실험동물의 행복에 악영향을 끼치며, 동물의 행동과 생리를 바꿀 수 있는 것으로 알려졌다. 고래와 다른 고래목 동물에게 음파탐지기가 치명적인 영향을 미치는 사례처럼 비정상적으로 높은 소음은 야생동물에게 영향을 준다. 동물 보호소에서도 소음은 개와 고양이에게 심각한 문제를 일으키며, 이른바 사육장 스트레스를 일으키는 데 중요한 요소로 작용한다. 가정의 음향 환경이 애완동물에게 미치는 영향에 대한 연구는 본 적이 없지만, 그 역시 동물의 행복에 심각한 영향을 미치지 않을까 의심스럽다. 우리 집 금붕어 딥스와 클론다이크는 여과 장치에서 나는 소리에 스트레스를 많이 받아 걱정스럽다. 그 소리는 아래층에도 들릴 정도로 커서 테트라위스퍼Tetra Whisper, 아쿼온콰이어트플로Aqueon QuietFlow 등 다양한 여과 장치를 써봤지만 모두 시끄럽다. 여과 장치가 없으면 금붕어를 기를 수가 없으니 어떻게 해야 할까?

형이상학적이거나 영적이라 말이나 정보로 쉽게 번역할 수 없는 '앎' 혹은 '말하기' 형태를 강조하는 사람도 있다. 1970년대 앨런 분J. Allen Boone이 쓴 《Kinship with All Life모든 생명과 연대》를 생각해보자. 앨런 분은 요즘 말로 표현하면 동물 커뮤니케이터*다. 전화번호부나 인터넷을 뒤져보면 당신이 사는 지

---

* 동물과 정신적인 교감을 통해 동물의 마음을 읽고 전달해주는 사람.

역에서도 동물 커뮤니케이터를 어렵지 않게 찾을 수 있을 것이다. 이들은 텔레파시나 마음의 소통으로 애완동물과 이야기를 나눌 수 있다고 주장한다. 당신의 개가 사라졌거나 고양이가 아픈데 언제 안락사를 받아들일 '준비'가 됐는지 알고 싶을 때 동물 커뮤니케이터에게 도움을 청할 수 있다. 나도 인터넷을 검색해보니 단 2분 만에 우리 집에서 반경 30킬로미터 내에 동물 커뮤니케이터 7명이 활동한다는 사실을 알았다. 더 찾아보면 분명히 더 많은 숫자가 나왔을 것이다. 내가 사는 곳이 콜로라도주 볼더Boulder에 가깝기 때문에 일반적인 경우보다 훨씬 많은 동물 커뮤니케이터를 찾아낼 확률이 높다.

동물과 정신 교감으로 소통하는 것에 대해 이야기하는 책을 처음 접했을 때는 나도 거부감이 심했다. 하지만 열린 마음으로 이 접근 방식에 다가가기로 결심했다. '행동 문제를 직관적 소통으로 해결해보자' 결심하고, 지침서로 마르타 윌리엄스Marta Williams가 쓴 《Ask Your Animal: Resolving Behavioral Issues through Intuitive Communication당신의 동물에게 물어보세요》를 골랐다. 윌리엄스는 누구나 애완동물과 텔레파시로 소통할 수 있다고 말한다. 초자연적 능력이 있다면 도움이 되겠지만, 반드시 필요한 것도 아니다. 그저 목표를 정하고 당신이 보내고 싶은 메시지를 '생각'하면 된다. 그리고 마음/정신을 열고 답을 '듣는다'.

내게는 어려운 말이었다. 우리가 언어 정보와 비언어적 정보를 이용하는 일반적인 창구 없이, 좀 더 정확히 표현하면 창구 '너머'로 동물과 소통할 수 있다는 생각을 거부하기 때문은 아니었다. 나는 윌리엄스의 책에서 개와 고양이, 그 밖에 동물이 영어나 프랑스어 등 인간의 언어로 텔레파시를 통해 우리와 소통한다는 개념이 문제라고 생각했다. 윌리엄스는 자신에게 '높은 곳'을 찾아보라고 말한 고양이처럼 "온전한 말 표현이나 구, 문장 전체나 단락을 정신적으로 받을 수 있다"고 말한다. 그 고양이는 이웃집 지붕에 있었다.[10]

나는 윌리엄스의 제안을 실천해봤다. 벨라가 소파에서 잠들었을 때 목표를 정하고 그 생각의 말 표현이 공기를 타고 날아가 벨라의 머릿속으로 전달되길 바랐다. '프리스비 놀이하고 싶니?' 놀랍게도 벨라가 즉시 머리를 들고 옆에 있는 날다람쥐 모양 오렌지색 척잇Chuck-it 프리스비를 물었다. 그리고 소파에서 뛰어내려 '신난다, 노는 시간이야'라는 눈빛으로 나를 바라봤다. 여전히 전적으로 확신할 수는 없지만, 도저히 이해가 안 되는 것도 아니다.

직관적 소통에서 가장 중요한 점은 인간과 동물의 유대감, 마음을 열고 평온한 상태에서 동물을 이해하고 그들이 우리를 이해하는 데 도움이 되리라는 생각에 초점을 맞추는 것이다. 하지만 동물 행동에 대한 실제적 지식이 없다면 초자연적 소통을 한다 해도 동물에게 필요한 도움을 제때 주지 못하지 않을까 걱정스럽다. 사람들은 일반적으로 동물이 생을 마감하려는 시기에 동물 커뮤니케이터에게 도움을 청한다. 예를 들어 테디라는 테리어가 생을 마칠 준비가 됐는지, 안락사를 받아들일 수 있는지 가족이 알고 싶을 때 동물 커뮤니케이터를 부른다. 이런 경우 테디에게 정말 필요한 존재는 고통과 통증을 알아보고 그 문제를 해결하는 데 능숙한 수의사가 아닐까 싶다.

반려동물과 우리의 삶을 나누는 데 가장 혁신적 국면은 차이를 메우고, 소통하는 방법을 배우며, 철학자가 상호주관성이라고 부르는 서로의 자아를 조화롭게 혼합하는 감각을 키우는 것이다. 이런 발견을 하는 여정은 자연의 역사를 배우고 특정 종의 행동 연구하기에서 시작해 개별 동물의 성격과 습관에 익숙해지기, 새로운 연대감에 마음을 여는 법을 배우기 등 다양한 형태를 띨 수 있다.

동물 치장 소동

그녀는 아름답게 걷는다, 밤처럼.

바이런George Gordon Byron,
〈그녀는 아름답게 걷는다She Walks in Beauty〉에서

내 남편의 동료 도나는 팅커벨이라는 웨스트하이랜드화이트
테리어를 키운다. 최근 도나는 약간 소심하게 자기는 팅크에게
귀여운 옷 입히기를 좋아한다고 털어놨다. "입힐 옷을 들고 있
으면 팅크는 항상 흥분해요. 그 애는 예쁘게 보이기를 좋아하
죠." 내가 친구 샌디에게 애완견 펀치에게 옷을 입혀본 적이 있
냐고 묻자, 샌디는 엄청 웃더니 말했다. "당연하지! 브롱코스
Broncos*가 경기하는 날에는 반드시 입혀." 나도 딸이 어릴 때 핼
러윈이면 개들에게 의상을 입힌 적이 있다. 아이가 재미있어할
거라고 생각해서다. 마야에게는 마녀 의상을 입혀 사진을 찍고

"어머나 세상에, 어쩜 이렇게 귀여울까!"라며 한껏 웃었다. 그러자 마야는 기분이 가라앉은 듯 꼬리를 약간 내렸다. 마야는 여전히 핼러윈 때 우리와 함께 트릭오어트릿trick-or-treat[**] 하러 가는 것을 즐거워하지만, 마녀 의상은 입지 않고 하는 것을 훨씬 좋아한다. 한번은 딸아이가 마야의 발톱에 반짝거리는 핑크색 매니큐어를 발라줬는데, 기막히게 멋졌다! 동물은 우리를 표현하는 방식이기도 하다. 특히 개는 다른 애완동물에 비해서 우리와 함께 세상에 나가는 일이 훨씬 많기 때문에 멋지게 치장해주는 일이 재미있다. 대부분 해가 되지 않고, 우리의 관심을 듬뿍 받으며 빛나기 때문에 아마 개도 즐거워할 것이다.

새로운 '동물 치장' 상품을 몇 가지 소개한다. 애완동물의 털에 대고 불어서 그림을 그리는 블로 아트 펜blow art pen(무독성), 반짝거리는 매니큐어(역시 무독성), 손으로 짠 스웨터, 라벤더 향이 나는 보디 샴푸, 수가 놓인 목걸이 등이 있다. 리어기어Rear Gear라는 회사는 개와 고양이용 항문 가리개(제품명 '노모어미스터브라운아이No more Mr. Brown Eye')를 판매한다. 이 작은 가리개가 "녀석들의 엉덩이를 가려 자신감을 북돋운다". 유해 폐기물, 보안관 배지, 심장, 컵케이크 등 디자인도 다양하다. 우스꽝스럽

---

[*] 미국의 프로미식축구리그National Football League, NFL 덴버 팀.
[**] 핼러윈에 하는 놀이로, '사탕 주지 않으면 장난칠 거야'라는 뜻이다.

애완동물과 함께 살기

다고 생각할 수 있지만 재미있고 무해하다.

우리는 동물 치장에 열광한다. 심하게 꾸며주는 사례도 어렵지 않게 찾아볼 수 있다. 예를 들어 개에게 진짜 털 코트를 입히는 것은 여러 가지 차원에서 잘못된 행위다. 하지만 사람이 자신의 애완동물에게 해주는 여러 가지 희한한 상품이 우리 동물 친구의 행복을 증진한다. 예를 들어 스놋스틱Snoutstik 연고는 코가 건조한 개에게 효과적이고, 실리콘으로 만든 미끄러짐 방지 발톱 싸개를 신기면 나이 들어 걸음이 불안정한 개도 미끄러지지 않는다.

하지만 동물 치장이 도가 지나쳐 동물의 행복에 부정적인 영향을 줄 때가 있다. 문제가 될 수 있는 치장 사례는 문신이나 피어싱처럼 동물의 몸에 직접 하는 행위다. 신원 인식이나 중성화 수술(벨라의 배에 조그만 초록색 점이 있는데 보호소에서 시술했다)을 받았는지 영구적으로 표시하는 작은 문신을 말하는 게 아니다. 이런 표식은 유용하기 때문에 동물이 잠시 불편함을 감수하게 할 가치가 있다. 나는 개의 옆구리에 커다란 빨간색 심장 무늬와 '알렉스/멜'이라는 글자를 문신한 남자나 '고딕' 스타일을 흉내 내 고양이 귀에 피어싱을 해서 인터넷에 올려 판매하는 여자를 말하는 것이다. 몇 주州에서는 동물에게 문신이나 피어싱 하는 것을 동물 학대 위반으로 규정하는 법이 통과됐다.

주인이 동물에게 꼭 필요한 항목에는 돈을 쓰지 않고 불필요한 치장에 돈을 들이는 경우도 문제가 될 수 있다. 나는 개를 위해 다달이 새 옷은 몇 벌씩 사면서 정작 "형편이 안 돼서" 수의사에게 데려가지 못한다고 말하는 여자를 안다. 이게 예외적인 사례일까? 연간 업계 판매 수치를 살펴보면, 애완동물 주인은 수의사의 진료나 진찰보다 먹을거리를 제외한 애완동물 제품과 치장 용품에 돈을 더 쓰는 듯하다.[1] 물론 판매 수치 합계로 개인의 소비 성향은 알 수 없지만, 적어도 우선순위가 잘못 설정됐을 가능성은 제기할 수 있다. 애완동물을 기르는 사람은 평균적으로 반드시 지출해야 하는 액수에 훨씬 못 미치는 돈을 수의사 진료비로 쓴다. 전체 개와 고양이 중 최소 4분의 1이 수의사에게 한 번도 진료 받지 못한 채 산다. 치료 받지 못한 채 만성 통증에 시달리거나, 주인이 알아차리지 못했거나 돈 쓰는 데 인색해서 천천히 진전되는 질병을 앓는 동물도 수백만에 달한다. 예쁜 목걸이와 먹이 그릇을 사는 데 돈을 쓰는 사람은 동물이 건강하고 편안하게 지내도록 병원 진료에도 넉넉히 돈을 쓸까? 답은 알 수 없지만 그러기 바란다.

애완동물 산업은 동물을 매력적으로 보이게 하는 상품을 소비하도록 우리를 부추기지만, 정작 중요한 건 살아 있는 동물이다. 이 책 뒷부분(특히 038 '살아 있는 산업' 참고)에서 동물을 상품으로 판매하는 문제와 도덕성에 대해 다룰 것이다. 지금은 동물을 치장하는 사례가 있다는 정도만 언급하고 넘어간다. 내 짧은 소견으로 이런 행태는 절대 바람직하지 않다. 심한 사례가 살아 있는 동물 목걸이다. 작은 플라스틱 주머니를 물로 채워

펜던트를 만들고, 그 안에 거북이나 금붕어를 넣는다. 거북이나 금붕어 목걸이는 중국에서 큰 인기를 얻었다. 이런 목걸이는 동물이 죽으면 급속도로 빨리 썩기 때문에 차고 다닐 수 있는 기간이 얼마 되지 않는다. 이보다 약간 모호한 사례가 당신이 사는 동네 상점에서 일어날 수 있다. 소라게를 밝게 장식하는 것이다. 소라게의 껍데기는 약간 칙칙한 갈색인데, 거기에 현란한 무지개 색이나 슈퍼볼 팀을 상징하는 색을 칠하거나 슈퍼맨의 'S'를 노란색으로 쓴다. 색칠한다고 게한테 유해하진 않으니 색칠 자체를 문제라고 할 수는 없지만, 이는 소비자의 소비 행태에 변화를 가져올 수 있다.

미국의 여러 쇼핑몰에는 크랩The Crab Shack 같은 점포가 입점했는데, 색칠한 게를 장난감처럼 전시하고 충동구매를 부추긴다. 싼값에 게와 플라스틱으로 만든 작은 '서식지'를 살 수 있다. 게가 색인 카드만 한 서식지에서 짧고 외로운 삶을 보낸다. 한 가지 알아둘 점은 소라게는 사회적인 동물이다.

동물은 농담의 대상?

리어기어의 항문 가리개는 '부끄러움'이라는 문제를 이용한다. 이 제품 광고를 보면 재미로 하는 소리겠지만 개가 이 가리개를 착용해서 부끄러운 엉덩이를 좀 더 가리고 싶어 한다고 암시하는 것 같다. 개를 싫어하는 사람이 SNS에서 개 키우는 사람이 얼마나 어리석은지 지적하는 실례로 이 항문 가리개 광고를 거론했는데, 엄청난 관심을 끌었다. 항문 가리개를 부착하는 것은 개에게 엉덩이 보형물을 입히는 것이나 마찬가지라며 분노한 개 주인도 있다. 어리석게 보일 수 있지만, 항문 가리개는 더욱 심각한 문제를 지적한다. 동물의 귀여움을 즐기는 것과 수치심을 유발해서 얻는 즐거움은 구별하기 모호하다. 동물과 함께 즐거워하고 웃는 것과 동물의 모습을 보고 비웃는 것의 경계가 불분명하다는 말이다. 동물에게 굴욕감을 줘 즐거움을 느끼는 상황을 만든다면, 이는 악의 없는 장난이 아니다. 여기서 동물이 수치심이나 모욕감을 느낄 수 있느냐는 논외다. 우리가 동물을 대하는 태도가 그보다 중요하다.

굴욕감은 동물의 복지가 위태로워질 때 심각한 문제가 된다. 예를 들어 사람들이 모여 파티를 하는데, 누군가 개에게 술을 먹여 개가 취하면 재미있을 거라고 제안했다고 하자. 맥주 맛을 즐기는 개가 많기 때문에 언뜻 보면 개도 이런 무모한 장난에 기꺼이 참여하는 듯하다. 인스타그램이나 페이스북에 맥주 마시는 개의 사진이 심심치 않게 올라오는 것도 이 때문이다. 이런 사진을 보고 모두 웃는다. 하지만 이는 핼러윈 의상을 입히는 것처럼 무해한 장난이라고 보기 힘든, 동물 학대에 준하는 행위가 될 수 있다. 최근 뉴욕주립대학교 브록포트칼리지The College at Brockport State University of New York의 남학생 사교 클럽 청년들이 벌인 소동을 생각해보자. 이들은 검은색 래브라도레트리버 미아에게 케그 스탠드keg stand(맥주 통 위에 거꾸로 선 채 맥주 통에 달린 꼭지에서 직접 맥주를 마시는 행위)를 시키고 그 모습을 찍어 트위터에 올렸다. 이들은 동물 학대 혐의를 받고 있다.

이 사건과 최근 인터넷에서 유행하는 '애완동물 굴욕 사진 올리기'를 연계해 이야기할 수 있다. 굴욕 사진이나 비디오를 보면 동물이 저지른 죄를 고백하는 글, 죄를 강력히 시사하는 증거와 함께 죄책감을 느끼는 듯한 모습이다. 개나 고양이가 대부분이지만 닭이나 거북이 등장하는 경우도 있다. 예를 들어 노란색 비글 마이모는 코끼리 인형의 얼굴을 뜯어 먹었다고 시인하고, 퍼그 시마노는 "나는 침대에 세 번 토했고 엄마가 빨기 전에 다 먹어버렸어요"라고 말한다. 예쁜 삼색 얼룩 고양이가 "햄스터에게 오줌 쌌어요"라고 말하고, 400달러짜리 국세 환급 수표를 먹어버려서 미안하다고 고백하는 검은 고양이의 사진을 볼 수 있다. 애완동물 굴욕 사진을 보면 다른 사람이 기르는 애완동물도 우리 집 녀석처럼 장난치거나 더 심한 경우도 많다는 걸 알 수 있어 기분이 좋다. 무엇보다 애완동물의 '버릇없는 행동'을 너그럽고 유머러스하게 받아 넘기는 주인의 넉넉한 품성이 마음에 든다.

애완동물과 함께 살기

공감의 씨앗 심기

내 친구 매기는 여덟 살 난 딸아이에게 편지를 받았다.

엄마에게

이번 생일에 선물로 햄스터를 받고 싶어요. 햄스터는 정말 귀여워요!!! 아, 그리고 저는 정말 책임감 있게 햄스터를 돌볼 거예요.

먼저 정말 잘 돌봐줄게요. 매일 먹이를 줄 거예요. 데리고 놀면서 재주도 가르치고, 내 방 여기저기 돌아다니게 하고, 바퀴도 돌리게 할 거예요.

매주 목요일에는 깔개를 바꿔주고 우리 청소도 할게요. 먹이랑 물도 채워주고요. 터널이랑 돌리는 바퀴 같은 장난감도 넣어 줄 거예요.

햄스터가 우리 집에 오면 모두 아주 사랑할 거예요. 아, 운동도 해야 하니 내 방에서 뛰어다니게 할게요. 친구가 오면 나랑 친구 몸에 놓고 기어 다니게 하고요.

그러니까 우리는 햄스터가 있어야 해요. 햄스터가 있으면 나한테 정말 좋을 거예요. 한 마리는 책임감 있게 키울 수 있어요. 엄마도 그렇게 생각하지 않아요?

사랑하는 딸이

많은 부모에게 익숙한 상황이다. 아이가 애완동물을 원한다, 아니 애완동물이 필요하다. 아이는 애완동물을 얻기 위해 무슨 일이든 할 기세다. 그렇다면 지는 척, 아이의 애원을 받아줘야 하지 않을까?

몇 주 전 나는 인간이 동물에게 얼마나 강하게 끌리는지 말해주는 장면을 목격했다. 디스카운트타이어Discount Tire에서 타이어 위치를 바꾸려고 줄을 섰는데, 내 앞에 어떤 여성이 8개월 정도 돼 보이는 아기를 안고 있었다. 잠시 뒤 페키니즈를 안은 여성이 내 뒤에 섰다. 이 페키니즈가 등장한 순간, 아기의 시선은 강아지에게 찰싹 붙었다. 나는 아기를 좋아하는지라 미소 짓고 눈짓을 하는 등 아기의 관심을 끌어보려 애썼지만 소용없었다. 아기의 신경은 온통 강아지에게 쏠렸다. 그런 사실이 전혀 놀랍

애완동물과 함께 살기

지 않았다. 마침 게일 멜슨Gail Melson이 어린아이의 삶에서 동물의 역할에 대해 탐구한 《Why the Wild Things Are야생동물은 왜 그럴까》를 읽었기 때문이다.

인간은 거의 태어나자마자 동물에게 매료되는데, 이는 우리의 생리에 깊이 뿌리박혔다. 젖먹이는 움직이지 않는 물체 이미지보다 동물의 이미지를 빨리 처리한다. 거의 모든 어린아이가 선천적으로 동물에게 호기심과 관심이 있고, 아이에서 어른으로 발달하며 필연적으로 동물에 대한 일련의 믿음과 태도를 형성한다.[1] 이런 관계 발전은 많은 경우 집에서 애완동물을 기르며 나타난다. 반려동물과 함께 성장한 사람은 동물을 중요하게 여기며 살아갈 확률이 높다. 즉 내일의 애완동물 주인이 되는 것이다. 어릴 때 집에서 개를 기른 사람은 커서 개를 키울 확률이 높고, 고양이를 키웠다면 나중에 고양이를 들일 가능성이 높다.

생태학자 콘라트 로렌츠Konrad Lorenz는 유년기에 애완동물을 기르면 "창조와 그 아름다음 속에서 찾을 수 있는 기쁨을 인간의 마음에 심기 위해 필요한 모든 것"[2]을 얻는다고 말했다. 로렌츠의 말이 옳을까? 유년 시절에 애완동물을 기르는 행위는 어린이에게 자연과 교감, 동물에 대한 연민, 책임감을 불어넣을까? 아니면 동물은 특히 우리의 기분과 쾌락을 위해 존재하며, 우리에 가두고 그들의 삶을 부정하는 것이 동물을 다루는 적절한 방법이라고 가르칠까? 애완동물은 아이들에게 이로울까? 애완동물에게 아이들은 좋은 존재일까?

집에서 애완동물을 기르는 것이 아이에게 책임감을 가르치는 데 미치는 영향에 대한 연구는 거의 없었다.[3] 나는 우리가 생각하는 '책임지기'의 의미가 정확히 무엇인지에 따라 결과가 달라진다고 생각한다. 아이에게 반려동물을 책임감 있게 보살피는 법을 가르치는 것이 목표라면, 부모가 애완동물을 기르면서 책임감 있게 보살피는 방법을 조언하면 된다. 여기서 핵심은 부모가 보살핌에 대한 조언을 올바르게 하고, 그 책임을 아이에게 떠넘기지 않으며, 아이 스스로 기꺼이 받아들일 수준을 넘어서는 책임을 지우지 않는 것이다. 그런데 시간 내 숙제를 끝내도록 책임감을 기른다든가 시키지 않아도 알아서 할 일을 열심히 하게 교육하는 등 좀 더 포괄적으로 책임감을 가르치는 것이 목표라면, 애완동물을 돌보는 일이 그런 습관을 훈련하는 데 적합한지 의심스럽다.

최근 연구에 따르면 애완동물과 함께 자란 경우, 지역사회 참여와 사회적 책임감을 형성하는 데 긍정적인 영향을 미치는 듯하다. 발달심리학자 메건 뮬러Megan Mueller는 아이에게 영향을 미치는 요소는 집 안에 애완동물이 있다는 사실이 아니라 아이와 동물이 맺은 관계의 품질이라고 말한다. 아이가 동물을 돌보는 데 깊이 관여할수록 사회봉사 활동에 참여하고 친구나 가족을 도울 가능성이 높아졌다. 뮬러는 다음과 같이 말한다. "애완동물에 대한 애착이 큰 아이는 어른이 되어 지역사회나 타인과 관계에서 좀 더 가까이 연결됐다고 느낀다."[4]

부모가 자녀에게 애완동물을 돌보게 하는 이유 중 하나가 공감 능력을 발달시키기 위해서라고 말한다. 내 딸도 이렇게 기르고 싶다. 나는 딸아이가 독일 철학자 쇼펜하우어가 "살아 있는 모든 것에 대한 한없는 연민"이라고 부른 것을 발달시키길 원한다. 제임스 서펠과 엘리자베스 폴Elizabeth Paul에 따르면 애완동물은 동물 대사("다른 범주의 동물, 자연과 도덕적 연결 고리") 역할을 할 수 있다. 애완동물은 인간과 동물의 중재적 입장에 있기 때문에 이것이 가능하다. 애완동물과 긍정적인 관계가 다른 사람에게 공감을 확장하는 능력은 물론, 동물 전반에 대해 인도적인 태도를 발달시키는 것과 관련 있다고 주장하는 연구도 있다. 유치원생을 대상으로 한 연구에서 반려동물에게 공감하는 것이 다른 아이들에게 공감하는 것과 상관관계가 있음을 밝혀낸 일화를 예로 들 수 있다. 동물에게 강한 유대감을 갖는 아이의 공감 점수가 가장 높았다.[5]

애완동물과 함께 자란 아이는 (특히 동물에게) 공감적 정서가 강한 어른으로 성장할 수 있다. 서펠과 폴은 어린 시절 애완동물을 기른 경험은 전반적으로 동물에 대한 관심, 채식주의 같은 윤리적 식품 섭취와 강력하고 긍정적인 상관관계가 있으며, 미약하나마 보존이나 환경 기구에 가입하는 것과도 관련이 있다는 것을 알아냈다.[6] 공감은 단순한 정서적 반응이 아니며, 지식과 경험에 따라 형성된다. 다른 이를 깊이 이해할수록 공감의 잠재력이 강하다. 애완동물과 함께 사는 아이는 동물을 기르지 않는 아이가 결코 알 수 없는 방식으로 동물과 그들의 감정을 이해하는 법을 배울 수 있다.

'애완동물로 인해 형성되는 공감' 연구는 아직 어떤 결론을 낼 수 있는 단계가 아니다. 우리는 동물과 인간에 대한 공감을 연구하는 법, 이 분야에서 애완동물 기르기가 어린이의 정서 발달에 미치는 영향에 대해 아직 정확하게 알지 못한다. 애완동물을 기르는 아이가 기르지 않는 아이보다 잘 공감하는 게 아니라고 밝히는 연구도 있다. 공감은 널리 알려진 일반화된 특성이기 때문에 타인에 대한 공감과 동물을 향한 공감이 연결된다는 생각은 직관적 사고로 보인다. 그런데 이런 가설을 뒷받침할 만한 연구가 없고, 인간을 향한 공감과 동물에 대한 공감이 유년기의 애완동물 기르기와 어떤 관련이 있는지도 알 수 없다.[7] 공감은 좁은 의미에서 초점을 맞출 수 있기 때문에 어떤 아이가 개와 고양이에게는 공감해도 돼지나 닭, 벌레가 당하는 고통에는 공감하지 못할 수 있다. 우리는 아이에게 동물과 연민에 대해 모호하고 양면적인 메시지를 보낸다. 애완동물 기르기는 아이에게 그저 혼란을 더하는 활동이 될 수도 있다.

부모가 자녀에게 애완동물을 기르게 하는 또 다른 이유는 아이가 과학, 특히 생물에 관심을 두도록 유도하기 위해서다. 나역시 거의 같은 이유로 딸이 동물에게 관심을 두고 다양한 생물을 기르도록 허용한다. 이 점에서 나는 성공을 거뒀다. 내 딸은 어릴 때 〈해나 몬태나Hannah Montana〉 같은 뮤지컬 시트콤을 보기보다 쥐나 게코도마뱀 관련 책을 읽는 데 시간을 보냈다. 현재 고등학생인 딸이 가장 잘하고 좋아하는 과목이 생물이다. 유년기에 애완동물을 기르는 것이 과학을 대하는 태도와 자연계에 대한 관심을 높이는 데 미치는 영향을 연구한 사례는 없지만, 동물과 함께 사는 것이 아이의 과학적 호기심을 촉진하지 않을까 싶다.

이제 애완동물과 아이들 관련 담론의 두 번째 장으로 넘어가자. 학문적 주목을 받은 적이 거의 없고, 점잖은 사람들도 거의 거론한 적이 없는 주제다. 지각 있는 생명체의 복지를 아직 성숙하지 않았고 발달 중인 인간의 손에 맡겨도 괜찮을까? 당신이 자녀와 애완동물을 기른다면 이 질문이 조금 불편할 것이다. 나도 그러니까. 우리 아이가 책임감 있는 어른으로 자라기 바라지만, 아이는 아이일 뿐이다.

책임감을 가르치는 데 동물을 이용하는 것은 불공평해 보인다. 아이가 동물을 책임감 있게 돌보는 법을 연마하기까지 동물은 필요한 때 중요한 돌봄을 받지 못한 채 방치될 수 있기 때문이다. 내가 아는 어떤 집은 개밥 주는 일을 자녀에게 맡겼는데, 아이들이 밥 주는 것을 잊어버리면 개는 내내 굶었다. 이는 부모의 육아가 잘못된 것인가, 동물을 돌보는 데 태만한 것인가, 아니면 둘 다인가? 어떤 경우든 고통 받는 것은 개다. 또 다른 친구는 네 딸이 애완용 쥐에 대해 얼마나 책임감 있게 행동하는지

시험했다. 그녀는 쥐 우리를 옷장에 감췄다. 네 딸은 여덟 살에서 열여섯 살인데, 2주가 지나서야 쥐가 안 보인다는 것을 깨달았다. 이 방법은 아이들에게 효과가 좋았다. 성실하게 돌봐주지 않으면 애완동물을 길러서는 안 된다는 메시지를 확실히 심어줬다. 물론 내 친구가 옷장에 감추고 돌보기는 했지만, 쥐는 2주 동안 어두운 옷장 속에서 지내야 했다.

아이들이 정말 원하는 것은 애완동물을 만지고 안는 것이다. 하지만 아이들은 동물을 다루는 손길이 서툴고 거칠 때가 있다. 어릴수록 운동신경을 정교하게 제어하지 못하기 때문에 아무리 노력해도 동물을 부드럽게 다루기 어렵다. 작은 동물을 조심스럽게 안는 법, 개나 고양이에게 적절히 애정 표현하는 법을 배우지 못한 경우가 많다. 모순되게도 부모가 아이를 위해 고르는 애완동물은 주로 작은 포유류다. 값싸고, 수명이 길지 않고, 돌보기 쉽고, 개나 고양이처럼 기르기 까다롭지 않아서 아이가 싫증을 내면 다른 이에게 주기도 쉽기 때문이다. 하지만 이런 동물은 작아서 개나 고양이보다 훨씬 예민하고, 거칠게 다룰 경우 더 심한 고통을 받는다. 개나 고양이보다 인간의 환경에 잘 적응하지 못하고, 큰 소리나 수많은 활동으로 스트레스도 쉽게 받는다. 애완동물 상점에서 일반적으로 판매하는 어린이를 위한 '시작용 애완동물'(햄스터, 게르빌루스쥐, 소라게 등)은 볼파이슨이나 날다람쥐 같은 '고급 애완동물'보다 강인하다. 다시 말해 잘 죽지 않는다. '시작용 애완동물'은 부적절한 명칭이다. 예를 들어 표범도마뱀붙이도 보통 시작용 애완동물 범주에 넣는데, 이 도마뱀은 돌보기가 매우 복잡하고 살기에 적합한 환경을 만들어주기도 까다롭다. 그리고 도마뱀은 일반적으로 사람이 만지는 것을 좋아하지 않는다.

아이와 동물이 함께 노는 광경을 보면 가슴이 따뜻해진다. 동물을 집에 들이는 데 가장 설득력 있는 이유가 자녀의 놀이 상대를 만들어주기 위해서다. 아이들은 종종 자기 위주로 노는데, 동물 입장에서는 단연코 힘들고 불쾌한 상황이 될 때가 있다. 예를 들어 나는 어릴 때 기르던 강아지 브라우니에게 옷 입히기를 좋아했다. 브라우니는 그걸 싫어했는데, 내가 녀석에게 옷 입히길 좋아한 이유 중 하나는 브라우니가 짜증스러워하는 얼굴을 보는 게 재미있어서다. 브라우니가 싫어해도 옷 입히기가 학대 행위는 아닐 것이다. 하지만 학대에 가까운 놀이가 있다. 한번은 친구네 집에서 도저히 잊을 수 없는 광경을 목격했다. 친구의 어린 딸이 욕실에 있었다. 욕조에 물이 가득하고, 아이는 애완용 쥐 두 마리에게 '수영 연습'을 시켰다. 심각한 스트레스와 무력감이 쥐의 생리에 미치는 영향을 연구하는 강제 수영 실험에 대해 들어본 적이 있는데, 아이가 쥐에게 시키는 수영 연습이 정확히 그 실험을 재현하는 듯했다. 물이 가득한 욕조에 갇힌 쥐는 욕조의 측면이 너무 높고 미끄러워서 빠져나올 수도, 마땅히 쉴 수도 없는 상황이었다. 대체 아이 엄마는 어디에 있단 말인가?

아이들의 동물 학대는 우려될 정도지만, 일반적인 '발달상' 경험으로 여겨지는 모양이다 (026 '동물에 대한 잔학성, 학대 그리고 방치' 참고). 그래서 아이들이 동물을 학대하는 자료를 간단히 무시한다. 유년기의 학대 행위는 대부분 떠돌이 동물이나 엉뚱한 곳에서 방황하는 유기 동물이 아니라 집에서 키우는 애완동물을 대상으로 벌어진다. 부모에게 학대를 배우는 경우도 있지만 항상 그렇지는 않다. 부모의 품성이 좋으니 자녀가 동물을 학대하지 않을 거라고 확신할 수도 없다. 애완동물과 아이가 같은 공간에 있을 경우, 동물은 일정 부분 해를 당할 위험에 노출된다.

집에 동물이 있는 경우 아이는 학대나 가혹 행위, 불안정한 상태의 실례를 경험할 수 있다. 동물에게 잔인하게 구는 부모는 아이에게도 잔인성을 가르칠 수 있다. 동물에게 가하는 폭력은 마치 유전병처럼 종종 한 세대에서 그다음 세대로 전달된다. 애완동물이 가정 폭력의 늪에 빠지는 경우가 빈번하다. 부모가 아이에게 벌이나 겁을 줄 때 동물을 이용하기도 한다 (030 '연결 고리' 참고). 진짜 폭력은 아이에게 행해도 동물이 부수적 피해자가 된다. 내가 들은 가장 섬뜩한 학대 이야기가 있다. 한 엄마가 아들이 숙제를 열심히 하지 않아서 매우 언짢았다. 그 엄마는 아들에게 어떤 벌을 내렸을까? 망치로 아들이 기르는 햄스터를 직접 죽이라고 시켰다.

아이와 애완동물은 좋지 않은 조합이라는 말이 아니다. 동물은 아이의 삶에 중요한 역할을 한다. 특히 공감과 연민의 감정

애완동물과 함께 살기

을 발달시키는 데 필수적이다. 동물을 가엾게 여기고 존중하는 마음을 기르는 확실한 방법은 특정 동물과 밀접한 관계를 맺는 것이다. 동물의 생리와 행동을 관찰하고 공부하면 생물의 세상이 돌아가는 법에 대한 지식을 얻는 데 도움이 된다. 집에서 동물을 기르면 부모는 자녀에게 동물과 자녀가 안전한 방식으로 소통하고 관계하는 법을 가르칠 수 있다. 아이와 동물이 반드시 인정해야 할 절충점은 여전히 존재한다. 애완동물 기르기 유형 가운데 오늘날 아이들에게 인기 있는 방식, 즉 개구리나 올챙이를 부근 호수에서 잡는 것처럼 동물을 야생에서 포획해 애완동물로 만드는 일, 파충류나 양서류, 물고기와 같이 작은 동물을 작은 우리나 수조에 넣어 기르면서 "잘 돌봐준다"고 말하는 것이 진정 아이에게 연민을 가르치는지 분명하지 않다.

애완동물을 사달라고 조르는 매기의 딸이 보낸 귀여운 편지를 보고 친구들은 경고했다. "햄스터도 엄연한 동물이고, 시작 단계 애완동물이야."

014

애완동물과 인간의 건강

애완동물 기르기와 관련한 말 가운데 "동물은 우리를 건강하게 만든다!"만큼 많이 회자되는 말도 없다. 하지만 이에 대한 근거는 미약하다. 〈Why Having a Dog Helps Keep Kids Asthma-Free개를 기르면 아이의 천식이 없어지는 이유〉(《타임TIME》), 〈Your Dog Can Be the Secret to Weight Loss체중 감량의 비밀은 바로 당신의 개〉(개 행동 전문가 시저 밀란Cesar Millan이 운영하는 웹 사이트) 등 미디어에 거의 매주 선정적인 헤드라인이 올라온다. 웹엠디에는 "애완동물을 기르면 우울증을 피하고, 혈압이 내려가고, 면역력을 증진할 수 있다. 심지어 사회생활도 개선될 수 있다"고 나온다.[1] 이렇게 시선을 끄는 이야기를 듣다 보면 애완동물 기르기가 당신의 행복과 건강을 위해 최선이라는 생각이 든다. 이와 같은 이야기는 과학 관련 미디어 보도와 마찬가지로 대개 소규모 연구에 초점을 맞추고, 맞든 틀리든 그 자료에서 추론할 수 있는 가장 화려한 부분을 떼어 낸다. 이런 기사는 동물과 인간의 건강에 연결된 복잡한 관계를 우리가 실제보다 많이 이해하는 듯한 인상을 준다.

최근 가장 흥미로운 영역은 반려동물이 우리의 건강에 긍정적인 영향을 미칠 수 있는 다양한 방법이다. 건강상 이점에 대한 연구는 단편적이지만 확실히 흥미롭다. 그중 몇 가지를 소개한다. 모두 브루스 헤들리Bruce Headly와 마르쿠스 그라브카 Markus Grabka의 2011년 문헌 포괄 평가에서 따왔다.[2] 애완동물과 건강에 관한 첫 번째 대단위 연구는 1970년대 에리카 프리드먼Erika Friedmann과 동료들이 실시했다. 이들은 애완동물이 주인의 생리 변화를 이끌어낼 가능성과 그런 변화가 인간의 건강에 이로운지 연구했다. 관상 질환 집중 치료 병동에 입원한 환자 가운데 집에 애완동물을 기르는 사람은 기르지 않는 사람보다 치료 결과가 좋았다. 다른 연구에서는 심장마비를 겪은 뒤 개를 기르는 사람은 기르지 않는 사람보다 사망할 확률이 낮은 것으로 나타났다. 메디케이드Medicaid* 가입자 중 큰 그룹에서 애완

---

* 미국의 저소득층 의료보장 제도. 소득이 빈곤선의 65퍼센트 이하인 극빈층에게 연방 정부와 주 정부가 공동으로 의료비 전액을 지원한다.

동물을 기르는 사람은 삶의 역경에 덜 힘들어하고, 병원 진료도 덜 받는 것으로 나타났다. 애완동물을 기르면서 동물과 유대감이 좋은 노인은 애완동물을 기르지 않는 노인보다 건강이 악화되는 속도가 완만하다. 애완동물을 기르며 자란 아이는 천식에 걸릴 위험이 낮으며, 기니피그와 개는 자폐성 장애를 앓는 아이의 사회 활동에 도움이 되기도 한다.

애완동물이 우리의 정신적·정서적 건강에 이점을 준다는 증거도 있다. 심리학자 보리스 레빈슨Boris Levinson은 개를 공동 치료사로 이용했다. 그는 개가 심리 치료에 도움이 된다는 것을 알았다. 개가 있는 것만으로 교류와 소통을 촉진하고, 사람들이 마음을 열고 편안해지는 데 도움이 됐기 때문이다. 애완동물이 있을 때의 혈압처럼 생리학적 변화를 측정하는 연구 기록에서 알 수 있듯이, 동물은 스트레스를 완충하는 효과를 이끌어내는 것 같다. 일례로 일본에서 노인을 대상으로 한 연구를 살펴보면, 혼자 걸을 때보다 애완동물을 산책시킬 때 스트레스 수준이 현저하게 낮았다. 다른 연구를 봐도 앤지오텐신 전환 효소 억제제 치료를 받을 때보다 방에 반려견과 함께 있을 때 혈압이 낮은 것으로 나타났다. 개와 함께 지내면 신뢰감, 사회적 유대감, 쾌락 같은 감정과 관련된 옥시토신 분비가 증가한다. 동물이 인간의 우울증, 심리적 외상 후 스트레스 장애, 알츠하이머에 이로운지 연구가 진행 중이다.

동물은 일종의 사회적 자본이고, 사회적 윤활제 역할을 할 수 있다. 동물이 잠재적으로 친구가 될 수 있는 이들과 연결되고 사회 교류를 유발하도록 사람을 도울 수 있다는 의미다. 사회 관계와 사회적 지원 시스템인 사회적 자본은 더 나은 건강과 연결된다.[3] 남성은 개를 매개로 여성을 만날 수 있고, 고양이를 데리고 있는 남성은 스타일 좋고 섹시해 보인다. 우습지만 여성이 고양이를 데리고 있으면 광적이라는 고정관념이 있다. 애완동물은 사회적으로 소외됐을 때 아픔을 완화하는 데 도움이 될 수 있고, 수많은 사람을 행복하게 만들기도 한다. 심지어 사람을 더 똑똑하게 만든다. 실험실에 개를 데려다 놓자, 인지적 작업에서 오류가 나는 횟수가 줄고 정보 기억력도 개선됐다.

이런 연구에 대해 언급할 때 여전히 조심할 필요가 있다. 이런 연구가 다른 인구군, 동물과 다른 교류 유형, 특정 조건 등에 맞춰 체계적으로 진행된 것이 아니기 때문에 '애완동물이 혈압을 낮춘다'고 단정적으로 주장할 수 없다. 다른 가정과 비교할 때 애완동물을 기를 가능성이 높은 특정 유형의 가정에 천식을 앓는 아이가 있을 확률이 더 낮을 수도 있다. 얼마든지 가능한 일이고, 인과관계를 확인하기 어렵다. 그래서 대다수 애완동물과 인간 건강의 관계 연구는 어느 정도 회의적인 관점에서 접근할 필요가 있다.

애완동물을 키워서 얻는 이점이 많지만, 건강상 책임져야 할 점도 있다. 우리는 병원균에 노출된 상태다. 해마다 450만 명이나 되는 미국인이 개에게 물린다. 애완동물에 발이 걸려 넘어져 심각한 부상을 당하는 사람도 8만 5000명에 달한다. 우리가 그중 한 사람이 될 수 있다. 상대적으로 덜 부각되지만 역시 심각한 문제는 애완동물 주인이 받는 스트레스다. 내 흰머리는 거의 모두 우리 집 애완동물 때문에 생겼다. 모든 사람이 동물을 좋아하지는 않는 사회에서 애완동물을 기르다 보면 다른 이들과 갈등이 생길 수 있다. 사람들은 개에 대한 애정을 공유하는 개 공원에서도 볼썽사나운 싸움을 벌이고, 무례한 언사를 주고받는다.

사랑하는 애완동물의 건강이 악화되고 죽음이 임박한 상황 역시 심각한 스트레스의 원인이다. 나는 기르던 개 오디가 나이들어 마지막 순간에 이를 때까지 돌보면서 육체적·정신적으로 표현하지 못할 만큼 힘든 시간을 보냈다. 《마지막 산책The Last walk》을 집필하기 위해 연구하면서 그런 고통을 겪는 사람이 나뿐만 아님을 알았다. 우리는 애완동물의 죽음을 애통해하는 것이 별나고 사회적으로 어색한 행위라고 받아들여질 수 있는 문화에 산다. 그 때문에 동물 친구를 잃으면 더 슬프고 고통스러울 수 있다. 애완동물이 진짜 가족이라면 그들의 죽음을 공개적으로 애통해하는 게 이상한 일인가? 가족을 잃은 슬픔을 표현하는 것은 당연한 일 아닌가? 아프거나 부상당한 동물을 돌보는 데 드는 비용 때문에 매우 힘들어질 수도 있다. 마야는 이달에 예기치 않게 구강외과 의사에게 치료를 받았는데, 비용이 2000달러가 들었다. 마야의 몸에 지장을 주기 시작한 커다란 지방종을 제거하는 수술 일정도 잡혔다. 수술비는 1000달러다. 벨라는 치료에 저항하는 알레르기 완화에 도움을 줄 비싼 보조제를 세 번이나 먹었다. 방광염이 재발한 토르를 치료하는 데도 350달러를 내야 한다.

애완동물을 기르기로 결정하면 애완동물 주인에게도 예상 가능한 위험이 도래한다. 그보다 중요한 것은 다른 생명의 목숨을 책임진다는 사실이다. 애완동물과 인간의 교류가 동물에게 미치는 영향은 아직 연구되지 않았다. 하지만 우리가 동물의 복지를 신중하게 생각한다면 동물을 이용한 치료법에 몸을 던지기 전에 이런 연구를 해야 한다. 예를 들어 자폐증이 있는 아이와 함께 지낼 경우, 개에게는 어떤 영향을 미치는가? 항상 우울하거나 화가 난 사람과 함께 사는 동물은 정서적으로 주인의 성향을 닮아가지 않을까?

"동물은 우리에게 이롭다"는 말이 나는 약간 무책임하게 느껴진다. 요란한 미디어 헤드라인의 홍수는 애완동물을 또 다른 다이어트 약이나 아사이베리, 청춘의 샘처럼 만들 위험성을 내재한다. 우리를 더 날씬하고 아름답고 젊게 만들어준다고 선전하면서 말이다. 최근에 출간된 책에 이런 말이 있다. "자기치료 일환으로 애완동물 상점에 들어가 동물을 구입하는 일이 널리 받아들여지는 것은 물론, 심지어 주류 건강 전문가들이 이를 지지한다. 반려동물을 돌보고 그들과 교류하는 것이 항불안제와 항우울제를 섞은 처방전을 받는 것과 유사하다는 생각은 과학적 증거에 관심이 많은 사람에게 이제 웃어넘길 일이 아니다."⁴ 동물이 새로 나온 효과 빠른 약일 수도 있다. 하지만 동물은 아 사이베리가 아니다. 생명이 달린 문제다. 인간의 건강을 증진할 도구로 살아 있는 존재인 동물을 이용하는 것이 진정 윤리적인 행위일까?

애완동물과 함께 살기

015

동물이 옮기는 질병에 관한 생각

 미생물학 수업은 세상을 보는 나의 관점을 바꿔놓았다. 미생물학 수업 이후 공중 음료수대, 문손잡이, 냉장고 손잡이에 박테리아와 바이러스성 세균이 우글대는 것을 알았다. 인수공통전염병에 대한 책을 읽으면서도 유사한 일이 벌어졌다. 우리 집 동물에 온갖 미생물(그중에는 결코 이롭지 않은 것도 많다)이 서식한다는 것을 알고, 약간 결벽증이 생긴 것이다. 나는 여전히 개와 고양이를 안아주지만 전보다 자주 손을 씻고, 정기적으로 배설물을 치우고, 토르가 핥으려 할 때마다 얼굴을 돌린다.[1]

 우리는 조류독감, 돼지 독감, 한타 바이러스 등 가축이나 야생동물에서 비롯되는 인수공통전염병에 익숙하고, 비교적 잘 안다. 하지만 애완동물에게 전염될 수 있는 병은 최근에 부상한 영역으로, 사람과 애완동물의 교류를 이해하는 데 반드시 알아야 할 부분이다. 애완동물과 관련된 전염병에 대해 이야기할 때 거의 모두 알고 집단적 상상력을 강렬하게 장악하는 전염병은 광견병일 것이다(당신이 개와 소년의 우정을 그린 영화 〈올드 옐러Old Yeller〉의 팬이라면 더욱). 광견병은 치명적이다. 선진국에서는 강력한 백신 접종 제도를 실시한 덕분에 광견병이 잘 통제되지만, 세계 곳곳에서 여전히 심각한 우려를 낳는 질병이다. 세계보건기구World Health Organization, WHO에 따르면 광견병은 150여 국가와 지역에서 발생하며, 연간 6만여 명이 광견병으로 목숨을 잃는다.

하지만 광견병 문제는 동물 원성 전염병 문제의 표면을 가볍게 긁는 정도일 뿐이다. 스콧 위즈J. Scott Weese와 마사 풀포드Martha Fulford가 편집한 《Companion Animal Zoonoses반려동물이 옮기는 전염병》은 우리가 기르는 애완동물에게 있는 병원균과 벌레에 대한 정보를 담았다. 이 책에는 회충, 백선, 촌충, 선충, 진드기, 벼룩, 크립토스포리디움증*을 일으키는 콕시디아 기생체, 톡소포자충증**을 일으키는 원생동물문 등 다양한 기

---

* 기생성 원생동물에 의한 감염으로, 설사와 구토를 수반함.
** 톡소플라스마 원충에 의한 인수공통전염병. 임산부가 감염될 경우 사산이나 심각한 태아 기형이 초래될 수 있음.

애완동물과 함께 살기

생충이 나온다. 캄필로박터Campylobacter,* 카프노사이토파가 Capnocytophaga, 클로스트리듐Clostridium, 고양이 찰과상 감염증을 유발하는 바르토넬라Bartonella 박테리움 등을 포함하는 세균성 질병도 있다. 다행히 바이러스성 인수공통전염병은 선진국에서 거의 찾아보기 힘들다. 마지막으로 진균성 질병이 있는데, 위즈와 풀포드는 가장 일반적인 애완동물 관련 전염병이 진균성 질병이라고 말한다. 인수공통전염병의 전달 경로는 매우 넓지만, 가장 일반적으로 동물이 물거나 할퀴거나 핥거나 접촉할 때와 동물의 배설물에 접촉할 때 감염된다.

일반 가정에 가장 많은 동물이 개와 고양이니 흔히 이들에게 감염되는 전염병을 염려하지만, 설치류와 양서류, 야생동물 등을 통해서도 감염될 수 있다. 사람은 보통 이런 동물과 접촉하지 않는다. 게코도마뱀에게 입 맞추거나 햄스터를 데리고 자는 사람이 일반적이지는 않다. 그저 만지는 것으로도 병원균에 노출될 수 있다. 이런 동물은 물거나 할퀴기도 한다. 부모가 자녀의 애완동물로 이따금 선택하는 종이 설치류라는 점도 기억해둘 만하다. 설치류가 물고 할퀴는 일이 자주 벌어지는데, 이로 인해 감염될 가능성이 있다. 예를 들어 쥐는 모닐리포르미스연쇄간균Streptobacillus moniliformis이나 스피릴럼마이너스Spirillum

---

* 가축과 사람에게 식중독을 일으키는 박테리아.

minus로 야기되는 쥐물음열을 전염시킬 수 있다. 질병통제예방 센터Centers for Disease Control Prevention, CDC는 2014년 애완용 쥐가 할퀴고 나서 쥐물음열에 걸린 열 살 소년이 사망한 뒤 경고했다. 파충류에는 살모넬라균이 있다. 어항에 있는 '어항 육아종'(미코박테리움 마리늄Mycobacterium marinum)에 감염될 수도 있다. 애완동물과 사람이 앓는 질병에 관한 흥미로운 연결 고리가 계속 소개된다. 이에 관한 예로 인간, 특히 여성이 앓는 우울증과 고양이에게 물리는 것의 상관관계를 증명하는 증거가 있다.[2]

위즈와 풀포드가 경고하듯이, 우리가 인수공통전염병과 동물이 인간에게 전염시킬 수 있는 위험 문제를 제기할 때 동물을 향한 적대적인 반발을 야기할 우려가 있음을 알아야 한다. 세계 곳곳에서 적대적 반발이 일어난 것처럼 대대적으로 발생할 수도 있다. 일례로 2006년 중국 윈난성雲南省에서는 광견병에 대한 공포감 때문에 5만 마리가 넘는 개를 모아 도태 작업을 실행했다(이를 위해 몽둥이질, 감전사, 생매장이 자행됐다). 개인이 수의사나 전문가의 조언에 따라, 혹은 증거도 없이 애완동물 때문에 병이 났다고 판단하는 경우도 많다. 위즈와 풀포드는 "애완동물이 감염원임을 나타나는 확실한 증거가 없는 상황에서 안락사 시키거나 없애라고 권고하는 불행한 상황이 수없이 벌어진다"[3]고 말한다. 그들은 애완동물을 길러서 얻는 이점과 위험 요소의 미묘한 균형을 제대로 이해하고, 충분한 증거에 따라 문제에 접근하는 조심스러운 자세가 필요하다고 강조한다.[4]

애완동물과 함께 살기

016

애완동물의 건강

인간은 애완동물을 기르면 확실히 건강상 이점이 있는 것 같다. 동물은 어떨까? 동물도 우리와 함께 살면 건강상 이점이 있을까? 우리가 동물의 혈압을 낮추고, 알레르기에 걸릴 확률을 줄이며, 전반적인 수명도 늘려줄까? 애완동물을 기르는 사람에 따라 확연히 다르고, 상반된 답이 나올 것이라 예상된다. 한 가지는 확실하다. 애완동물의 건강은 전적으로 우리 손에 달렸다. 책임감 있는 애완동물 주인이 할 일이 동물을 잘 길러 최상의 건강을 유지하며 오랫동안 잘 살게 하는 것이라면, 양식 있는 애완동물 주인이 할 일이 아주 많다.

동물의 건강에 영향을 미치는 요소 중에는 개를 근친교배 시키는 행위(035 '나쁜 브리딩에 대한 생각' 참고), 환경오염 물질에 노출하는 행위(022 '애완동물과 지구' 참고)처럼 개인의 통제를 벗어난 것이 있다. 당신은 이 두 가지 문제를 통제할 수단이 있다. 예를 들어 잡종견을 입양하고 살충제를 뿌린 잔디밭에 개를 풀어놓지 않는 식으로 환경에서 비롯된 독소에 노출하는 경우를 줄일 수 있다. 거세(034 '중성화를 둘러싼 논란' 참고)와 예방접종처럼 중요한 요소도 있다. 이런 행위가 동물의 건강에 미치는 영향은 확실하지 않다. 우리는 이런 경우, 자신은 물론 애완동물에게 잠재적으로 이로운 것과 해로운 것의 균형을 맞추고 지각 있는 선택을 해야 한다.

최종적으로 우리가 애완동물 주인으로서 완벽하게 통제할 수 있는 여러 가지 요소가 있다. 영양과 운동, 정신 건강이 가장 중요한 세 가지 항목인데, 이는 뒤에서 다룰 것이다. '날마다 하는 부수적 돌봄' 항목도 있다. 여기에는 이 닦기, 발톱 깎기, 털이 엉키지 않게 관리하기 등 날마다 혹은 매주 해줘야 할 일이 포함된다. 이 모든 일은 사소해 보이지만, 지속적으로 해주면 동물의 건강과 감정에 커다란 차이를 가져올 수 있다. 날마다 애완동물을 돌보는 데 시간과 노력을 정확히 얼마나 할애할지는 개인별로 다르다. 아무도 완벽할 수는 없다. 자신은 물론 자녀에게도 완벽한 사람은 없다. 나도 치아 건강을 위해 날마다 양치질하는 것이 중요하다는 것을 알면서 마야, 벨라, 토르의 이를 매일 닦아주지 않는다. 매일 양치질하는 것이 금메달이라면, 나는 동메달 정도로 양치를 시킨다. 해주되 지속적으로 하거나

애완동물과 함께 살기

자주 하지 않는다.

이제 중요한 것부터 차근차근 짚어보자. 먼저 애완동물에게 적절한 때, 정기적으로 수의사의 진료를 받게 해야 한다. 인간이 보건 진료 서비스를 받는 것은 기본 사항으로 여겨진다. 광범위한 보건 진료 서비스를 위해 가장 좋은 방법이 무엇인지에 모두 동의하지 않는다 해도 서비스 받을 수 있어야 한다는 사실에는 이견이 없다. 하지만 동물은 수의사 진료가 애완동물 주인의 개인적 선호에 따라 다르거나, 새로 나온 좋은 음식을 먹이는 것과 더불어 사치 항목으로 치부되는 경우가 종종 있다. 평생 한 번도 수의사 진료를 받지 않은 개와 고양이 숫자가 25~50퍼센트로 추산된다. 퍼센티지의 추정치가 대부분 높은 쪽에 자리한다. 한 번도 수의사 진료를 받은 적이 없는 동물의 수치가 이 정도라니, 믿기 어렵다. 작은 애완동물, 파충류, 어류, 이국적 동물 등이 수의사 진료를 받는 경우에 대한 자료는 아예 없다. 내가 아는 지식을 근거로 추측하면 이런 동물의 80~90퍼센트가 수의사 진료를 전혀 받지 못한다.

애완동물에게 수의사 진료를 시키는 사람도 지속적으로 동물을 건강하게 기르기에는 진료비가 '너무 많이 든다'는 이유로 수의사 진료를 조기에 끝내는 경우가 많다. 반려동물이라도 급히 수의사의 진료를 받아야 하거나 만성 질병에 걸려 치료비가 올라가기 시작하면 비용을 줄이기 위해 주인이 치료 대신 안락사를 선택하는 경우가 종종 있다. 주인에게는 상당한 재량권이 주어진다. 그래서 재정적 부담이 간다는 첫 번째 신호가 울릴 때 애완동물을 버리는 당신을 불쾌하게 여길 사람이 있을 수 있지만, 이는 일반적인 일로 간주되고 법적으로도 전혀 문제가 없다.[1] 애완동물을 위해 수의사 진료에 드는 비용과 관련해 다음 다섯 가지 지침을 참고할 것을 권한다.

1 주인이 기본적으로 돌보지 않아 동물이 만성적 고통에 시달리거나 삶의 질이 급격히 떨어지고, 수명이 줄어드는 것은 공정하지 못한 처사다.

2 정기적으로 수의사의 진료를 받게 하지 않는 사람은 애완동물을 길러서는 안 된다.

3 적정한 수준으로 수의사 진료를 받게 할 재정 상태가 되지 않는 사람은 애완동물을 길러서는 안 된다.

4 재정이 한정된 애완동물 주인은 계획을 세워 수의사 진료와 응급 상황에 쓸 돈을 어느 정도 마련해야 한다.

5 동물을 돌보기 위해 주인이 재정 파탄을 감수하라고 기대하는 것은 불공평하다.

가난한 사람에 대한 차별로 보이지 않기 위해 한 가지 밝힐 것이 있다. 여기서 도덕적으로 지탄 받을 사람은 자원이 제한된 이가 아니라 동물의 생명을 전혀 소중히 여기지 않는 사람이다. 돈은 있지만 지갑을 열지 않는 사람, 소비의 우선순위가 왜곡된

애완동물과 함께 살기

사람(예를 들어 개의 생명을 살리기 위한 수술비로 1000달러를 쓸 생각은 없지만, 안락사 시킬 약속을 잡아놓고 오는 길에 자신을 위로하는 차원에서 1000달러짜리 TV를 새로 사는 사람)은 애완동물을 길러서는 안 된다. 여기 주목할 만한 통계가 있다. 미국 소비자 1인당 연간 애완동물 진료에 지출하는 평균 비용은 TV를 사는 데 쓰는 비용에 훨씬 못 미치는 것으로 나타났다. 부수적으로 덧붙일 연구 결과도 하나 소개한다. 사회학자 레슬리 어바인Leslie Irvine이 실시한 연구에 따르면, 노숙자는 기르는 개에게 놀라울 정도로 헌신하고 정성을 쏟는다. 사람이 필요한 것보다 개에게 필요한 것을 우선순위에 두는 경우도 많다. 어바인이 쓴 책은《My Dog Always Eats First내 개가 항상 먼저 먹는다》이다.

017

동물 사료를 둘러싼 논쟁

개의 식사 철학 : "땅에 떨어지면 일단 먹고 본다. 나중에 얼마든지 토할 수 있으니까."

데이브 배리Dave Barry

성심성의껏 돌보고 책임감 있는 애완동물 주인이라면 동물에게 무엇을 먹여야 할까? 간단한 질문 같지만 답하기 매우 까다롭다. 우리 개에게 먹일 최고의 식단에 대해 서로 반대 의견을 지지하는 사람들이 격렬한 논쟁을 벌인다. 수의사의 조언, 애완동물 사료 업계의 마케팅, 상업용 식품의 위험성을 경고하는 소비자 웹 사이트, 집에서 만든 음식을 지향하는 대체 의학 관련 잡지, 생식 주의자의 비난 등 수많은 세력이 가뜩이나 생각 많은 애완동물 주인의 마음을 더 혼란스럽게 한다. 애완동물에게 어떤 음식을 먹여야 건강에 가장 좋고 주인이 윤리적으로 책임을 다하는지에 대해 인간의 식단을 논할 때와 마찬가지로 의견 일치를 볼 수 없는 것 같다. 동물이 좋아하고, 건강을 지켜주면서, 비용이 너무 많이 들지 않고, 부수적 피해가 덜한 음식이 무엇인지 고려해야 한다. 이런 음식을 알아내고 싶은 사람이 있다면 부디 성공하기 바란다. 먼저 내가 힘겹게 고민해온 문제를 나눠보고자 한다. 편의상 개에게 먹이는 음식에 초점을 맞추지만, 고양이와 다른 애완동물에게도 비슷한 문제가 일어날 수 있음을 밝힌다. 상업용 사료가 집에서 만든 먹이보다 좋을까? 상업용 개 사료의 품질은 믿을 수 있을까? 개에게 고기가 반드시 필요할까? 그렇다면 고기를 먹는 것에 대한 도덕적 우려, 즉 육류 산업에 관련된 동물이 받는 고통과 육류 생산이 환경에 미치는 영향이 내 동물에게 필요한 것을 제공한다는 현실적 요구 사이에서 나는 어떤 식으로 절충해야 할까?

'개가 먹는 음식'이란 오랫동안 존재하지 않았다. 개와 인간이 함께 진화하면서 개는 인간이 소비하고 남은 부산물을 먹고 살았다. 개는 우리가 먹다 남긴 음식 찌꺼기와 인류학자들의 말처럼 우리의 배설물을 먹었다. 인간과 동물의 유대를 연구하는 존 브래드쇼John Bradshaw는 개가 인간과 유사한 음식을 먹었기 때문에 인간의 반려동물로 진화했다고 주장한다.[1] 언제 이런 협업이 중지됐을까? 왜 우리는 애완동물을 위해 특별히 제조된 음식을 사려고 특별한 가게로 향하는 특별한 여행을 해야 할까? 애완동물 사료 업계의 천재적 마케팅 때문이다.

애완동물사료협회Pet Food Institute에 따르면 '개 사료'는 1860년대 오하이오 출신 전기 기사 제임스 스프래트James Spratt가 발명했다. 스프래트는 런던에 있을 때 사람이 먹다 남긴 비스킷을 개에게 먹이는 것을 보고 아이디어를 얻었다. 그가 런던에서 판매하려고 애쓰던 피뢰침에 벼락이 떨어진 듯 기발한 아이디어였다. 스프래트는 고기와 채소를 섞어 개를 위한 비스킷을 만들었다. 이런 소박한 시작이 현재 애완동물 사료 산업이라는 거대한 비즈니스가 되었다. 애완동물 사료 산업은 성장하면서 사람들이 개를 먹이는 방식을 의도적이고 급진적으로 바꿔놓았다. 이제 음식 찌꺼기는 허용되지 않는다. 메리 서스턴Mary Thurston은 《The Lost History of the Canine Race잃어버린 개 경주의 역사》에서 사료 판매업자들이 업계 제품을 필수품으로 만들기 위해 고의적으로 '음식 찌꺼기'를 비방한다고 주장한다.[2] 개 사료 산업은 기막힌 마케팅으로 미국 비즈니스계의 가장 주목할 만한 성공 사례가 되었고, 225억 달러에 이르는 잘못 인식된 가치를 만들며 성장하는 추세다.

사료 업계는 우리 부엌에서 나온 음식 찌꺼기보다 나은 것을 동물에게 공급할까? 2012년 가장 인기 있는 개 사료 브랜드는 시저케이나인쿠진Cesar Canine Cuisine이다. 하지만 시저는 높은 인기에도 몇 군데 개 사료 소비자 평점 사이트에서 낮은 점수를 받았다. 예를 들어 품질과 재료 안정성에 따라 다양한 개 사료 제품을 평가하는 도그푸드인사이더Dog Food Insider에서 케이나 인쿠진은 5점 만점에 2.5점을 받았다. 평점 아래 시저의 사료를 먹고 개들이 엄청나게 아팠음을 토로하는 개 주인의 개별 평가 항목이 길게 이어진다. 키블스엔비츠Kibbles'n Bits의 TV 광고는 아주 귀엽지만 평점은 창피하게도 1점이다.

왜 그렇게 평점이 낮을까? 개 사료 소비자 평점 사이트는 왜 이렇게 많을까? 사람들이 애완동물의 먹을거리를 염려하기 때문이다. 사람들은 애정을 담아 먹이는 사료가 사랑하는 동물을 아프게 하거나 심지어 죽일지 모른다고 두려워한다. 이는 충분히 걱정할 만한 이유다. 지난 10년 동안 발생한 대규모 동물 사료 사건 중 몇 가지는 비식품 첨가제를 넣고 만들어 파문을 몰고 왔다. 2007년 애완동물 수천 마리를 죽거나 아프게 한 멜라민 중독 사건도 이에 해당한다. 중국에서 만든 간식용 육포를 먹은 개들이 심하게 아팠기 때문에 현재 판매가 금지된 상태다. 소비자들이 인식하지 못할 때 드물게 회수 작업이 진행된다는 것이 최악의 시나리오다. 개와 고양이 사료가 살모넬라균, 대장균, 클로스트리듐, 캄필로박터에 오염된 것으로 밝혀졌고, 많은 사람이 동물 사료를 만지다가 병이 났다. 키블스는 아플라톡신 B1과 저장법이 부적절할 때 곡물에서 생기는 곰팡이 독에 양성반응이 나왔다. 오염과 불순물 문제 외에도 동물 사료에 들어가는 원재료의 품질이 워낙 불량하다 보니 애완동물 주인이 가정에서 직접 만들어 먹이는 쪽을 택한다.

마르스펫케어Mars Petcare(페디그리Pedigree, 시저Cesar, 셰바Sheba),

네슬레퓨리나Nestle Purina(팬시피스트Fancy Feast, 알포Alpo, 프리스키스Friskies, 베네풀Beneful, 원One), 델몬트Del Monte(미아오믹스 Meow Mix, 키블스엔비츠, 밀크본Milk Bone, 퍼피로니Pupperoni, 파운스 Pounce), 콜게이트팜올리브Colgate Palmolive(힐스사이언스다이어트 Hill's Science Diet, 프리스크립션다이어트Prescription Diets), 프록터앤드 갬블Proctor and Gamble(아임스Iams, 유카누바Eukanuba) 같은 소수 다국적기업이 동물 사료 시장을 대부분 장악한다. 이는 전 지구적 현상이다. 마르스펫케어와 네슬레퓨리나는 연간 수익이 160억 달러 이상이다. 이런 기업은 전 세계 몇 군데에서 재료를 조달해 제품을 만든다. 그러니 미국에서 판매되는 개와 고양이 사료의 원재료는 대부분 똑같을 수밖에 없다. 우리는 2007년 제품 회수 사건에서 다음과 같은 일을 목격했다. 180개 브랜드 애완동물 사료가 모두 메뉴푸드Menu Foods에서 공급하는 원료를 사용했는데, 이 원료가 치명적인 것으로 드러났다. 메뉴푸드가 사용한 단백질 원료는 중국에서 수입한 것이었다. '밀 글루텐 단백질'이라는 이름으로 팔렸는데, 원료 성분에 멜라민이 다량 포함됐다. 단백질 성분을 포함한 멜라민은 플라스틱 상품을 만들 때 사용하는 공업용 화학물질로, 소나 돼지, 물고기 같은 자연 단백질원보다 훨씬 저렴하다.

애완동물 사료 산업과 인간용 식품 산업은 밀접하게 연결된다. 앞서 언급했듯이 개는 인간의 음식 찌꺼기를 먹고도 살아남았고, 심지어 번성했다. 동물 사료 산업도 대충 비슷한 원칙을 적용했다. 음식 찌꺼기를 사용하는 것이다. 그러나 오늘날 산업 음식물 찌꺼기는 과거의 음식물 찌꺼기와 전혀 다르다. 산업 음식물 찌꺼기는 가정에서 정성껏 준비한 음식물의 찌꺼기가 아니라 기업식 농업에서 나온 폐기물과 부산물이다. 이 폐기물과 부산물은 미국농무부United States Department of Agriculture, USDA가 '인간이 소비하기에 부적합'하다고 간주한 것이다. 미관상 흉하다고 여기는 굽이나 귀, 코, 태어나지 못한 새끼와 같이 동물의 일부뿐만 아니다. 노란색 플라스틱 꼬리표가 붙은 도살된 황소의 사체, 내장에서 나온 배설물, 쥐약, 톱밥, (USDA가 법적으로 사람이 먹는 식품으로 넣을 수 없다고 규정한) 죽은 식용동물과 병들어 죽은 동물을 의미한다.

버려지거나 활용하지 않으면 폐기될 동물의 사체 일부를 이용해 수익을 창출하려는 노력이 사악하다는 것은 아니다. 동물 옹호자도 동물 시장의 수요를 위해 희생된 후 동물의 몸 전체가 사용되는 점에 감사할 수 있다. 하지만 우리가 쓰레기를 먹여서 반려동물의 건강이 악화되고, 병에 걸리고, 일찍 죽는다면 거기에는 분명 어떤 위협이 있는 것이다.

애완동물은 농업용 동물의 범주에 들어가는데, 애완동물 사료를 둘러싼 심각한 문제 중 하나가 바로 이것이다. 애완동물 사료를 만드는 데 사용되는 재료는 식용으로 사육하는 돼지나 닭, 소의 먹이와 본질적으로 똑같다. 하지만 그 동물들은 일반적으로 1~2년 살기 때문에 사료의 안전성을 가늠하기에는 기간이 너무 짧다. 즉 사료 재료가 동물에게 장기적으로 미치는 영향을 따질 수 없다. "'죽은 동물에게서 얻은 원료'나 '오물 혹은 공업용 화학물질로 오염된 원료'도 먹이의 범주에 포함될 수 있다."[3] 항생제와 성장호르몬이 첨가된 판지와 톱밥을 먹은 소나 돼지는 다섯 살에 암에 걸리지 않는다. 그때까지 살지 못하기 때문이다. 관건은 가장 싼 비용으로 순식간에 동물의 체중을 불리는 것이다. 우리는 결코 수명이 다하기 전에 암으로 죽는 비만한 개와 고양이를 원하지 않지만, 지금 상황이 딱 그렇다.

개와 고양이에게 암이나 생명을 제한하는 질병이 발생할 확률이 높아지는 현상이 저질 사료와 관련 있다고 생각하는 애완동물 주인과 수의사가 점점 증가한다. 저질 사료는 암뿐만 아니라 요로·신장·심장·치아 질환과도 관련 있다. 당신이 미처 생각하지 못할 수 있는데, 우리가 기르는 개와 고양이는 부자연스러울 정도로 살쪘다(019 '당신 개는 살쪘어요!' 참고). 원래 수명만큼 사는 반려동물이 거의 없다는 사실은 뭔가 잘못됐다는 증거다. 물론 사료는 건강과 질병에 영향을 미치는 수많은 요소 중 하나일 뿐이다. 특정 환경에 노출되는 상황, 유전적으로 문제가 있는 경우, 근친교배 등 여러 가지 다른 요소도 있다. 하지만 사료는 중요한 문제다. 값비싼 사료를 사기에 망설여질 수 있으나, 급성 신부전이나 림프종 치료비와 비교하면 건강한 사료를 먹이는 비용이 덜 들 확률이 높다. 비싼 사료가 싼 것보다 품질이 좋지 않은 경우도 있다. 특히 대기업은 기본 재료를 메

애완동물과 함께 살기

뉴푸드 같은 회사에서 일괄적으로 공급받기 때문에 포장이 다를 뿐, 값비싼 키블스나 캔 사료에 들어가는 재료와 그보다 싼 제품에 들어가는 재료가 본질적으로 똑같다. 몇몇 고급 사료는 이름값을 하지만 말이다.

동물 사료 산업의 안전과 품질 기준을 통제하는 수준은 일반적이지 않은 듯하다. 사료 산업은 미국식품의약국Food and Drug Administration, FDA 수의학센터Center for Veterinary Medicine, CVM 와 USDA의 규제를 받는데, 두 기관의 행정이 투명하지 않은 것 같다. 수입 재료에 대한 USDA 검사와 FDA의 관련 활동을 강화하면 멜라민 사태 같은 위험을 줄이는 데 도움이 될 것이다. 그러나 FDA와 USDA는 사료 제품에 들어갈 수 있는 것과 들어가야 하는 것에 대한 기준을 정하지 않는다. 그런 규정을 세우는 곳은 동물 사료 산업을 대표하는 미국사료관리협회American Association of Feed Control Officials, AAFCO다.

수의사가 사료에 대해 무엇을 해야 하는지 알거나 모르거나, 애완동물 주인이 정확한 정보를 찾는 데 어려움을 겪는다는 점은 부정할 수 없다. 현재 동물 사료 제품을 구매하는 소비자에게 알려진 사실은 미미하며, 우리는 반려동물에게 무엇을 먹이고 싶은지 충분히 아는 상태에서 선택할 수 있는 상황이 아니다. 애완동물 사료에 붙은 제품 성분표의 내용은 얼마든지 잘못 이해될 소지가 있다. 거짓 광고가 되는 최소한의 기준을 알아보자. AAFCO가 정하는 규정에 따르면, 애완동물 사료 성분표는 '부적격 내용'을 주장할 수도 있다. '가정식 치킨스튜'라는 라벨이 붙어도 재료는 닭이 아닌 것이 될 수 있다는 말이다. 꼭 닭이 들어가지 않아도 된다. 터무니없는 말로 들리겠지만, 애완동물 사료 제조업체가 할 수 없는 몇 안 되는 주장 가운데 하나가 고품질 재료를 쓴다는 주장이다.

소비자는 사람이 먹는 음식과 마찬가지로 종종 사료를 만든 재료의 원산지를 식별하거나 그것이 무엇인지 완전한 설명을 얻는 데 어려움을 느낀다. 예를 들어 '부산물'과 '분(가루)'은 '동물성 단백질'과 마찬가지로 그것이 무엇인지 알아내기가 너무나 모호한 사료로 악명 높다. '고기'도 쉽게 가늠할 수 없다. 동물성 단백질 중에는 굽, 부리, 내장, 머리, 피부와 같이 영양학적으로 괜찮지만 특별히 맛이 좋지 않은 부분이 있다. 수화된 털,* 건조된 혈액, 말린 돼지와 가금류 노폐물이 싼값에 단백질 공급원 역할을 한다. 사료 제조업체는 제품에 들어가는 원료를 공개해야 하지만, 재료 공급 업체가 공급하는 모든 것을 공개해야 하는 것은 아니다. 예를 들어 공급 업체는 에톡시퀸(유해하다고 알려진 보존제)이 첨가된 '어분'을 사용한다. 당신이 여러 사료 회사에 수고스럽게 전화를 걸어 그 회사의 어분 재료가 어디서 왔고 무엇이 들었는지 캐내지 않는 한, 당신은 애완동물에게 결코

---

* 동물에게 먹일 수 있도록 만들기 위해 열과 압력으로 처리한 털.

주고 싶지 않은 첨가제를 줄 것이다.

애완동물 사료에 대해 염려하는 이유 중 하나는 단백질 원료가 반려동물의 사체를 정제*해서 만들어질 수 있다는 사실 때문이다. 보호소에서 안락사 당한 개나 고양이의 사체는 렌더링 시설로 보내진다. 보호소에서 나온 동물의 사체를 어떤 식으로든 처리해야 하는데, 매립하기에는 부담이 크고 화장하기에도 양이 너무 많아 현 보호소 시스템에서는 비용을 감당할 수 없다. 동물에게 동족의 고기를 먹인다는 문제의 소지는 희박하나, 개와 고양이 사료에 안락사에 사용되는 마취제 펜토바르비탈이 들어갈 가능성은 심각한 우려를 낳는다. FDA CVM에 따르면 여러 가지 동물 사료에서 펜토바르비탈이 소량 발견됐다. 그러나 FDA가 사료에 개와 고양이의 DNA가 있는지 조사한 결과, 발견되지 않았다고 발표했다. FDA CVM의 연구는 펜토바르비탈이 소나 말의 사체에서 추출된 것이 틀림없다고 주장하는데, 일반적으로 소나 말을 안락사 시킬 때 소듐 펜토바르비탈을 사용하지 않기 때문에 이 성분이 검출된 것은 수수께끼로 남았다.[4]

동족의 사체를 먹인다는 문제, 펜토바르비탈 오염에 대한 소비자의 우려와 관련해 FDA CVM은 애완동물 사료에서 검출된 펜토바르비탈의 양이 애완동물에게 얼마나 유해한지 알아내려

---

* 이 정제 작업을 '렌더링rendering'이라는 용어로 표현한다.

고 노력한다. FDA CVM은 비글 42마리를 대상으로 실험했다. 강아지에게 펜토바르비탈을 섞은 음식을 8주 동안 먹이고 죽인 다음(!) 해부해서 내장 기관을 평가했는데, 실험 대상이 된 42마리에게서 확실한 유해성을 발견하지 못했다.[5] FDA는 동물 사료가 '안전하다'는 공식 입장을 냈다. 하지만 우리 애완동물은 이런 사료를 8주가 아니라 8년 이상 먹는다. 이 실험에서 나온 자료는 그다지 실효성이 없다.

우리는 이 모든 것을 염두에 두고 총체적 돌봄을 지향하는 전문 잡지의 조언에 따라 직접 재료를 선택할 수 있도록 집에서 음식을 만들어 애완동물에게 먹여야 할까? 이 문제에 대해 여러 수의사에게 질문했는데 거의 똑같은 답을 들었다. 그들은 제품 사료에 적정한 영양소가 균형 있게 들어갔기 때문에 직접 만든 음식보다 낫다고 한다. 나는 이 대답이 마음에 들지 않아 다른 수의사에게 묻고 또 묻는다. 내 직관과 열심히 조사하고 읽은 수많은 자료가 이끄는 대로 집에서 만든 음식이 더 낫다고 말해줄 수의사가 나오기를 원한다. 영양 분야에는 비교적 훈련이 부족하고, 힐스사이언스다이어트 같은 애견 사료 전문 업체가 후원하는 강의를 들었을 수의사가 전하는 영양 관련 조언은 완전히 신뢰할 수 없다. 하지만 나 자신도 못 믿겠다. 개가 무엇을 먹어야 하는지에 관해 궁극적 권위가 있는 내 개들에게 물으면 집에서 만든 음식이 맛 좋고 최고라고 별 5개를 줄 것이다.

018

우리 애완동물에게
'누구'를 먹여야 할까?

어떤 애완동물을 기를지 선택할 때 그 동물이 먹어야 할 것이 '무엇', 아니 '누구'인지가 중요한 요소라고 생각하는 사람들이 있다. 우리 집 개와 고양이에게 먹일 음식을 사러 갈 때마다 이 문제에 맞닥뜨린다. 나는 동물을 사랑하는 사람으로서 소나 돼지, 닭, 칠면조를 비롯해 미국인의 식탁에 올라오는 일반적인 동물 종을 사육하고, 먹이고, 도살하는 관련 업계가 불편하다. 나는 동물 고기로 만든 제품을 먹지 않기로 했고, 딸도 채식주의자로 키웠다. 우리 집에는 고기가 없지만, 동물에게는 고기를 먹인다.

사실 나는 동물에게 먹일 고기를 사기가 싫다. 마음이 불편하기 때문이다. 그럼에도 고기를 산다. 종합적 접근 방식을 시술하는 수의사를 포함해 몇몇 사람은 채식주의, 심지어 엄격한 채식 식단이 개와 고양이에게 적합하고, 채소를 기본으로 한 식단으로도 건강하게 산다는 것을 증명할 수 있다고 말한다. 이들에 따르면 최장수 기록(27년)을 세운 보더콜리가 엄격한 채식 식단으로 살았다고 한다. 가정에서 만든 건강한 채식 식단과 쓰레기 같은 사료를 비교하면 건강상 이점이 있고 위험 요소가 적다는 점에서 채식 식단이 단연코 우위를 차지할 것이다. 하지만 내가 읽고 공부한 문헌에 따르면, 내 개와 고양이가 건강하게 살기 위해 고기가 필요하다. 특히 고양이는 육식동물이다. 고양이는 식물성 단백질을 소화하지 못할뿐더러, 필요한 영양소를 얻지 못하기 때문에 육식 식단이 필요하다. 동물에게 먹일 음식을 집에서 만들 때 이점 중 하나는 내가 사는 고기의 공급원을 통제하고 관리할 수 있다는 것이다. 원한다면 사육하는 동물의 복지에 신경 쓰는 개인이나 회사의 제품을 살 수 있다. 하지만 '인도적으로 길러진' 동물도 상당한 고통을 받을 수밖에 없기 때문에 고기를 사는 것은 여전히 도덕적으로 불편하다.

내가 동물에게는 고기를 먹이기로 한 결정에 영향을 미친 이유가 하나 더 있다. 동물들이 밥 먹을 때 느끼는 기쁨이다. 개들에게 몇 달 동안 채식을 시킨 적이 있는데, 그릇에 음식을 넣어줄 때마다 녀석들이 보이는 실망감을 고스란히 목격했다.

먹이사슬 문제는 개와 고양이에게 국한되지 않으며, 종종 애완동물과 관련해 사람들이 내리는 선택에 어느 정도 역할을 한

애완동물과 함께 살기

다. 딸아이가 어릴 때 다양한 애완동물을 기르면서도 나는 '지각이 있는 다른 동물을 먹이로 삼는 동물은 키우지 않는다'는 원칙을 반드시 지켰다. 먹이가 되는 동물의 죽음을 우리가 결정해야 하는 상황을 피했다. 살아 있는 설치류나 얼린 핑키(갓 태어난 쥐나 생쥐), 핑키의 한 부위를 먹는 뱀 종류를 기르는 것은 고려조차 하지 않았다.

당신은 내가 '거리 두기'라고 부르는 전형적인 도덕성의 자기 합리화를 하는 것을 눈치챘으리라. 내 개에게 먹일 칠면조 고기 간 것을 살 때는 칠면조 무리에서 한 마리를 골라 직접 목을 따지 않아도 된다. 내가 뱀을 기른다면 살아 있는 쥐를 뱀에게 줘야 하지만, 칠면조는 그럴 필요가 없다. 그때 나는 벌레를 '지각이 있는' 동물 범주에 넣지 않았다. 하지만 게코도마뱀을 키우면서 먹이로 주는 귀뚜라미의 운명을 생각하니 점점 불편해졌다. 의미 없는 '것'으로 생각하던 존재가 점점 '누구'로 느껴졌다.

애완동물을 기르는 행위에 수반되는 다양한 도덕적 측면을 고려할 때 '애완동물'이 아니라 '애완동물 먹이' 범주에 들어가는 동물이 맞이하는 치명적인 결과와 더불어 우리 동물이 무엇을, 누구를 먹는지가 중요한 문제로 대두된다. 쥐 같은 생명체는 애완동물이 될 수 있고, 애완동물용 먹이도 될 수 있다는 사실은 어떤 동물이 처한 입장에 따라 도덕적 근거가 얼마든지 변할 수 있음을 보여준다.

당신 개는 살쪘어요!

벨라가 살쪘다고 수의사가 말했을 때 창피해서 쥐구멍이라
도 찾고 싶었다. 어쩌다 이렇게 됐을까? 수의사가 나무랐다.
"살을 빼주셔야 해요. 벨라에게 정말 안 좋거든요." 벨라는 과체
중 개의 반열에 올랐다. 예전 모습으로 돌아오게 하려고 애쓰는
데 쉽지 않다.

사람에게 비만이 전염병처럼 퍼진다고 걱정하는데 동물에게
도 그만큼, 어쩌면 더 심각한 수준으로 번지는 상황을 아는가?
애완동물비만방지연합Association for Pet Obesity Prevention에 따
르면, 미국 가정에서 기르는 개와 고양이 절반 이상이 비만이다.
절반 이상이라니! 수의사와 벨라의 식단 조절 계획에 대해 이야
기하며 나는 그 병원에 오는 동물 환자 가운데 과체중 문제로

상담하는 경우가 얼마나 되는지 물었다. "80퍼센트 정도요." 수의사가 한숨을 쉬며 대답했다.

애완동물 체중 문제는 대부분 칼로리 섭취는 많은데, 육체 활동이 적은 데서 비롯된다. 사람도 비슷한 문제 때문에 골머리를 앓는다. 사람에게 비만이 만만한 문제가 아니듯, 동물에게도 쉽지 않은 숙제다. 체중이 과도하게 느는 원인은 여러 가지가 있다. 의학적으로 특정한 상태 때문일 수 있고, 특별한 약을 복용했기 때문일 수도 있다. 유전적 소인, 연령, 성별도 원인일 수 있다. 다른 종보다 특히 비만해질 위험이 있는 종도 있다. 애완동물 주인은 인지하지 못하지만, 스트레스와 지루함을 포함해 부정적인 감정 때문에 동물에게 건강하지 못한 식습관이 생길 수도 있다.

과체중이 되면 여러 가지로 동물의 건강에 적신호가 온다. 가장 눈에 띄는 현상은 관절염을 비롯한 관절 문제, 당뇨병과 심장 질환, 암에 걸릴 가능성이 높아지는 것 등이다. 애완동물이 일상생활에서 활력을 잃고 정서적 행복감을 맛보지 못하는 것도 심각한 문제다. 과체중이 비단 개와 고양이의 문제는 아니다. 햄스터나 쥐, 기니피그 등은 대개 작은 우리 안에서 장시간을 보내기 때문에 살이 찌기 쉽다. 심지어 금붕어도 살이 찔 수 있다. 인터넷에서 검색하면 과체중 금붕어에 대한 토론회가 자주 열린다. '살이 찐' 금붕어는 붓거나 종양이 있거나 임신한 경우가 있으니 주의를 바란다는 말을 덧붙이기도 한다. 사람과 마찬가지로 기본적인 주의 사항을 동물에게 적용할 수 있다. 즉 애완동물이 비정상적으로 퉁퉁하다 싶으면 잘 알아보고 수의사의 도움을 받는 게 좋다.

일단 과체중이 되면 동물도 체중을 줄이기가 무척 어렵다. 애완동물의 체중 문제로 고민하는 이들이 조언과 영감을 얻은 사례가 있다. 오비라는 닥스훈트의 이야기다. 오비는 주인 노라 바나타Nora Vanatta의 노력으로 체중을 줄이는 데 성공했다. 오비는 노라에게 오기 전에 노부부와 지냈다. 그들은 사랑의 표현으로 오비에게 먹을 것을 듬뿍 줬지만, 운동을 충분히 시키지 못했다. 노라가 입양했을 때 오비는 체중이 32킬로그램에 달했고, 거의 걷지 못하는 상태였다. 닥스훈트의 평균 체중은 많아야 9킬로그램이다. 노라는 즉시 오비의 건강을 개선하기 위한 계획을 세웠다. 그녀는 '도전! 팻 제로—닥스훈트 판'이라는 페이스북 페이지를 열어 다이어트 계획 실천을 고무했다. 오비는 페이스북 페이지 덕분에 전국적 인기를 누렸고, 비만했다가 체중 감량에 성공한 애완동물의 전형적 사례가 되었다. 오비는 거의 23킬로그램을 빼 멋진 모습이 되었다.

기름기 많은 음식과 맛있는 간식을 광고하는 애완동물 관련 산업 마케팅 때문에 비만한 개들이 급증하자, 관련 업계는 이제 다양한 체중 관리 제품을 내놓는다. 이중에는 체중 조절에 도움이 되도록 성분을 구체적으로 조율해서 만든 유용한 제품이 있다. 체중이 증가하는 근본적인 원인을 해결하기보다 급조된 애완견용 체중 감량제, 슬렌트롤Slentrol 같은 약도 있다. 가장 간단하면서도 저렴한 최고의 체중 조절 프로그램은 사람과 마찬가지로 영양이 과다한 음식과 정크 푸드를 줄이고 운동하는 것이다. 물론 우리의 개와 고양이는 협조적이지 않을 것이다. 음식을 달라고 애원하는 눈빛으로 바라보거나 낑낑대고 야옹거릴 것이다. 우리는 물론 동물에게도 의지가 필요하다. 애완동물비만방지연합 웹 사이트(www.petobesityprevention.com)에 동물이 적정 체중을 유지하도록 도와주는 정보가 있다.

애완동물 체중 감량 전략은 섭취한 칼로리와 육체 활동(걷기와 공을 가지고 논 시간 등)에 초점을 맞춘다. 그런데 반려동물이 지나치게 섭취하는 심리적 요소와 섭식 장애에 걸리는 문제는 애완동물 주인이 상대적으로 잘 생각하지 않고, 수의학 관련 서적에서도 거의 다루지 않는다.

수의사 프랭크 맥밀런Frank McMillan은 스트레스나 감정 문제로 유발되는 섭식 장애에 관한 수의학 문헌을 꼼꼼히 찾아봤다. 동물도 인간과 마찬가지로 스트레스, 불안감, 기타 부정적인 감정 상태로 섭식 장애에 걸리는 것 같다.[1] 맥밀런은 반려동물 비만 문제에 대한 문헌은 방대하지만, 음식을 지나치게 섭취하는 심리 상태와 스트레스나 부정적인 감정이 어느 정도일 때 섭식 장애에 영향을 미치는지는 상대적으로 논의가 부족하다는 것을 알아냈다. 몇 안 되는 연구 중에 감정이 섭식에 중요한 역할을 한다는 주장이 있다. 예를 들어 몇몇 연구자는 고양이가 지루함이나 불안감, 우울감에 대처하기 위해 지나치게 먹는다고 주장한다. 아파트에 사는 고양이가 비만이 될 위험성이 증가하는데, 이는 무료함에서 오는 스트레스 때문이라고 추정하는 연구 결과가 있다.

주인이 많이 먹는 것보다 동물이 많이 먹는 것이 문제다. 기르는 동물의 체중을 줄이는 방법을 묻기 전에 동물이 왜 많이 먹는지 알려고 노력해야 한다. 음식(심지어 지방 함량이 높은 것)을 원하는 만큼 줘도 과체중이 되는 동물이 있고, 그렇지 않은 동물이 있다는 사실을 증명하는 실험 결과가 있다. 기르는 동물이 스트레스 때문에 많이 먹어서 비만해졌을 경우, 일반적인 체중 감소 방식을 택해 음식을 제한하면 오히려 더 스트레스를 받고 우울해하는 악순환이 재현될 수 있다. 비만은 삶의 질을 떨어뜨린다. 맥밀런은 떨어진 삶의 질 때문에 동물은 더 먹으려 들고, 체중이 불어난다고 지적한다.

많은 사람이 오비의 페이스북 페이지를 통해 전 주인(노부부)이 오비를 학대했다고 비난했다. 전 주인을 비난하는 것이 다소 적절치 못한 행동이지만, 동물이 비만해질 정도로 먹이는 것도 학대인지는 여전히 의문스럽다. 이에 대해 캐나다 오타와의 한 판사는 병적일 정도 비만한 고양이 사건에 학대 판결을 내렸다. 한 여성이 오타와동물애호협회Ottawa Humane Society에서 나폴레옹이라는 고양이를 데려왔는데, 고통을 주고 적절히 돌보지 못했다. 그 결과 나폴레옹은 일어설 수 없고, 스스로 털 손질도 하지 못할 정도로 살이 쪘다. 나폴레옹은 체중이 11킬로그램에 달했고, 보호소 직원은 안락사가 최선이라는 결론을 내렸다. 수의사가 고양이 체중을 줄여줘야 한다고 계속 조언했지만, 주인은 그 말을 듣지 않았으니 그저 몰랐다고 우길 수 없었다. 결국 유죄판결을 받은 이 여성은 오타와동물애호협회에 벌금을 물고, 그 후 5년간 동물을 키울 수 없게 됐다.

물론 적정 체중보다 1킬로그램 정도 더 나가는 고양이와 나폴레옹은 큰 차이가 있다. 동물을 기르는 수많은 사람이 알 듯이, 적정 체중을 유지시키는 일은 결코 쉽지 않다. 사람과 마찬가지로 다른 동물에 비해 체중을 유지하기가 유독 힘든 동물도 있다. 나는 벨라에게 간식 주는 횟수를 대폭적으로 줄이고, 비스킷 대신 미니 당근을 준다. 뒷발로 서서 부엌 조리대에 있는 음식을 찾아 먹거나 고양이 밥그릇에 남은 음식을 먹지 못하게 할 방법도 계속 고안한다. 밥을 줄 때는 계량컵을 사용하고, 벨라가 가장 좋아하는 프리스비 물어 오기 놀이의 비중을 매일 좀 더 늘리기로 했다.

응가 비상사태

내가 사는 지역의 지방신문을 보면 적어도 일주일에 한 번씩 사람들이 개에 대해 불만을 토로하는 기사가 올라온다. 가장 일반적인 최근 글을 소개한다. "오늘 루스벨트공원에 갔다가 어떤 여자가 개를 산책시키는 것을 봤어요. 개가 똥을 싸자 주인은 보는 사람이 없는지 주변을 확인하더니, 개똥을 치우지도 않고 가버렸어요!" 그다음은 선량한 시민이 그 똥을 밟으면 무서운 병에 걸릴 수 있고, 개똥을 밟아 하루 기분을 망칠 수 있다는 말이 이어졌다.

개똥 때문에 개와 개를 기르는 사람에게 상당한 반감이 일어날 수 있다. 바로 지난주에 텍사스에 사는 남자가 자기 집 잔디에 똥을 누는 이웃집 개를 총으로 쏴 죽인 사건이 발생했다. 사람들이 이 문제에 그 정도로 민감하고 짜증스러워한다는 의미다. 내가 전에 기른 오디는 개를 싫어하는 사람의 집을 귀신같이 알아내 그 집 잔디에 볼일을 보는 재주가 있었다. 목줄을 잡아끌며 오디를 어르지 않아도 좀 더 외진 곳으로 가서 일을 보게 할 수 있었다. 개와 외출할 때 용변을 보게 하는 일은 다른 사람에게 불편한 상황을 만들 수 있다. 개똥을 치워야 하는데, 주머니에 넣어둔 비닐봉지가 사라진 난감한 상황을 생각해보라.

미국 내 개는 8000만 마리 정도로 추산된다. 8000만 마리가 매일 만드는 개똥은 환경에 심각한 위협이 될 수 있다(022 '애완동물과 지구' 참고). 개똥에는 잠재적으로 병원성 미생물이 있을 수 있는데, 이 때문에 인간은 물론 다른 동물과 야생동물, 가축이 질병에 감염될 가능성이 있다(014 '애완동물과 인간의 건강' 참고). 개회충의 애벌레는 오염된 토양에서 기른 채소를 통해 섭취될 경우 류머티즘이나 천식, 신경성 질환을 일으키고 실명에 이르게 할 수 있다. 항생제에 내성이 있는 박테리아가 개똥에 있을 수 있다는 최근 연구도 이런 우려를 가중한다.[1]

개 배설물과 환경, 공중 보건에 관련해 깊이 연구된 자료가 있으며, 개똥 청소 작업에 대한 사회적·감정적 역학에 대한 관심도 고조된다. 당신은 개똥 치우는 일이 과학 연구의 주제가 된다는 사실에 놀랄 것이다. 수많은 개 산책자를 대상으로 개똥 치우는 일에 관한 인터뷰를 실시한 결과, 다음과 같은 유형으로 나뉘었다.

🐕 개똥 치우는 게 자랑스럽다.

개똥 담을 비닐봉지를 가지고 다니는 것을 남이 봐도 전혀 부끄럽지 않고 자부심을 느낀다. 쓰레기통이 보이지 않으면 집에 가져갈 것이다.

🐕 해야 할 일이다.

하지만 하고 싶지 않고, 개똥이 든 비닐봉지를 가지고 다니는 게 부끄럽다. 외딴곳이라면 치우지 않을 것이다.

🐕 할 일을 했다.

주저하면서 치운다. 쓰레기통이 없으면 아마 나무 아래 개똥을 버릴 것이다.

🐕 꼭 해야 할 때만 한다.

누군가 볼 때는 치우지만, 아무도 보지 않으면 개똥이 든 봉지를 버릴 것이다.

🐕 치우지 않는다.

어림없는 소리![2]

당신은 어떤 유형에 속하는가?

고양이는 대개 고양이 화장실에서 일을 보거나, 밖이라면 잘 보이지 않는 곳에 똥을 묻기 때문에 개똥만큼 사회문제로 비화되지 않는다. 그래도 이웃 간의 분쟁은 일어난다. 내 친구는 앞마당에 잔자갈이 깔린 곳으로 이사했다. 그는 자기 집 앞마당이 나다니는 고양이들의 화장실이라는 것을 알고 기분이 나빠

애완동물과 함께 살기

졌다. 다른 예도 있다. 딸이 어릴 때 우리 집 뒷마당에 조그만 모래 놀이터를 만들었는데, 역시 동네 고양이들이 애용하는 화장실이 됐다. 어린 자녀가 고양이 똥이 가득한 곳을 여기저기 파고 다닌다고 생각하면 불쾌할 수밖에 없다. 실내 고양이 화장실은 놀라운 발명품이지만, 나는 토르가 화장실에서 나와 집 안 여러 곳과 가구 주변으로 돌아다닌다는 사실을 생각하지 않으려고 애쓴다. 고양이 똥에는 일명 '광묘병'이라 불리는 톡소포자충증을 유발하는 원생동물을 포함해 여러 가지 병원균이 들었을 수 있다.

동물의 역습

　새는 쪼고, 햄스터와 게르빌루스쥐는 꽤 아프게 물고, 토끼는 강한 뒷다리로 할퀼 수 있다. 고양이가 악의 없이 한 번 할퀴었는데 아이 눈이 영구적으로 손상되거나, 개에게 물린 아이가 죽을 수도 있다. 동물과 가까이 생활하다 보면 어느 정도 위험을 감수해야 한다. 자녀가 있는데 동물과 함께 살기로 결정했다면, 아이가 어느 정도 위험에 노출된다는 사실을 받아들여야 한다. 최소화하고 관리할 수 있지만 위험은 항상 존재한다. 내가 애완동물을 기른 역사를 살펴보면 이제 나이 들고 전보다 지혜롭다는 점을 감안할 때, 이전의 나는 가족과 나 자신이 노출된 위험을 상당히 과소평가했다. 그때로 돌아간다면 나는 분명 다르게 행동할 것이다.

CDC 자료에 따르면 미국에서 매년 약 450만 명이 개에게 물리는데, 이중 약 90만 명은 병원 치료를 받아야 할 정도로 부상을 당한다. 2012년에는 개에게 물려 재건 수술을 받은 사람이 2만 7000명 이상이었다.[1] 미국에서 해마다 평균 30명이 개에게 물려 죽는다. 개에게 물리는 대다수 사건과 치명적인 공격의 70퍼센트는 9세 미만 아이에게 벌어진다. 지난 30여 년 동안 개의 개체 수가 증가하면서 물리는 횟수도 늘었다. 묶이지 않은 개보다 묶인 개가 공격할 가능성이 크고, 중성화 수술을 하지 않은 수캐가 치명적인 공격을 가장 많이 한다. 개는 어떤 종이든 사람을 물 수 있지만, 크기와 기질상 더 위험한 종이 있다.

사람을 공격하는 개 문제에서 가장 큰 논란은 다른 종과 비교할 때 더 위험한 기질을 타고난 종이 있느냐 하는 점이다. 일반적으로 '가장 위험한 종'으로 꼽히는 개는 핏불테리어. 이런 단정이 타당한지, 통계의 무분별이 뜨거운 논쟁의 핵심이 된다. 안타깝게도 특정한 종에 내리는 규제와 같이 위험을 줄이려는 여러 가지 정책이 외모상 이 범주에 들어맞는 개 전체에게 큰 영향을 미친다.

미국 전역의 보호소에는 핏불처럼 생긴 개가 가득하다. 내가 사는 지역의 보호소를 예로 들어보자. 당신은 이곳에 가면 개집마다 핏불로 보이는 개가 많다고 생각할 것이다. 하지만 실제로 개의 유전자를 분석하면 핏불이 아닌 경우가 많다. 보호소 직원도 가끔 견종을 잘못 판별한다. 그래서 우리 마을 보호소는 견종을 확인하지 않는 정책을 세웠다. 사람이 견종을 잘 못 판별하는 경우가 빈번하고, 핏불로 잘못 분류되면 입양되기가 더 힘들며, 수용한 동물을 죽이지 않는 정책을 시행하는 보호소가 아니라면 안락사 당할 가능성이 높다는 점을 인정한 것이다. 게다가 핏불은 그 자체가 견종이 아니라 계속해서 진화하는 모호한 개의 그룹을 포괄하는 두루뭉술한 용어다.[2] 우리는 영화 〈마이너리티 리포트Minority Report〉처럼 특정 개가 죄를 짓지 않았는데 단죄하는 셈이다. 우리는 이 개의 장점과 훌륭한 요소가 아니라 그저 한 그룹으로 묶어놓고 일괄적으로 판단한다. 이보다 개 한 마리 한 마리를 특별한 존재로 보고, 개별적인 개의 잠재적 위험을 평가하는 것이 낫다.

통계가 개는 본질적으로 위험하다거나, 개가 아이를 싫어한다고 말하는 것은 아니다. 개가 주변에 있으면 아이를 포함해 사람에게 어느 정도 위험이 될 수 있다는 뜻일 뿐이다. 개에게 물릴 가장 큰 위험 요소는 집 안에 개를 두는 것이고, 한 마리 이상 있으면 위험이 엄청나게 증가한다. 아이는 개의 행동을 읽고 해석하는 데 어른만큼 익숙하지 못하기 때문에 위험이 증가한다. 한 연구에 따르면 4~6세 아이는 공격적인 것과 우호적인 것은 잘 구별했지만, 무서운 개는 제대로 구별하지 못했다.[3] 아이는 개의 얼굴 특징은 잘 보지만, 두려움을 식별하는 데 도움이 되는 자세나 꼬리 위치에는 주의하지 않는 것으로 드러났다. 아이는 개의 얼굴 표정을 잘못 해석하기 쉽다. 그리고 010 '동물과

애완동물과 함께 살기

이야기하기'에서 언급했듯이 개가 이빨을 드러내면 웃는 것으로 해석한다.[4] 아이는 미처 예상하지 못한 방식으로 빨리 움직이며, 사적인 영역을 존중하지 않는다. "절대 아이와 개만 따로 두지 말라"는 일반적으로 하는 조언이지만, 부모는 이를 종종 무시한다. 그러다 보면 때때로 개나 아이 혹은 둘에게 심각한 결과를 가져오기도 한다.[5]

개가 무는 사건만큼 조명을 받진 않지만, 고양이가 물어도 심각한 상해를 당할 수 있다. 관련 사건이 연간 40만 건 이상 보고된다. 고양이에게 물리면 보통 구멍이 깊이 뚫리는 상처가 생기는데, 고양이 입속에는 박테리아가 많아 감염될 가능성이 높다. 물리면 80퍼센트는 감염된다는 추산도 있다. 성인 여성이 고양이에게 가장 많이 물린다. 고양이는 놀이가 격렬해질 때 물거나 할퀴는 일이 많지만, 개와 마찬가지로 대개 목욕시키는 경우처럼 자극을 받으면 물거나 할퀸다. 고양이를 키우는 많은 사람이 '과도한 자극에 따른 공격성petting aggression'이라 불리는 고양이의 행동에 익숙할 것이다. 말하자면 이렇다. 당신의 귀여운 고양이가 무릎으로 뛰어올라 당신이 쓰다듬어줄 때까지 얼굴에 코를 비빈다. 당신이 부드럽게 만져주는 손길에 만족한 고양이는 가르랑거리다가 돌연 당신의 팔 너머로 고개를 내밀고 물기 시작한다.

작은 애완동물은 조그맣고 해를 끼치지 못할 것 같지만, 이런 동물도 위협 받는다고 느끼면 모든 방법을 동원해서 방어할 것이다. 내 딸은 햄스터에게 물려 여섯 바늘이나 꿰맸다. 게르빌루스쥐와 생쥐, 토끼에게도 물리면 심한 상처가 날 수 있다. 이들 모두 앞니가 길고 날카로워 피부를 뚫고 들어가기 쉽다. 지난 몇 년 동안 애완용 쥐에게 물린 뒤 쥐물음열에 걸려 죽은 아이도 있다.

안타깝게도 사람이 다치면, 이따금 동물이 비난의 대상이 된다. 특히 개에게 물린 경우가 그렇다. 그토록 정성껏 돌봤는데 어떻게 우리를 배신하고 공격할 수 있느냐고, 믿을 수 없다는 태도로 사람을 문 동물에 대해 이야기한다. 하지만 개는 입과 이빨로 하고 싶은 이야기를 한다. 개가 사람을 문 전후 상황을 살펴보면, 자극이 없었는데 개가 사람을 '공격'하는 일은 거의 일어나지 않는 것을 알 수 있다. 인간이 항상 개에게 친절하고, 잘 대해주진 않는다. 인간은 놀리고, 궁지에 몰아넣고, 불안하게 하고, 똑바로 쳐다보거나 머리를 만지고, 그 밖의 다른 공격적인 행동으로 개가 물게 만든다.

적절한 감독이나 사회화 훈련을 하지 않은 것이 종종 개가 문제 행동을 하게 만드는 원인이 된다. 예를 들어 훈련되지 않고 사회화 과정을 거치지 않거나 불안해하는 경우에 개가 사람을 물 수 있듯이, 일부러 혹은 부주의해서 개가 제멋대로 행동하게 풀어놓으면 위험하다. '무는 개'라는 꼬리표는 이따금 개에게 사형선고와 다름없다.

물론 위험을 통제할 방법이 있다. 가장 안전한 방법은 애초에 애완동물을 기르지 않거나, 치아펫Chia pet*을 가꾸는 것이다. 개나 고양이 대신 늑대, 뱀, 새끼 퓨마 등을 사서 키우지 않는다. 아이에게는 동물의 행동을 읽는 법과 동물에게 접근하는 법, 동물의 사적 공간을 존중하고 그들이 다양한 방식으로 보내는 경고에 귀 기울이는 방법을 가르칠 수 있다. 부모는 자녀와 동물을 위해 항상 그들만 따로 두지 않고, 조심하도록 애써야 한다.

---

* 　테라코타로 만든 인형에 치아Chia 씨를 심어 키우는 것. 몇 주 만에 치아 씨
가 자라면 동물의 털과 유사한 모습이 된다.

022

애완동물과 지구

2장 '애완동물과 함께 살기'를 마무리하는 시점에 전 지구적 관점에서 애완동물과 인간의 관계에 대해 생각해보는 것이 타당할 듯하다. 당신은 애완동물을 키우면서 성실한 환경주의자가 될 수 있는가? 자원이 부족하고, 독소에 따른 오염이 심각하며, 지구온난화가 진행되는 세상에서 우리가 애완동물을 기르는 사치를 부릴 수 있을까? 애완동물, 특히 개를 기르는 것과 환경주의자로서 정체성을 확인하는 일에 상관관계가 있다고 주장하는 연구도 있다. 하지만 나는 환경과 애완동물 기르기가 편안하게 양립할 수 없다는 것을 알았다.

첫째로 고려해야 할 문제는 우리 주변과 연관된다. 환경의 질은 애완동물의 건강에 어떤 영향을 미치는가? 수질, 실내 공기

오염 정도, 살충제, 우리가 먹는 음식에 함유된 유전자 변형 유기체, 스모그, 수압 파쇄 공법으로 뚫은 이웃집 우물 등 사람에게 유해하다고 여겨지는 것은 애완동물에게도 해로울 수 있다. 애완동물과 특정 환경 노출에 대한 책이나 보고서가 많지는 않지만(실험동물에 대한 실험 연구 목록과 자료는 방대하다), 경험에서 나온 지식을 토대로 유추할 수 있다.

애완동물은 카펫과 커튼, 가구에서 나오는 휘발성 유기화합물의 배기가스 같은 실내 공기 오염 물질의 영향을 받기 쉽다. 동물이 실내에서 보내는 시간이 많은 점을 고려하면, 이런 오염 물질에 노출됐을 때 피해가 사람보다 클 가능성이 높다. 애완동물이 겪는 코, 목구멍, 호흡기 문제와 공기의 질이 관련될 수 있다. 의학 학술지《환경건강전망Environmental Health Perspectives》에 실린 한 기사는 담배 연기에서 나오는 유해 방사성 원소인 라돈과 담배 연기 같은 실내 유해 인자에 따른 암 발병을 관찰·감시하는 역할로 실험실 설치류나 인간 전염병 연구를 이용하기보다 애완동물을 관찰해서 얻은 자료를 사용할 것을 권했다.[1] 즉 애완동물은 탄광 속의 카나리아 같은 존재다. 10~15년 동안 살면서 노출된 정도를 토대로 이들에게 벌어진 일을 관찰하면, 같은 실내 환경을 공유하는 우리 몸에 생기는 일을 이해하는 데 도움이 된다는 말이다.

비영리 환경 단체인 환경보호그룹Environmental Working Group, EWG은 2008년 애완동물의 체내에 축적된 유해 물질에 대한 보고서를 발표했다. EWG는 70여 가지 산업 화학물질을 애완동물에게 실험했는데, 이중 수은과 내연재를 포함해 48가지 화학물질에 오염됐다는 증거를 발견했다.[2] 좀 더 최근에는 소비자 감시 단체가 애완동물 장난감, 특히 개가 물고 씹기 좋아하는 부드러운 플라스틱 장난감에 프탈레이트가 들었다는 우려의 목소리를 높였다. 개가 이 플라스틱 장난감을 물어뜯고 씹으면서 침과 함께 화학물질이 입안으로 들어간다. 프탈레이트는 간과 신장, 생식기능에 문제를 일으킬 수 있다. 또 다른 최근 연구는 내연재인 고농축 PBDEs 액이 나이 든 고양이의 갑상샘항진증과 관련 있다는 결과를 얻었다.[3]

채식주의자 미셸 밤베르거Michelle Bamberger와 약사 로버트 오스왈드Robert Oswald가 쓴 《The Real Cost of Fracking수압 파쇄 작업의 진짜 대가》는 수압 파쇄 공법이 애완동물에게 미치는 영향에 주목한 초기 저작 중 하나다. 이 책의 기본적 메시지는 우리는 수압 파쇄 작업을 함으로써 치러야 할 대가가 정확히 뭔지 모르지만, 애완동물이 수압 파쇄 공법으로 오염된 물에 노출될 경우 여러 가지 건강 문제가 야기될 수 있다는 합당한 원인과 이를 뒷받침하는 자료가 있다는 것이다.

애완동물은 환경의 영향을 받으며, 우리 인간처럼 부지불식간에 지구온난화와 오염, 지속 가능하지 않은 소비 같은 환경문제를 야기한다. 애완동물 기르기와 관련된 커다란 환경적 영향 가운데 하나는 식량문제일 것이다. 육류 소비는 지구온난화를 가속화하는 주원인이므로, 세상이 육식하는 애완동물로 가득하다면 상황이 더 나빠질 수 있다. 애완동물은 육류 산업계에서 나오는 찌꺼기로 만든 사료를 많이 먹기 때문에(017 '동물 사료를 둘러싼 논쟁' 참고) 이 점에 큰 영향을 미치지 않는다고 주장하는 사람도 있을 것이다. 하지만 기르는 개와 고양이를 위해 인간이 먹는 수준의 육류를 사는 사람이 점점 늘어나므로(이는 좋은 흐름이라고 생각한다), 육류 섭취에 따른 영향은 여전히 크다고 볼 수 있다. 한 가지 제안하고 싶다. 우리가 키우는 개, 특히 고양이는 건강하게 살기 위해 반드시 고기를 먹일 필요가 있다. 개와 고양이, 육류를 섭취하는 다른 동물을 기르는 사람은 자신이 먹을 육류 양에서 동물이 먹을 만큼 줄이면 어떨까? 그러면 주인과 애완동물이 만드는 탄소 배출량이 늘어나지 않으니 탄소 배출 문제를 가중하는 상황은 피할 수 있지 않을까?

애완동물 사료 생산은 해양생태계에도 영향을 미친다. 야생에서 포획하는 사료용 작은 물고기는 생선을 재료로 만든 개와 고양이 먹이의 주원료다. 애완동물, 특히 고양이가 해마다 섭취하는 사료용 물고기는 전체의 13퍼센트인 2.5톤이다.[4] 이 작은 물고기는 다른 해양 생물체인 바닷새와 해양 포유류, 다른 물고기의 필수 식량이다. 다큐멘터리영화 〈텅 빈 바다The End of the Line〉가 보여주듯이, 무분별한 물고기 포획은 바다에 파괴적인 영향을 미친다. 해양생태계에 대한 우려에 따라 해양관리협의회Marine Stewardship Council, MSC가 인증한 지속 가능한 포획으로 얻은 물고기로 개와 고양이 사료를 만드는 회사도 있다.

지속 가능한 어업 문제는 애완동물 기르기 윤리에 또 다른 우려를 날카롭게 지적한다. 굶주리거나 영양불량 상태로 고통 받는 사람이 수백만이 넘는 세상에서 식량, 더구나 단백질이 동물의 입속에 들어가게 두는 것이 이치에 맞을까? 애완동물 대 사람이라는 구도가 만들어질 때 종종 이런 우려가 고개를 든다. 하지만 세상에 넘치는 애완동물을 그저 죽이자는, 더 나은 방법으로 아예 먹어버리자는 주장은 논점에서 벗어난다. 실제로 두 가지 주장 모두 대두됐다. 브리더breeder*는 새로운 새끼를 생산하지 않고, 애완동물 관련 산업계는 수요를 창출하지 않으며, 소비자는 애완동물과 사료 소비를 줄이는 것이 합리적인 결론이 될 것이다. 애완동물 개체 수가 적으면 지속 가능하나, 지금처럼 숫자를 불리며 축적하는 것은 잘못된 일이다.

애완동물 주인은 사랑하는 동물을 위해 먹을거리뿐만 아니라 엄청난 장난감, 전용 침대, 우리, 개집, 운반용 캐리어, 밥그릇, 물병, 옷, 목줄, 꼬리표, 전자동 공 발사기, 약 등을 산다. 애완동물 기르기의 규모가 어느 정도인지 가늠하려면 이렇게 생각해보라. 미국에는 휴대전화보다 애완동물이 많다. 근소한 차

---

* 사전적인 의미는 개를 기르는 일을 전문으로 하는 사람이다. 이 책에서는 견종에 대한 해박한 지식을 바탕으로 목적의식과 윤리 의식을 갖고 개를 번식시키는 사람, 상업적 이윤을 목적으로 개를 번식시키는 사람을 통칭한다.

이가 아니다. 사랑하는 애완동물을 위해 사는 모든 물건을 생각하면, 그 때문에 치러야 할 환경 파괴의 대가는 겹겹이 쌓일 것이다.[5] 수많은 소비재와 마찬가지로 애완동물 관련 용품은 싸고, 버리기 쉽다. 애완동물 용품이 애완동물만큼 매력적이지 않은지 의심스럽다. 애완동물 용품도, 키우던 애완동물도 종종 중고 휴대전화처럼 결국 매립지에 버려진다.

배설물 문제도 지나칠 수 없다. 대형견은 똥을 날마다 340그램 정도 싼다. 이를 연 단위로 계산하면 한 마리당 약 124킬로그램이다. 매립지에 묻는 개똥을 담은 수많은 비닐봉지, 똥에서 나오는 병원균으로 호수나 강, 시내가 오염될 잠재성 등 동물 배설물은 환경에 여러 가지 문제를 야기한다. 고양이 똥도 문제를 유발한다. 잠재적 병원균이 퍼지는 것을 막기 위해 고양이 변기를 마련하고, 정기적으로 깨끗이 청소해줘야 한다. 하지만 고양이 배설물 더미도 아기 기저귀처럼 매립지에서 한 자리를 차지한다. 널리 사용되는 고양이 변기용 모래는 볼일 보고 모래를 헤집을 때 나는 먼지를 흡입하고, 발에 묻은 모래를 핥아서 털어내는 고양이와 흙에서 나오는 먼지 분자를 흡입하는 사람에게 건강 문제를 일으킬 수 있다.

기상이변이 점점 심각해지는 요즘, 개똥이나 고양이 배설물에 대해 생각한다고 해서 커다란 차이가 생길 것이라고 보기는 힘들다. 하지만 상징적이라 해도 작은 일을 꾸준히 실천하는 것이 중요하다. 책임감 있게 사는 자체가 보상이 돼야 하지 않을까?

소비가 가중되니 애완동물 숫자를 줄이는 것이 분명 이치에 맞다. 애완동물과 관련 용품을 무분별하게 사들이는 행위는 인간의 기본적 욕구인 '유대감'을 추구하기 때문이라기보다 관련 업계와 광고의 자극 때문인 점이 크다. 그러므로 소비자가 동물과 관련 상품을 충동구매 하는 일을 줄이면 동물에게도 무한히 득이 될 것이다.

지속 가능한 애완동물 돌봄에 관한 책이 많으므로, 애완동물 주인은 애완동물에게 가해지는 환경적 위험과 인간의 애완동물 돌봄 관행이 환경에 미치는 영향에 대해 자세히 알아볼 수 있다. 나는 캐럴 프리시먼Carol Frishmann이 쓴 《Pets and the Planet 애완동물과 지구》를 좋아한다. 이 책에는 애완동물이 환경에 미치는 영향, 애완동물 선택이 중요한 까닭, 친환경 동물 사료와 장비, 장난감을 쇼핑하는 법, 배설물을 다루는 법, 가정에서 노출에 따른 위험을 관리하는 법, 친환경 애완동물 서비스를 찾는 법, 털 손질법, 애완동물 호텔, 수의사 진료 등에 관한 내용이 수록됐다.

지금까지 살펴본 여러 가지 논점은 '일반적인' 애완동물(개, 고양이, 토끼, 햄스터 등)에 국한된다. 하지만 미국은 물론 다른 나라에서 인기를 더하는 이국적 애완동물과 관련된 환경문제가 심각하다. '특이한' 애완동물을 원하는 수요가 높은데, 미디어와 애완동물 관련 업계가 무책임하게 이를 부추긴다. 예를 들어 동

애완동물과 함께 살기

물 전문 방송 애니멀플래닛Animal Planet은 〈가장 특이한 애완동물 톱 10 Top 10 Peculiar Pets〉 같은 프로그램을 정기적으로 방영한다. 여기서는 대개 동물의 특이성에 초점을 맞출 뿐, 키우나 카피바라*를 데려와서 기를 때 고려해야 할 점 등 복지에 대한 언급이 없다. 동물 스타가 나오는 영화가 개봉한 뒤 특정한 종에 몰리는 갑작스러운 관심을 의미하는 '할리우드 효과'도 주목할 만한 현상이다. 이 현상이 특정 견종 구매와 관련된다는 증거가 있다. 예를 들어 영화 〈101 달마시안101 Dalmatians〉이 개봉한 뒤 달마티안 판매가 소폭 증가했고, 〈베버리힐스 치와와 Beverly Hills Chihuahua〉가 개봉한 뒤에도 같은 현상이 일어났다. 수요가 갑자기 증가하면 브리딩breeding**이 늘고, 값이 오른다. 필연적으로 상승 곡선이 하강하면 동물 보호소는 달마티안과 치와와로 가득 찬다. 두 견종은 유지비와 관리비가 많이 들며, 마음이 약하고 충동구매를 하는 소비자에게 맞지 않다.[6] '야생'을 다룬 영화에서도 같은 일이 벌어진다. 〈니모를 찾아서Finding Nemo〉가 개봉한 뒤에는 흰동가리, 〈리오Rio〉가 개봉한 뒤에는 푸른 마코앵무새 수요가 늘었다. 흰동가리와 푸른 마코앵무새는 모두 야생에서 포획되어, 그때까지 살아 있다면 중개상과 개

---

* 라틴아메리카의 강가에 사는 살찐 쥐같이 생긴 동물.
** 번식과 사육.

별 애완동물 주인에게 팔린다.

이국적 동물의 복지에 대해 우려되는 점은 나중에 논의할 것이다. 여기서는 이국적 애완동물 수입 문제가 생물학적 다양성 손실의 주범이라는 점을 환기하고 싶다. '이국적'이란 표현은 다른 문맥에서 분명 다르게 해석되고 정의되지만, 여기서는 지금까지 가축화되어 가정에서 기르지 않은 동물 종으로 제한한다. 누군가의 이국적 애완동물이 되는 수많은 새와 파충류, 포유류는 모두 야생에서 포획된다. 새나 파충류는 야생에서 낳은 알을 채취한다. 옥스퍼드대학교에 있는 야생생물보존연구기구Wildlife Conservation Research Unit 연구원은 "애완동물용 거래를 위해 야생동물을 지속 불가능한 형태로 포획한 결과, 야생동물이 감소하고 수많은 종이 멸종될 위기에 처했다"[7]고 말한다. 예를 들어 방사거북은 심각한 위기에 직면해서 곧 멸종할 가능성이 큰데, 여전히 인터넷을 통해 구입할 수 있다. 이국적 애완동물은 전 세계에서 공수되어 애완동물 주인에게 팔리므로 지구적 문제다. 현재 중동과 동남아시아에서 이국적 애완동물을 원하는 수요가 높다. 애완동물의 지구적 수요는 인구 증가와 대등하거나 심지어 능가하는 곳이 많은데, 이는 보존 노력에 좋지 않은 징조다.

동물 이동은 대부분 불법이다. 멸종 위기종을 국경 너머로 운반하는 불법적인 일이 다반사다. 밀매 업자는 양말 속에 새를 집어넣고, 셔츠 안감에 개구리 알을 넣고 꿰매 비행기를 타는 등 상상할 수 있는 모든 방법을 동원해 이국적 애완동물에 굶주린

애완동물과 함께 살기

사람에게 몰래 공급한다. 이국적 애완동물 불법 거래는 마약과 무기 밀거래, 테러리즘과 연관된 경우가 많다. 야생동물이나 동물의 신체 일부를 파는 것이 비교적 쉽게 돈을 버는 일이기 때문이다.[8] 따라서 이국적 애완동물을 구입하면 보이지 않는 폭력 네트워크에 연루되는 셈이다.

결국 지역에서 내리는 결정이 지구적 파장으로 연결된다.

3/

애완동물에 대해
걱정하기

023

자유를 주세요

엠마 도노휴Emma Donoghue가 쓴 소설 《룸Room》은 작은 방에서 엄마와 함께 사는 다섯 살 소년 잭의 이야기다. 평생 방에서 살았기 때문에 그 방이 잭의 현실이다. 잭은 방 밖에 세상이 있다는 것을 모른다. 방은 인간적 생활을 누릴 수 있는 모든 것을 완벽하게 갖췄다. 잭과 엄마를 잡아 가둔 올드 닉Old Nick이 날마다 음식을 준다. 그는 밤이 되면 엄마 옆에서 잔다. 방은 깨끗하다. 모자母子는 입을 옷이 있고, 청결한 환경에서 용변을 볼 수 있다. 이쯤이면 당신도 의심이 가겠지만 이 소설은 공포 이야기다. 유혈이 낭자하진 않아도 등골이 오싹해진다. 나는 이 소설을 읽을 때 우리가 애완동물에게 하는 행동이 떠올랐다. 특히 내가 수많은 쥐와 게코도마뱀, 뱀, 소라게, 햄스터, 기피니그에게 한 행동이 떠올랐다. 나도 그들을 방에 가뒀다.

사람들은 애완동물, 특히 개와 고양이가 갇혀 사는 동물이라고 생각하지 않는다. 사실 그들은 갇혀 산다. 다른 수많은 애완동물도 평생 우리에 갇혀 지낸다. 창살과 빗장이 있다는 것은 우리가 동물의 의지를 거슬러 그들을 가둔다는 확실한 표시다. 어떤 개가 집 안에 살지만 특별한 인간 혹은 그 가족과 날마다 삶의 표현을 공유하고, 밖으로 나갈 기회가 충분하며, 자유롭게 뛰놀고, 본능에 따라 행동한다면 갇혀 있어도 상당히 균형 잡힌 삶이라고 말할 수 있을 것이다. 하지만 동물이 갇혀 산다고 할 때는 대부분 어딘가에 계속 감금됐다는 의미다. 수많은 애완동물이 작은 우리나 수조에 갇혀 홀로 일생을 보낸다. 소수 동물의 복지를 말하는 게 아니다. 대략 개 8000만 마리, 고양이 9500만 마리, 물고기 1억 6000만 마리, 새 2000만 마리, 수백만 마리에 이르는 다양한 동물이 미국 가정에서 애완동물로 갇혀 지낸다.[1]

우리에 영구적으로 갇힌 동물의 삶은 감옥에 갇히거나 홀로 감금된 삶과 비슷하다. 이런 동물은 같은 종족과 의미 있는 교류를 할 수 없고, 육체 활동을 최소한으로 하며, 정신적 자극은 거의 받지 못하고, 환경적 자극도 질이나 종류에서 심각한 상태를 경험한다. 애완동물도 인간과 마찬가지로 이런 조건에 의해 심리적·생리학적으로 나쁜 영향을 받는다. 동물 인지와 정서에 관한 연구로 동물의 내적 삶을 더 많이 이해할 수 있는데, 그들을 가둔 상황은 윤리적으로 심각한 문제가 된다.

갇혀 사는 파충류나 양서류는 특히 상황이 나쁘다. 게코도 마뱀 리지를 기른 것을 생각하면, 당시에는 인식하지 못했지만 리지는 76리터 수조에서 천천히 미쳐간 게 분명하다. 리지는 우리 집에 오고 몇 달 뒤부터 수조 한구석을 반복적으로 할퀴기 시작했다. 마치 산책하러 가는 길에 유리가 있는 것을 보지 못하는 듯했다. 파충류를 애완동물로 기르는 것의 도덕성에 관한 책을 쓴 클리퍼드 워릭Clifford Warwick은 말한다. "갇혀 사는 대다수 파충류에게 갇힌 상태에서 유발되는 스트레스와 관련된 행동 가운데 최소 30가지를 관찰할 수 있다. 과다 활동과 투명한 경계에 반응하려는 행동을 예로 들 수 있는데, 두 가지 모두 지속적으로 탈출하려는 시도다. 활동 저하 현상은 나쁜 환경을 생물학적으로 '차단'하려는 행동이다. 애완동물 주인은 이런 수많은 신호를 상관없는 일이라고 치부하며 쉽게 무시한다."[2] 이 부분을 읽을 때 가슴이 꽉 막히는 것 같았다.

워릭은 '인간을 포함해 다른 동물과 비교할 때' 파충류도 일정 수준의 지각력과 민감도를 갖췄다고 말한다. 새롭게 나오는 연구 결과도 파충류를 이해하는 데 도움을 준다.[3] 애나 윌킨슨 Anna Wilkinson과 동료들은 연구를 통해 2014년 학술지《동물인지Animal Cognition》에 턱수염도마뱀Pogona vitticeps은 흉내 내기로 사회적 학습을 할 수 있다는 증거를 제시했다. 지금까지 흉내 내기는 인간이나 일정한 영장류 같은 '고등 생물'만 할 수 있다고 여겨진 기술이다.[4] 하지만 파충류는 결정적으로 개나 고양이와 다르다. 파충류는 길들여진 적이 없으며, 앞으로도 길들여질 가능성이 적다. 파충류는 우리와 너무나 다르다. 인간과 '삶을 공유하는 관계'가 가능한 개나 고양이와 달리 파충류는 인간과 삶의 공간을 공유할 수 없으며, 대개 평생을 우리에서 지낸다. 워릭은 말한다. "우리에서 지내면 파충류의 생존 프로그램인 진화된 생명 관리 체계가 통제 불능 상태가 된다." 파충류는 인간이나 개, 고양이와 생물학적으로 다른 종이고, 그들이 사는 생태계 역시 우리 것과 매우 다르다. 우리는 파충류에게 필요한 생물학적 욕구가 무엇인지 거의 모른다. "우리가 아는 것은 인간은 그들에게 필요한 것을 제공하지 않고, 그렇게 할 능력도 없어 보인다는 점이다."[5] 포획된 파충류는 잘 살지 못한다. 애완용으로 기르는 파충류가 죽는 비율은 경악스러울 정도로 높다. 포획된 파충류 중 최소 70퍼센트가 애완동물 상점 진열대에 오르기 전에 죽는다. 살아남은 나머지 중 약 75퍼센트는 애완동물로 5년을 넘기지 못하고 죽는다.[6] 리지의 경우 야생에서 25년도 살 수 있는데, 우리 집에서 2년을 조금 더 살다가 갔다. 워릭은 파충류를 애완동물로 삼아서는 안 된다고 주장하는데, 나도 그 의견에 동의한다.

물고기 역시 사정이 비슷하다. 어항의 환경은 황량한 경우가 많다. 특히 아이가 다루기 쉽다고 여기는 애완동물로 팔려 가는 금붕어 수십억 마리가 사는 환경은 척박하다. 금붕어는 작고,

관리하기 편하고, 오래 살지 못하는 동물로 알려졌다. 하지만 이는 금붕어의 성장 발달이 저해되어 빨리 죽는 일이 불가피하기 때문이다. 금붕어는 자연 상태에서 결코 작지 않다. 이상적인 환경에서는 거의 30센티미터까지 자라고, 수명도 25년이나 된다. 그리고 사람들이 일반적으로 생각하는 것과 달리 금붕어는 똑똑하고, 싫증을 잘 낸다. 서랍장 위 작은 수조에 있는 금붕어의 전형적인 모습은 허상이다. 애완동물 관련 산업이 동물 복지를 심각하게 받아들인다면 금붕어는 결코 시작용 애완동물이 될 수 없고, 애완동물 관련 상점 선반에 작은 어항이 있지 않을 것이다. 그런데 어항의 크기가 오히려 작아지는 듯하다.

요즘 애완동물 업계 잡지를 통해 부각되는 유행 중 하나가 나노 탱크다. 나노 탱크는 마이크로 탱크, 피코* 탱크라고도 부른다. 아주 작고 책상이나 조리대 한쪽에 둬도 야단스럽지 않은 어항을 원하는 소비자를 겨냥한 상품이다. "사람들은 언제나 작은 어항을 선호했다. 번잡스럽게 넓은 자리를 차지하지 않으면서 눈길을 끄는 어항이 있다는 사실을 좋아한다."[7] 이런 어항은 정말 작다. 컨투어아쿠아리움Contour Aquarium은 11리터, 19리터짜리가 있다. 바이오버블BioBubble은 13리터, 큐데스크톱Cue Desktop은 9.5리터다. 다기능 펜대와 LCD 달력을 포함해

---

* 피코는 '1조 분의 1'을 나타내는 단위로, 그만큼 작다는 의미다.

책상의 칸막이 필통이 딸린 유에스비데스크오거나이저아쿠아리움USB Desk Organizer Aquarium은 1.4리터가 들어가는데, '물고기가 살기 적합한 양'이라고 광고한다. 《펫 에이지Pet Age》는 나노 탱크를 손님에게 판매하려면 반드시 그 안에 들어갈 '조그만 녀석'도 팔아야 한다고 말한다. 여기에 적합하다고 추천되는 물고기는 마이크로라스보라, 다니오, 테트라, 킬리피시 그리고 새우다. 고작해야 물 6컵이 들어가는 어항을 똑똑한 생명체가 서식하기에 이상적이라고 받아들이는 세상이 과연 제대로 된 세상인가?

《펫 비즈니스Pet Business》에서도 나노 탱크 광고를 봤는데, 베타폴스Betta Falls 전면 광고다. 이 플라스틱 탱크는 3칸으로 나뉜 곡선 디자인 어항으로, 각 칸에 한 마리씩 살게 되어 있다. 어항 칸은 반투명 패널로 나뉘어 물고기는 서로 보지 못한다. 40×28×28센티미터 크기로 책상 위에 둬도 공간을 많이 차지하지 않고, 물도 7.5리터만 넣으면 된다. 이는 물고기 한 마리가 평생을 물 10컵 분량에 살아야 한다는 의미다. 베타폴스는 유감스럽게도 구매자 평가가 그리 좋지 않다. 어항 내 폭포의 수압이 높아서 물고기가 한쪽으로 피해야 한다. 헤엄쳐 다니기도 좁은 공간이 더 줄어드는 것이다. 물고기가 필터에 빨려 들어가 죽기도 한다. 애완동물 상점은 종종 그럴듯하게 자연 역사의 매력적인 이야기를 들먹여 베타가 작은 컵 속에 사는 것을 좋아한다며 고객을 설득하려 한다. 그들은 야생에서 베타가 물소의 발자국 속 고인 물에 산다고 말한다. 하지만 이는 정확한 사실이 아니다. 베타의 자연 서식지는 유속이 느리고 초목이 우거진 메콩 강이나 차오프라야 강 유역이다. 강물이 상당량 증발하는 건기에 물고기는 물소 발자국에 갇히는 경우가 있다. 그러나 이 물고기는 웅덩이에 갇혀도 생존할 수 있는 능력을 진화시켰다. 베타는 점프를 아주 잘하고 아가미가 고도로 발달해, 물 표면에서 산소를 흡입할 수 있다. 베타가 월마트 선반 위 플라스틱 컵이나 뚜껑 달린 컵에 사는 다른 조그만 물고기보다 오래 생존하는 것도 이 때문이다.

애완용으로 기르는 파충류처럼 양서류와 어류, 조그만 포유류는 많은 경우 평생을 좁은 공간에 갇혀 지낸다. 예를 들어 쥐나 생쥐, 햄스터, 게르빌루스쥐, 기니피그처럼 작은 동물은 일반적으로 플라스틱이나 철제, 유리로 만든 좁은 공간에 한 마리씩 키운다. 애완동물 상점에서 파는 다양한 우리는 실험실이나 연구용 동물을 두는 곳과 비교할 때 훨씬 작고, 연구용 동물을 보호하기 위해 세운 동물 복지 기준에 도달하지 못한다. 애완동물용 우리의 크기를 규제하는 복지 기준은 없다. 이런 동물은 땅이나 흙을 밟지 못하고 살며, 애완동물 상점에서 파는 거친 대팻밥을 느낄 뿐이다. 날마다 똑같은 사료 알갱이를 먹다 보니 스스로 먹이를 찾아 나서거나 먹이를 얻기 위해 애쓸 일이 없는데, 이런 점 역시 일종의 박탈이다. 실험실 연구가 밝혀낸 바에 따르면, 많은 동물이 먹이가 눈앞에 있어도 애써 먹이를 찾으러

나간다.

작은 애완동물은 대부분 천성이 사교적이고 같은 종과 복잡한 관계를 맺고 지내는데, 작은 포유류는 같은 종을 향한 연민이 없는 경우가 있다. 이들이 우리에서 벗어나는 시간은 아마 주인이 손을 대는 때가 유일할 것이다. 이들이 사는 '방'이 현실의 전부다. 이들에게 자연 서식지에 대한 진화의 기억이 있다면 감각 깊은 곳에서 그곳을 그리워하는 것은 아닌지 의문이 생긴다. 집에서 기르는 작은 애완동물의 폐사율에 대한 연구는 본 적이 없지만, 포유류는 온혈동물이고 인간이 그들의 물리적 환경을 부분적이나마 비슷하게 만들 수 있으니 파충류만큼 폐사율이 높지는 않을 것이다. 그래도 그 수치가 상당히 높지 않을까 싶다. 홀로 갇혀 지내게 하는 것은 이 생명체에게 윤리적으로 건강한 선택지가 아니다. 파충류와 마찬가지로 작은 동물이 고통을 겪지 않게 하면서 인간의 애완동물로 기를 수는 없는 것 같다.

우리는 작은 동물을 키우므로 그들에게 사회적 고립이라는 심각한 해를 끼친다. 사교성이 좋은 종일수록 혼자 갇혀 지내면서 당하는 피해가 심각하다. 우리는 자신이 애완 햄스터의 가장 친한 친구라고 생각하지만, 햄스터는 우리와 똑같이 생각하지 않는다. 햄스터는 유전적으로 인간과 친구가 되도록 프로그램되지 않았다. 우리가 길들일 수 있고, 햄스터가 우리를 심하게 두려워하지 않을 수는 있다. 하지만 우리는 햄스터와 같은 종이 아니다. 우리와 함께 있어도 햄스터는 혼자다. 개인주의적인 인간은 복지 측면에서 사회성이 얼마나 중요한지 인식하지 못할 수 있다. 새로운 연구에 따르면 사회적 고립은 정서적 고통은 물론, 육체적으로도 해를 끼칠 수 있다. 회색 앵무새 연구는 사회적 고립으로 노화와 수명의 결정적 원인인 말단소체telomere(염색체의 끝부분)가 짧아졌다는 것을 밝혀냈다.[8] 혼자 지낸 앵무새는 친구와 함께 지낸 앵무새보다 먼저 죽었다. 어떤 애완동물 종에게 사회성이 중요할까? 거의 전부다. 개, 고양이, 물고기 대부분, 쥐, 햄스터, 토끼, 게르빌루스쥐, 소라게, 턱수염도마뱀이 모두 그렇다. '혼자 지내는 습성이 있는 동물은 어떤 종인가'라고 질문을 바꿔보자. 하지만 표범도마뱀붙이처럼 상대적으로 '혼자 지내는' 동물도 야생의 자연환경에서는 다른 표범도마뱀붙이와 교류한다. 그러니 진정한 의미에서 홀로 지냈다고 할 수 없다. 혼자서 잘 지내는 동물은 없다.

지금까지 나는 자기만의 세상에서 혼자 살아가는 햄스터처럼 고립을 초래하는 감금 상황에 대해 이야기했다. 이번에는 감금의 이면인 과밀 수용에 대해 논의할 텐데, 이 역시 동물에게 심각한 문제가 될 수 있다. 붐비는 지하철이나 승객이 들어찬 비행기를 타본 사람은 너무 많은 사회적 동물이 너무 좁은 공간에 들어찼을 때 느끼는 불안과 서서히 스며드는 분노를 알 것이다. 이런 상황에서 그나마 동물에게 좋은 점은 동료와 함께한다는 것이다. 나쁜 점은 서로 너무 가까이 있어서 자주 접촉할 수밖에 없고, 그러다 보면 상당히 공격적인 상호작용을 한다는 것이다. 이런 환경은 심한 스트레스를 유발한다. 애완동물 상점이나 동물 도매 창고에서는 과밀 수용이 일반적이다. 수십 마리가 깡통 속 정어리처럼 작은 우리나 저장용 플라스틱 용기에 빽빽하다. 햄스터나 쥐, 물고기는 태어나서 처음 몇 주 동안 참을 수 없을 만큼 복잡하고 붐비는 환경에 있다가 나머지 생은 우리에서 혼자, 완전히 고립된 채 보낸다.

가장 일반적인 과밀 수용은 어항에서 발생한다. 나노 탱크에 베타를 기르거나 작은 어항에 금붕어 한 마리를 넣어 키우는 것은 잔인한 처사다. 반대로 꽉 차도 물고기에게는 똑같이 힘들다. 우리 동네 애완동물 상점에 가면 물고기를 넣어둔 어항이 꽉 차서 언뜻 보면 진동하는 유기체가 떼로 모여 사는 것 같다. 케이스웨스턴리저브대학교Case Western Reserve University에서 생물학을 가르치는 로널드 올드필드Ronald Oldfield는 어항의 크기가 어항 사육용으로 가장 일반적인 열대어 미다스시클리드Midas cichlid의 공격성에 미치는 영향을 연구했다. 그는 일반적으로 애완동물 상점의 어항에 있다가 팔려 가는 시클리드가 크고 복잡한 서식지에 사는 시클리드보다 공격적이라는 점을 발견했다. 어항에서 주종을 이루는 물고기의 공격성이 늘어나면 다른 물고기들이 스트레스 받고 따돌림을 당하는 등 환경에 부정적인 영향을 미친다. 따돌림 당한 물고기는 육체적 피해를 보고 주눅이 들어 잘 먹지 않으며, 저항력도 약해졌다. 올드필드

박사는 〈뉴욕타임스The New York Times〉와 인터뷰에 "개를 이런 환경에서 기르는 사람이 있다면, 그는 감옥에 갈 겁니다"라고 말했다.[9]

동물을 가두고 키우는 문제의 윤리를 고려할 때 개와 고양이 모두 특별한 상황을 제시한다. 개와 고양이는 모두 대개 우리 바깥에서 산다. 때때로 집 안에 갇히거나 거의 모든 시간을 집 안에서 보내는 경우가 있지만, 그렇다 해도 상당히 자유롭게 움직이고, 여러 가지 본능적 행동을 할 수 있다. 그리고 좋은 환경이라면 육체적·심리적으로 고무적인 자극을 경험할 수 있다. 개와 고양이 종은 모두 가축화됐고, 어느 정도는 인간과 함께 진화를 거쳤으며, 인간과 친밀하고 의미 있는 상호 관계를 만들 수 있다.

심리학 교수이자 개의 인지를 연구하는 알렉산드라 호로비츠Alexandra Horowitz는 개에게 자유와 포획이 의미하는 바는 특별하며, 인간과 개를 한 쌍의 맥락에서 보고 고려해야 한다고 주장한다.[10] '야생' 개는 없다. 종 전체가 포획된 상태다. 떠돌이 개도 인간과 함께 살기 때문에 진정한 의미에서 야생동물이 아니다. 우리는 개의 삶에 대한 모든 것을 조절하며, 개는 인간에게 의존하도록 진화해왔다. 호로비츠에 따르면 가축화는 주로 "먼저 가축화된 동물이 지각하는 세계를 억압해" 이뤄졌으며, 그렇게 해서 개의 성질을 바꿔놓았다.[11] 개의 감각 감도는 도태됐고, 인지 능력은 감소했다. 하지만 인간을 도구로 사용해 환경

을 조정하는 능력처럼 강화된 면도 있다. "인공적인 선택의 과
정은 몸과 마음 측면에서 개가 사람에게 사로잡혀 묶이게 만든
다."[12] 그래서 개는 길들이는 사람에게 떼려야 뗄 수 없이 묶이
며, 천성적으로 사로잡혀 의존한다.

개라는 종이 천성적으로 인간에게 잡혀 의존한다고 해도 개
별적 개는 자유로워질 수 있고, 자유로워지길 원한다는 것을 알
수 있다. 개는 개답고 싶어 한다. 하지만 일반적으로 사람이 개
를 소유하면 짝짓기, 영역 표시, 짖기, 돌아다니기 등 '정상적인'
개의 행동을 제한하는 여러 가지 개입을 한다. 우리는 울타리
를 만들고, 개에게 목걸이와 목줄을 채우고, 중성화 수술을 시
킨다. 개 훈련에는 천성적 행동을 제한하는 신중하고 체계적인
과정이 포함된다. '정상적'인 행동은 일상적으로 지켜지지 않게
마련이다. 애완동물을 키우는 관행에서 이렇게 정상에 위배되는
행위는 반드시 일어난다.

호로비츠는 정상적인 행동에 가하는 제약으로 개가 세상에
서 하는 특정 경험이 걸러지는데, 이것이 개에게 부정적인 영향
을 미칠 수 있다고 말한다. 주인에게 묶인 상태에서 개에게 가해
지는 제약은 심각하다. "언제 어디를 걸을지, 누구에게 다가갈
지, 무엇을 탐색할지 등 모든 것을 사람이 결정하기 때문에 개
는 독립적인 선택권이 없다."[13] 개가 자유를 누릴 수 있게 해주
는 방법은 종 차원의 포획된 상태라는 광범위한 맥락에도 여러
가지가 있다. 예를 들어 목줄을 채우지 않고, 집에 가두지 않으

애완동물에 대해 걱정하기

며, 개가 원할 때 원하는 것의 냄새를 맡을 수 있고, 그 개를 좋아하는 사람에게 다가가고 좋아하지 않는 사람은 피할 수 있다면 '가장 제약을 받지 않는 개'다.

고양이를 가둬 기르는 현 상황은 애완동물 키우기라는 난제에서 가장 짜증스러운 부분이라고 생각된다.[14] 인간이 고양이와 함께 사는 방식은 시간이 지나면서 변했다. 어쩌면 개를 포함해 어떤 애완동물을 기르는 것보다 많은 변화를 겪었다. 수천 년 동안 고양이는 비교적 자유롭게 살았지만, 이제 그렇지 않다. 대다수 고양이가 중성화 수술을 받았다. 최소 80퍼센트다. 고양이 똥과 음식 때문에 전적으로, 혹은 자유롭게 드나들며 실내에 사는 고양이가 점점 더 많아진다. 고양이는 개보다 공간이 덜 필요하고, 운동할 필요도 없다는 잘못된 가정에 따라 개보다 좁은 공간에 갇히는 경우가 많다. 미국동물애호협회Humane Society of the United States, HSUS가 옹호하는 책임감 있는 고양이 키우기 방식에 따르면, 고양이는 반드시 실내에서 키워야 한다. HSUS는 이것이 고양이를 위한 조치로, 실외는 위험하다고 말한다. 하지만 나를 포함해 수많은 고양이 주인은 고양이가 나다니지 못할 때 뭔가 중요한 것을 잃어버렸다고 느낀다는 데 공감한다. 밖이 위험할 수 있지만, 어떤 고양이는 자유를 위해 그정도 위험을 기꺼이 감수할 거라고 생각한다.

고양이 비만, 권태감과 답답함으로 생기는 행동의 문제점도 전염병처럼 번진다. 그 결과 수많은 고양이가 보호소에 버려지고 죽음을 당한다. 오늘날 우리가 고양이를 기르는 방법 중 어떤 측면은 제대로 작동하지 않는다. 나는 그 원인이 고양이가 점점 더 제약을 받으며 살기 때문이라고 확신한다. 거의 모든 범위에서 정상적인 고양이의 행동이 줄어들었다.

우리와 동물의 관계가 점점 더 제대로 기능하지 못하는 상황이므로, 동물이 인간 가족의 일부가 될수록 동물의 복지는 악화될 가능성이 높아진다고 주장하는 학자들이 있다. 이는 언뜻 직관에 어긋나 보인다. 가정에서 기르는 개가 일하는 개보다 나은 대우를 받지 않는가? 집 안에 사는 고양이가 헛간에 사는 고양이보다 보살핌을 받지 않는가? 정작 동물은 그런 보살핌을 원치 않을 수도 있다. 현재 우리가 동물과 함께 사는 방식 때문에 동물이 정상적인 행동을 하기 힘들 수 있다. 게다가 고양이와 개는 권태와 외로움 등 여러 가지 스트레스 요인에 노출되고, 그런 요인이 계속 늘어난다. 도시화가 진행되면서 삶의 공간이 더욱 줄어든다. 대도시에 사는 개와 고양이의 숫자가 증가하고, 사람들은 자주 여행하며 빈번히 이사한다. 인간에게는 이사가 별문제 아니지만, 어떤 동물에게는 극심한 스트레스가 될 수 있다. 애완동물을 기르는 사람이 증가하는 것이 개와 고양이에게 좋지 않을 수 있다. 예를 들어 한 연구에 따르면 인간이 부유해져서 애완동물에게 수의사 진료를 잘 받게 하고 좋은 사료를 먹일 수 있지만, 사회적 욕구와 행동의 욕구는 상대적으로 덜 신경 쓰고, 운동도 덜 시킬 수 있다. 개와 고양이는 주인과

　　　　　　　　　　　애완동물에 대해 걱정하기

교류가 줄면 분리 불안이나 강박 장애가 올 수 있다. 정신적 자극을 받지 못하면 행동에 융통성이 줄고, 반응도가 나빠지며, 우울증에 걸릴 수 있다.[15]

애완동물이 되어 사로잡힌 삶의 단점과 장점에 대해 이야기할 때 종별로, 동물별로 따로 고려해야 한다. 개를 비롯해 몇몇 동물은 수준 높은 자유를 누리며 살 수 있다. 하지만 일정 부분을 통제하고 조정하는 것이 최선인 동물도 있다. 동물을 사로잡아 키우는 행위는 도덕적으로 고려해야 할 문제라는 점, 애완동물 복지에서 중요하게 다뤄야 할 문제라는 점을 제외하고는 전반적인 의견을 내놓기 힘들다.

권태 문제

거의 모든 애완동물이 권태를 느낄 때가 있다. 가끔 느끼는 경우가 있고 지속적으로, 걷잡을 수 없이 느끼기도 한다. 동물을 관리하는 입장인 우리는 동물이 느끼는 권태를 전혀 짐작하지 못하거나, 알아도 대처할 방법을 모를 수 있다. 가장 심각한 경우는 우리에 갇혀 사는 동물(쥐, 새, 기니피그, 금붕어, 소라게 등)이지만, 개나 고양이 같은 동물도 권태를 느낄 수 있다.

당신은 동물이 감정이 있고, 삶에 관심을 보이며, 즐기기 때문에 어떤 행동을 한다는 것을 알 것이다. 현재의 인지 행동학이 이를 확실하게 인정한 상태다. 우리는 이런 사실 외에 잘 먹이고 포식자에게서 안전하게 보호 받는 동물이라도 할 일이 없는 상황 때문에 괴로워할 수 있다는 것을 안다. 생물학자 프랑수아

애완동물에 대해 걱정하기

즈 웨멜스펠데르Françoise Wemelsfelder는 인간과 동물에게 자발적이고 진정한 관심이 없는 상태에서 활동과 감각은 그 자체로 의미 있지 않다고 말한다.[1] 활동과 감각이 재미있으려면 동물이 '주의 집중의 흐름'을 타야 한다. 동물은 혼자나 다른 동물과 함께 탐험 활동이나 자발적인 놀이를 할 때 주의 집중의 흐름을 경험한다. "동물은 집중과 탐험, 놀이를 통해 본질적으로 소통이나 교류를 위한 환경과 관계를 맺는다."[2] 주의 집중의 흐름이 일어나는 형태와 방식은 "동물의 왕국을 완전히 바꿀 수 있다. 그런데 자발적 집중이라는 표현은 철저히 계통발생의 규모에서 사용해왔다". 우리는 이런 접근법을 사용할 때 특정 종을 배제해서는 안 된다. 웨멜스펠데르는 말한다. "나는 자발적 집중이 행동 구성의 일반적 법칙을 반영한다고 생각한다."[3]

"갇힌 동물은 자신이 관심 있는 것이나 좋아하는 것을 표현할 기회가 거의 없다. 우리라는 환경에는 소음과 냄새, 볼거리가 있으며, 동물은 이에 반응할 것이다. 하지만 이는 동물이 환경과 창의적으로 관계를 맺고 주의 집중의 흐름을 경험한다는 의미가 아니다."[4] 수평과 수직으로 공간을 심하게 제한하는 우리는 동물이 어느 방향으로나 몇 걸음도 걷지 못하게 하고, 시야도 심하게 방해한다. 이런 제약이 있을 때 동물은 활동하지 않고 주의 집중도 하지 않는다. 그들은 "움직이지 않고 앉거나 서 있고, 종종 고개와 귀를 떨어뜨리고 눈은 반쯤 감은 채 비정상적으로 사지를 구부리고 오랫동안 벽에 몸을 밀착한 자세로 있기도 한다".[5] 아니면 눕거나 자면서 시간을 보낸다. 애완동물 주인은 자신이 아끼는 동물이 잠자기를 좋아하고, 환경에 전혀 두려움이 없다고 해석할 수 있다. 완전한 오판이다.

갇힌 상태가 지속되면 동물은 비정상적인 행동을 한다. 이는 가끔 서성거리고, 빙글빙글 돌고, 몸 흔들기를 되풀이하는 상동 증으로 발전한다. 반복적인 행동은 먹이를 사냥하고, 사회적 교류를 하거나, 포식자에게서 숨는 등 동기부여가 강한 행동을 할 수 없을 때 나타난다. 이런 때 동물은 심리적·생리학적 퇴화 상태에 들어서는데, 이 상태에 빠지면 회복하기 쉽지 않아 점차 행동의 다양성과 자유로움을 잃어간다. 동물이 보이는 만성적 권태의 신호는 인간이 보이는 증상과 비슷하다. 동물도 권태에 빠지면 인간처럼 무관심이나 노곤함, 강박적 습관, 불만을 드러내고, 차분함을 유지하지 못하고 공격적으로 변하며, 탐구심과 호기심을 느끼지 않는 모습을 보인다.[6]

애완동물에 대해 걱정하기

나를 원하지 않나요?

2014년 3월 이호진(37세)이 동물 학대 죄로 체포되었다. 그는 일리노이주 파크리지Park Ridge의 아파트에서 쫓겨날 때, 원치 않는 물건을 모아둔 상자를 버리듯 브루노라는 테리어 믹스를 두고 떠났다. 브루노는 한 달 반이 지나 아파트 관리인에게 발견됐다. 제대로 된 물과 먹이가 없으니 영양 상태가 엉망이고, 거의 죽을 지경이었다. 염치없이 비열한 행동이었는지 아니면 그저 무관심했는지 확실치 않지만, 이호진은 조리대에 달랑 개 사료 한 봉지를 두고 떠났다. 브루노처럼 작은 개는 조리대 위의 사료를 먹을 수 없다.[1] 극단적인 예라고 생각할 수 있지만, 이처럼 공공연하고 잔인한 유기 사건이 일반적으로 일어난다.

동물을 차창 밖으로 던지거나 시골길에 혼자 두고 가기도 하고, 꼭두새벽에 보호소의 야간용 유기 동물 박스에 버리기도 한다. 사람은 이사하고, 결혼하고, 이혼하고, 대학에 진학하고, 휴가를 연장하면서 아무 생각 없이 동물을 버린다. 보호소는 됐다 뭐 한단 말인가!

우리는 반려동물을 소극적이나마 매일 버린다. 집에 있을 때도 동물과 지속적으로 정서적 교류를 하지 않고, 일을 보러 외출해서 오랫동안 혼자 두는 것도 방치와 유기다. 우리는 동물이 오직 인간을 통해 먹이를 얻고, 운동하고, 사회적 유대감을 쌓게 만든다. 동물이 인간에게 의존할 수밖에 없도록 만들어놓고, 독립적인 존재인 우리는 동물을 떠난다.

가장 가슴 아프고 비극적인 동물 유기는 개를 버리는 경우일 것이다. 개를 기르는 사람이 중요하게 생각하는 것 중 하나는 개가 사회적 애착이 강해지도록 만드는 일이다. 개는 그렇게 한다. 우리가 개를 사랑하는 것도 이 때문이다. 개는 오직 우리에게 확고히, 변함없이 충성한다. 사육자나 훈련사, 자타가 공인하는 개 전문가가 8주 된 강아지를 사는 것이 가장 이상적이라고 말하는 이유는 그때가 사회화되는 시기이기 때문이다. 그러면 강아지는 어미나 다른 형제자매가 아니라 인간에게 애착을 느낀다. 개는 확고한 애착 관계가 형성되면 인간과 함께하면서 행복해하고 안전하다고 느낀다. 하지만 장기간 애착을 느끼는 대상이 없어질 때 스트레스와 마음의 상처를 받을 수 있다. 우리는 개가 우리에게 의존하기 바란다. 하지만 의존해서 분리 불

애완동물에 대해 걱정하기

안 같은 문제가 생기면, 개는 종종 비난의 대상이 된다.[2]

개와 주인 사이에 애정에 근거한 유대감이 생긴 뒤에 주인이 개를 버리면, 개는 정서적으로 극심한 고통을 겪을 것이다. 예를 들어 애착을 느끼는 대상에게서 버려져 보호소에 들어오는 개는 종종 "갑작스럽고 심한 유대감 분열 현상을 경험한다".[3] 그래도 개는 그런 주인을 선뜻 용서한다. 우리가 개를 사랑하는 여러 가지 이유 중 하나가 바로 이것이다. 한 보호소에서 연구한 바에 따르면, 유기된 개가 다시 애착 행동을 증진하는 데 인간과 3~10분 긍정적 교류를 하는 것으로 충분하다.[4]

동물에 대한 잔학성, 학대 그리고 방치

　일반적으로 애완동물을 기르는 사람은 동물 학대가 얼마나 만연한지 과소평가하기 쉽다. 어떤 면에서는 미디어가 동물 학대 문제를 악화한다. 우리가 동물과 관련해 미디어에서 보고 읽는 것은 대개 따뜻하고 좋은 이야기다. 예를 들어 이런 것이다. 사람들 중 90퍼센트가 자신이 기르는 애완동물에 대해 이야기하고, 66퍼센트는 애완동물에게 매일 사랑한다고 말한다. 반 이상이 애완동물과 한 침대에서 자고, 휴가 때 데려가며, 애완동물의 생일도 챙긴다. 이쯤 되면 사람과 개, 고양이의 애정 관계가 정말 사랑스럽다고 생각할 수 있다. 업계에서 실시하는 이런 설문에 답한 사람은 특정 부류의 애완동물 주인이다. 일반적으로 이들은 자신이 기르는 동물을 사랑하고, 가족의 일원으로 만든다. 하지만 애완동물 기르기의 장점에 초점을 맞추면, 애완동물 주인 중에 무책임하고 태만하며 심지어 잔인한 사람이 많다는 사실을 무시한다. 날마다 개에게 사랑한다고 말하고 멋진 목줄을 채워 치장하는 사람이 정작 개를 온종일 혼자 두고, 충분한 육체 활동이나 사회적 자극을 받게 하지 않는 경우가 있다.

우리가 애완동물을 기르기 때문에 동물이 치르는 가장 큰 희생은 비열하거나 정서적으로 문제가 있는 사람에게 받는 학대다. 인간이 동물에게 저지르는 학대의 범위와 길고 긴 목록을 보면, 동물이 인간과 함께 살면서 치러야 할 대가가 너무 크다는 생각이 들 것이다. 동물 학대 문제 전체를 보면 법적으로 기소될 만한 학대 사건은 빙산의 일각이다. 징벌적 훈련, 장시간 감금, 권태, 지속적인 놀림감 만들기 등 육체적이고 정서적인 학대 행위가 널리 퍼졌다. 흔히 일어난다는 의미다. 나는 반려동물이 학대 받는 경우가 꽤 빈번하며, 제대로 돌봄 받고 사랑받는 애완동물은 소수라고 생각한다. 내 생각이 틀렸다고 비웃고 싶다면 통계나 법의학 문헌, 매일 나오는 뉴스, 당신 자신을 들여다보기 바란다.

동물 학대에 관한 가슴 아프고 끔찍한 이야기가 세상에 알려지지 않는 날이 없을 정도다. 나는 이 책을 쓰는 중에도 동물 구조대원이 8개월 된 콜리 믹스를 구조한 이야기를 읽었다. 구조한 사람들이 래드라고 이름 지은 이 강아지는 얼굴에 총을 맞았다. 래드를 구조한 때는 부상을 당한 지 며칠이 지난 상태였다.

턱이 다 부서진 래드는 음식을 먹거나 물을 마시지 못하기 때문에 심각한 굶주림과 감염으로 고통 받았다.[1] 플로리다주에 사는 한 남자가 낯선 사람을 물게 하려고 자신이 기르는 개를 때리고 발로 찬 일도 같은 주에 벌어졌다.[2] 뉴저지주에 사는 어떤 남자는 차에 개를 매달고 가다가 경찰에 체포됐다(이 사람은 개가 차에 묶여 있다는 사실을 잊어버렸다고 경찰에게 주장했다).[3] 플로리다주에 사는 또 다른 남자는 자신이 기르는 애완견의 머리를 곡괭이로 쳐서 죽였다. 이유는 개가 "우습다는 듯 그를 쳐다봤기" 때문이다.[4]

레슬리 싱클레어Leslie Sinclair와 멜린다 머크Melinda Merck, 랜들 록우드Randall Lockwood가 쓴 《Forensic Investigation of Animal Cruelty동물 학대에 대한 법의학 조사》의 장 제목을 몇 가지 소개한다. '열로 인한 손상' '둔기로 인한 외상' '날카로운 것에 의한 외상' '총알 같은 발사 무기로 인한 부상' '질식' '익사' '중독' '방치' '동물 사재기' '동물 성폭력' '주술 의식에 이용된 학대 사례' '투견과 투계' 등이다. 이렇게 창의적으로 동물을 학대하는 인간이 놀라울 따름이다.

싱클레어와 머크, 록우드는 넓은 의미에서 학대를 "의도적이든 주의 소홀이든 동물에게 '불필요한' 고통이나 통증을 유발하는 행동"이라고 정의한다.[5] 하지만 삽으로 새끼 고양이를 때리는 행위처럼 우리 모두 잔인하다고 동의할 행동과 개를 온종일 뒷마당에 두는 행위처럼 좀 더 개인적이고 주관적인 행동에는 분

애완동물에 대해 걱정하기

명 차이가 있다.

동물 학대와 방치에 관련해 일관된 법적 정의가 부재한 상황이고, 동물 보호법은 불균등하고 약하며 주州마다 다르다. 동물 학대 행위 반대 법은 표현이 모호해서 검찰이나 판사가 어떻게 해석해야 할지 모르는 실정이다. 예를 들어 워싱턴주의 동물 학대 법규를 살펴보자. "법적으로 허가 받은 상태를 예외로 하고 동물에게 고의적으로 (1)상당히 큰 고통을 유발하고 (2)육체적 상해를 가하거나 (3)극심한 고통을 일으키는 수단으로 동물을 죽인 사람은 1급 동물 학대 범죄를 저지른 것에 해당한다."[6] 딸이 기르는 래브라도레트리버를 폭파해서 죽여 비난을 받은 남자는 동물 학대 행위로 기소될 수 없다. 군 보안관 대리의 설명에 따르면 "개가 즉사해서 죽기 전에 고통을 받지 않았기 때문"[7]이다. 그렇다면 어떤 사람이 동물 학대 범죄를 저지르고, 그에 따라 법적으로 기소될까? 이것 역시 확실한 답이 없다. 그때그때 사건에 따라 모두 다르다.

동물 학대 범죄에 관한 연방 차원의 통계 데이터베이스가 없기 때문에 해마다 얼마나 많은 동물이 누구에게 학대를 당하는지 정확히 파악하기 어렵다.[8] 지난 수십 년 동안 다양한 동물 보호 단체가 조금씩이나마 동물 학대 자료를 수집했다. HSUS는 해마다 벌어지는 동물 학대 사건을 수십만 건으로 추산하는데, 이것도 적게 잡은 수치다. 동물 학대의 가해자는 대부분 가정 폭력 가해자다. 인격 장애자, 어린아이와 10대 청소년, 남성과 미취학 연령대 아동, 호더hoarder*(75퍼센트가 여성), 동물이 어떻게 행동해야 하는지 비현실적인 수준으로 기대하는 성인 남녀, 강력범 등이다. 개가 가장 많이 학대를 당하고, 근소한 차이로 고양이가 그 뒤를 잇는다.[9]

2014년 9월, 미국연방수사국FBI 국장은 동물 학대가 통합범죄보고Uniform Crime Reporting 프로그램에 포함됐음을 처음 고지했다. 이제 동물 학대는 단순히 경범죄 중 기타 범죄로 분류되지 않고 별개의 범죄로 구분된다. 즉 단순 방치와 총체적 방치, 의도적인 잔악 행위나 고문, 조직적 학대(투견), 성적 학대로 세분화된다. 동물 학대 사건과 체포 건에 대한 전국 단위 데이터베이스를 구축하는 일은 잔혹 행위 근절 노력에 중요한 부분을 차지한다. 데이터베이스가 구축되면 지원 그룹과 법 집행 기관이 동물을 대상으로 하는 범죄를 제대로 이해해 기소하고, 예방하는 데 도움이 되기 때문이다.

어린 자녀를 위해 애완동물을 길러서 얻는 이점을 강하게 주장하는 사람이 동물 학대 사건 중 압도적인 숫자가 아이에 의해 발생한다는 사실을 인지하면 마음이 무척 불편해질 것이다.

---

* 동물을 기르는 것이 아니라 수집하는 행위에 가까운 사람. 호딩hoarding은 동물 수를 늘리는 데 집착하여 사육자로서 의무와 책임을 다하지 못하는 행위로, 동물 학대 유형이다. '동물 저장 장애'라고 표현할 수 있지만, 이 책에서는 호딩이라는 용어를 쓴다.

패멀라 칼라일-프랭크Pamela Carlisle-Frank와 롬 플래너건Rom Flanagan은 "연구자들이 발견하듯 유년기 동물 학대의 증거는 경악스러울 정도로 많다"[10]고 말한다. 대학생을 대상으로 실시한 몇 가지 조사에 따르면, 응답자 절반 정도가 어릴 때 동물 학대를 목격했거나 직접 참여한 경험이 있었다. "응답자 가운데 20퍼센트는 어릴 때 실제로 동물을 학대했다. 7명 중 하나는 떠돌이 동물을 죽였고, 3.2명이 자신이 기르는 애완동물을 죽였다."[11] 여성보다 남성이 동물 학대에 가담하거나 구경하는 경우가 많은 것 같다.

인간 영혼의 어두운 곳 어디에서 잔혹 행위를 하고픈 충동이 솟아오르는지 아무도 모른다. 하지만 동물을 대상으로 한 잔혹 행위를 이해하기 위해 노력하는 연구자들이 어떤 동기를 알아냈다. 그 동기 중에는 동물을 통제하고 싶은 욕구, 모욕을 느껴서 동물에게 보복하고 싶은 욕구, 특정 종이나 혈통에 대한 편견, 무차별적인 공격성, 다른 사람에게 어떤 인상을 심어주거나 충격을 주고 싶은 욕구, 특정 인물에 대한 보복, 단순하고 진부한 가학적 성향 등이 포함된다.[12]

동물을 학대하는 사람은 '효과적인 훈련'이라며 학대 행위를 하고 애완동물의 행동 때문이라고 정당화한다. 약사인 내 친구가 최근 어떤 동료 이야기를 했다. 그 동료는 어느 정도 자부심에 찬 어조로 약혼자가 기르는 개가 도망을 쳐서 벌로 개의 얼굴을 때려줬다고 말했다. 모순되게도 이처럼 규율을 강조하는 사람이 효과적이고 적절한 훈련 방식을 배우지 못한 경우가 많다. 거의 모든 동물행동학자가 체벌보다 긍정적 강화에 근거한 훈련 방식이 좋다는 데 동의한다. 가혹한 체벌적 훈련이 계속되면 개나 다른 동물에게 극도로 스트레스를 유발할 수 있고, 이 때문에 더 심한 행동의 문제가 반복되니 악순환이다. 마크 데르 Mark Derr 기자는 말한다. "자신보다 약한 존재에게 고통이나 아픔을 유발하는 불균형적 훈련으로 실시하는 행동 교정이나 학습 이론은 잘못됐다고 본다. 혐오적 훈련은 결국 학습을 방해하고, 폭력적이고 공격적으로 행동하게 만들 수 있다."[13]

동물을 학대하는 사람은 스트레스 원인에 더 민감하고, 학대 행위는 그 사람이 대처하는 방식 중 하나일 수 있다는 연구 조사도 있다. 애완동물이 하는 행동이 주인에게 종종 스트레스의 원인으로 작용하면 학대하고, 그 때문에 동물은 더욱 불안해하며, 이는 행동의 문제로 발전하는 것이다. 애완동물을 기르는 곳 어디나 이 악순환이 존재한다. 애완동물은 주인을 극도로 짜증 나게 만들고, 스트레스를 유발할 수 있다. 그런데 사람들은 애완동물을 데려오려는 단계에서 이 문제를 제대로 고려하지 않는다. 그러다 긴장 상태가 고조되면 인내심이 줄어들 수 있다. 동물과 함께하는 삶이 날마다 도전이 되는 것이다. 나도 비슷한 경험을 했다. 2013년 가을 콜로라도 시내에 홍수가 나서 대피해야 했다. 콜로라도 시내 상당 부분이 완전히 초토화돼 물, 하수도, 가스, 전기 공급 등이 중단됐다. 모든 것이 정상화되기

애완동물에 대해 걱정하기

까지 두 달 동안 가장 힘든 점은 애완동물, 특히 우리 개 두 마리를 돌보는 일이었다. 마야가 목줄을 당기고 벨라가 귀청을 찢듯이 짖는 습관은 평소에 심하게 거슬리지 않는 정도였는데, 그때는 스트레스가 극심해 도저히 참을 수 없었다. 특히 힘든 날이 있었다. 힘들게 목줄을 풀어줄 수 있는 곳을 찾아 개들을 데리고 갔는데, 녀석들이 줄을 풀어주자마자 대장균이 우글거릴 것같이 더러운 물이 가득 찬 하수관으로 돌진했다. 나는 그 순간 다 젖은 개들을 향해 소리 지르며 울음을 터뜨리고 말았다. "너희가 마지막 남은 내 인내심의 한계를 시험하는구나! 한 번만 더 말썽 피우면 바로 보호소에 맡겨버릴 줄 알아!" 이 사건을 통해 왜 그렇게 많은 동물이 홍수가 난 뒤 보호소로 보내지고, 그중 상당수는 주인이 다시 찾으러 오지 않는지 이해할 수 있었다. 수렁에 빠졌는데 진흙이 가슴까지 차오른 상황이라면 애완동물 다루기가 생각보다 훨씬 어려워질 수 있다.

보이지 않는 학대

　동물 학대에 대한 논의를 하면 대부분 육체적 학대에 주목한다. 하지만 감정적 학대와 동물 혹사도 고통을 유발하는 주원인이다. 부끄럽지만 나도 홍수가 났을 때 마야와 벨라에게 소리 지르며 혼내고, 귀를 뒤로 잡아당기고 꼬리를 밑으로 넣고 서 있게 만들었다. 이 글을 쓰는 지금, 동물 학대 법에 관련해 미국 50개 주 가운데 감정적 방치나 학대, 고통을 인정한다는 구체적인 표현을 담은 법령이 있는 곳이 하나도 없다. 부상이란 반드시 육체적인 것이어야 한다고 대놓고 말하는 사람도 있다. 지난 30여 년 동안 진행된 동물의 인지 능력과 감정 연구에 비춰 볼 때 법이 현실에 비해 너무 뒤처졌다고 할 수밖에 없다. 아이들과 마찬가지로 동물에게 가하는 물리적 학대에는 예외 없이 두려움, 불안 등 심리적 고통이 따른다. 따라서 물리적으로 학대를 당한 동물은 정서적으로도 학대 받았다고 간주해야 한다.[1]

감정적 학대는 애완동물에게 심각한 문제다. 감정적 방치는 대개 의식하지 못하는 상태에 발생하며, 은밀하고 서서히, 널리 퍼지기 때문에 더욱 우려된다. 프랭크 맥밀런은 보호자는 동물이 적절하게 사회적 교제를 하고, 정신적 자극을 받고, 상황을 제대로 통제하며, 안전하고 위험에서 숨을 곳이 있고, 삶에서 벌어질 사건을 적절히 예측해 안정감이 들도록 해야 하는데, 그러지 못할 때 감정적으로 방치가 일어난다고 주장한다.[2] 물론 어느 정도로 사회적 교제를 나누고 정신적 자극을 받았는지 등 특정 동물의 욕구를 정확히 파악하는 일은 주관적 판단에 따를 가능성이 높기 때문에 어려운 작업이다. 동물이 육체적으로 다쳤는지, 물이나 먹이를 주지 않았는지 판단하는 것보다 훨씬 까다롭다. 우리는 사람의 의도를 고려해 넣는가, 아니면 단순히 동물이 느끼는 상해의 정도를 생각하는가? 상자에 넣어두는 것과 같이 '정상적'이라고 받아들이는 행위가 '학대'로 간주되려면 시간이 얼마나 흘러야 하는가? 가둬두고 한 시간 뒤? 열두 시간? 사흘? 아니면 석 달?

동물에 대한 무지, 동기의 결핍, 잘못된 판단, 동물을 다루면서 답답함과 좌절감이 심할 때 방치 행위가 발생할 수 있다. 잘못된 판단이나 동기 결핍은 고치기 매우 어렵지만, 무지와 답답함 혹은 좌절감은 동물을 다루는 방법이나 동물의 행동을 해석하는 법을 배우면 해결할 수 있는 경우가 많다. 아동보호 복지사가 부모에게 양육법과 안정적인 가정을 만드는 법을 교육하듯, 동물 보호 교육자는 애완동물 주인을 교육할 수 있다.

반려동물 보호와 처우에 대한 법적·문화적 기준을 세울 때 감정적 측면을 반드시 포함해야 한다. 반려동물을 감정적으로 학대하는 형태와 방식을 자세히 규명해 정의 내리고, 동물을 학대에서 보호하는 법안을 만들려면 엄청난 노력이 필요하다.

028

퀴즈 : 학대 행위일까, 아닐까?

다음 사항을 읽고 잔혹하거나 학대 행위라고 여겨지면 A, 받아들일 수 있는 정도라고 생각하면 B라고 표기하라.

1 개를 뒷마당에 묶어두기.

2 우리에 햄스터 한 마리를 넣고 평생 가둬 기르기.

3 작은 어항에 금붕어 넣어두기.

4 물이나 음식을 주지 않기.

5 수의사 진료를 시키지 않기.

6 개나 고양이의 이빨을 일주일에 한 번씩 닦아주지 않기.

7 사랑해주지 않기.

8 불결한 환경에서 기르기.

9   고양이의 발톱을 제거하기.

10   고양이를 야외에서 기르기.

11   고양이를 실내에서 기르기.

12   새를 새장에 가두기.

13   새의 날개를 묶기.

14   개에게 전기 충격 목걸이를 달아주기.

15   개가 바깥으로 나가지 못하게 전기 담장 세우기.

16   개나 고양이가 비만이 되게 방치하기.

17   꼬리 자르기.

18   귀 자르기.

19   짖지 못하게 성대 제거하기.

20   아프거나 다친 동물에게 진통제를 주지 않기.

21   대장균에 오염된 물에 뛰어든 개에게 소리 지르기.

029

애니멀 호딩이라는 이상한 세계

존은 다정하고 좋은 남자다. 그는 캘리포니아주 애너하임의 작은 아파트에서 평생 거의 혼자 살았다. 배우로 연기 활동을 하고, 생계를 위해 청소를 했다. 존은 사람들이 동성애를 경원시하며 잘못 이해하던 시절에도 자신이 동성애자임을 밝혔다. 그는 셰익스피어의 작품을 즐겨 읽고, 동성애자 공동체에서 친구를 사귀었다. 개를 무척 사랑해서 떠돌이 개나 안락사 당할 위기에 처한 개를 가능할 때마다 구출했다. 존이 생을 마감할 때쯤, 그의 작은 아파트에는 개 10~15마리가 살았다. 집은 개의 배설물과 털, 흙먼지로 가득했다. 친구들이 존의 생활환경을 염려했지만, 그가 문제를 직시하게 만들지는 못했다. 존은 호더다.

애니멀 호딩은 가장 이해하기 힘든 학대 유형이다. 호더는 병적인 동물 수집가로, 종종 개나 고양이 여러 마리를 보호소에서 '구조'한다. 이들은 동물에 대한 사랑을 말하지만, 정작 적절하게 돌보지는 못한다. 호딩은 고의적 동물 학대 범주에 들어가지 않고, '무관심에 따른 방치'의 범주에도 속하지 않는다. 호딩은 동물에게 지나친 감정이입을 하거나 동물을 걱정해서 생기는 특이한 학대다. 대부분 버림받은 동물, 특히 안락사 위기에 처한 동물을 구하려는 노력으로 시작되는데, 구출한 동물이 늘어나면 제대로 돌보지 못한다.

이렇게 '비축'된 동물이 사는 환경은 열악한 경우가 많다. 수의 역학자 게리 패트로넥Gary Patronek은 말했다. "호딩에 희생된 동물이 감내하는 고통과 불결한 환경의 심각성은 말이나 그림으로 표현할 수 없을 정도다. 호더의 집 안 곳곳에 배설물이 있다. 몇 센티미터 두께로 쌓이기도 하는데, 너무 심해서 집을 허물어야 할 때도 있다." 호더의 집 안 공기는 축적된 암모니아에서 나오는 독성 가스로 오염된다. "악취가 여기저기 배어서 옷은 세탁할 수도 없고, 버려야 한다."[1] 동물이 죽은 뒤 방치되거나 털 색깔에 따라 체계적으로 보관되기도 한다. 동물이 마실 물이 없거나 더러운 물만 있는 경우, 사료가 아예 없거나 상한 것만 있는 경우가 다반사다. 동물이 굶어 죽는 사례는 일반적이고, 한정된 먹이를 차지하기 위해 동물끼리 싸우며, 동족을 잡아먹는 지경에 이를 수도 있다. 움직일 공간이 거의 없고, 운동할 기회도 없다. 질병과 부상에 시달리며 기생충을 달고 살지

애완동물에 대해 걱정하기

만, 적절한 치료를 받지 못한다.

호더는 동물을 열 마리에서 수백 마리까지 수집한다. 호더라고 하면 떠올리는 전형적 유형은 집 밖에 나가지 않고 혼자 사는 여성인데, 자료를 보면 꼭 그렇지는 않다. 결혼한 커플, 남성, 젊은이, 노인 중에도 호더가 있다. 호더는 자신을 방치하는 어른으로, 정서적 애착과 소유물을 제어하려는 욕구 같은 행동 결핍증이 있고, 자신의 행동에 대한 통찰력이 매우 부족하다.[2] 패트로넥은 연간 호딩 사례가 최소 5000건이며, 동물 25만 마리가 이런 학대를 받는다고 추산한다.

정신 건강 전문가는 사람들이 왜 호더가 되는지 완전히 이해하지 못한다. 패트로넥이 제시한 설명에 따르면, 어린 시절 애완동물과 함께한 경험이 뒷날 호딩의 단초가 된다. 즉 문제가 있는 가정에서 자란 아이는 애완동물을 지속적으로 기르는 것이 돌파구가 되거나 인간관계를 대신할 수 있다.[3] 이처럼 동물에게 감정적으로 의존하는 행위가 호딩으로 발전할 수 있다. 이 기묘한 행동의 근원이 무엇이든 호딩은 동물에게 큰 고통을 준다.

030

연결 고리

초기 동물 보호 운동을 이끈 수많은 사람은 아동 학대를 반대하는 목소리를 높였고 노예제 폐지 운동에도 참여했는데, 이는 결코 우연이 아니다. 과거 인도주의 운동의 선구자들이 직관적으로 알고 있던 사실(아동 학대와 가정 폭력, 데이트 폭력, 노인 학대가 동물 학대와 연관된 경우가 많다)이 지난 수십 년간 연구로 확인됐다. 동물 학대는 반사회적 행동, 범죄, 정신 질환과도 연관이 있다. 이렇게 다양한 연관 관계를 '연결 고리'라고 부른다.

연결 고리 개념은 연쇄살인범과 학교에서 총기를 난사한 사람이 어린 시절 동물에게 말로 표현할 수 없는 잔혹 행위를 했다는 주장을 통해 대중에게 널리 알려졌다.[1] 연구 결과가 이런 주장을 뒷받침하며, 그 이상을 말해준다. 유년기에 동물을 대상으

애완동물에 대해 걱정하기

로 저지른 잔혹 행위는 어른이 돼서 타인에게 폭력을 행사하는 데 확실한 지표 역할을 하며, 다른 반사회적 행동이나 성격 특성과 함께 일어난다.[2] 동물을 학대하는 사람은 강력범이 될 가능성이 높다. 살인이나 방화, 무기 관련 법을 위반한 전과보다 동물 학대 행위가 성폭력을 예측하는 데 효과 있다. 동물 학대는 약물 오·남용과도 관련이 있다.[3]

동물 학대와 범죄 행위의 연관성보다 중요한 고리는 다양한 가정 폭력과 동물 학대가 연관된다는 사실일 것이다. 동물과 어린이가 동시에 학대 받는 경우가 많으며, 동물과 배우자 학대 역시 빈번하게 발생한다. 동물이 폭력 행위의 수단이 되는 경우도 많다. 누군가를 해치고 겁주고 위협하기 위해 동물을 사용하고, 그 과정에 동물을 해친다. 한 연구에 따르면 애완동물을 기르며 안전한 곳으로 피신하고자 하는 여성 가운데 4분의 3이 파트너가 애완동물을 해치겠다고 위협하거나 실제로 해치고 죽였다고 신고했다.[4] 이런 여성 가운데 3분의 1은 자녀 한 명 혹은 그 이상이 애완동물을 해치거나 죽였다고 신고하며 폭력의 대물림을 주장한다. 동물 학대를 목격한 아이는 자라서 학대하는 사람이 되는 경우가 많다는 의미다.[5]

내과 의사이자 공중 보건 전문가 아이샤 아크타르Aysha Akhtar는 동물 학대 행위에 대한 관심을 의학과 공중 보건 교육에 접목하고, CDC와 WHO를 포함해 인간 보건을 책임지는 정부 주요 기구가 앞서 언급한 동물 학대와 여러 가지 연결 고리에 관심을 둘 것을 권고한다. 아크타르는 수의사가 내과 의사, 사회복지사, 공중 보건 전문가와 자주 긴밀하게 논의하고, 수의사는 부상당한 동물을 진찰해 고의성 여부를 식별하는 훈련을 받으며, 동물 학대를 의무적으로 신고하도록 법제화할 것도 권한다. 동물 보호소에는 학대 사례를 신고하기 쉬운 시스템, 법 집행 기구와 공유할 수 있는 데이터베이스가 필요하다고 주장한다. 우리에게는 위험에 처한 사람과 동물을 구하기 위해 좀 더 효율적으로 개입하고, 동물 학대 행위가 가정 내 학대 행위와 연속선에 있음을 다시 정의하며, 동물 학대를 재산에 대한 범죄가 아니라 폭행 범죄로 규정할 근거가 있다. 어린이가 저지른 동물 학대를 향후 공격적·일탈적 행위를 알리는 심각한 경고로 인식하고, 동물 학대를 아동 학대나 가정 폭력, 노인 학대와 공존하는 적신호로 인식해야 한다.

당신이 동물 복지나 비슷한 분야에서 오랫동안 일했다면 "동물 걱정은 그만하고 사람을 위한 일을 좀 하는 게 어때요?"라는 말을 들어봤을 것이다. 하지만 심리학 연구 결과는 우리가 동물에게 부여하는 도덕적 가치와 사람, 특히 우리와 다른 이들에게 부여하는 가치 사이에 연결 고리가 있음을 지속적으로 상기시킨다. 일반 상식으로 봐도 같은 결과가 나온다. 인간은 특정 그룹 사람을 인간 이하나 동물처럼 취급한 매우 긴 역사가 있다. 흑인을 노예로 삼았고, 유대인과 동성애자, 집시를 대상으로 대학살을 자행했다. '사람을 개 취급한다'는 표현을 생각해보라.

20세기 철학자 테오도르 아도르노Theodor Adorno가 "사람들이 도살장을 보며 '저들은 짐승일 뿐이야'라고 생각할 때 아우슈비츠는 시작된다"고 경고했다. 우리는 아도르노의 말에 주의를 기울여야 한다.

동물이 인간에게 유용한 존재이기 때문이 아니라, 동물을 사랑하고 염려하는 마음에서 그들을 인도적으로 대하는 태도를 장려해야 한다. 그럼에도 우리가 동물에게 부여하는 도덕적 가치와 다른 사람을 대하는 방식의 연결 고리를 보여주는 경험에 근거한 자료를 가진 것은 좋은 일이다. 우리가 자녀를 삶과 동물에 대한 감정에 가치를 부여하도록 키운다면, 아이는 다른 사람에게 친절하고 인간의 다양성과 다름에도 관용을 베푸는 사람이 될 가능성이 크다. 그런 사실을 아는 것 역시 참 기분 좋은 일이다.

031

도살 면허

애완동물 산업에서 안락사는 기름칠이 잘된 기계 부품과 같다. 우리는 거의 한 세기 동안 합법적 제도의 틀에서 애완동물을 죽이는 관행을 시행한 뒤에야 수많은 동물을 싸고 효율적으로, 거의 보이지 않게 처리하는 기술을 완성했다. 미국의 동물 보호소에서는 11초마다 건강한 개나 고양이가 안락사 당한다. 애완동물 소비자는 이런 안락사(도살이라고 불러서는 안 된다)가 필요하며, 개별 동물은 물론 나아가 애완동물 전체에 연민을 표시하는 행위라고 생각한다.

보호소에서는 마이클 레시Michael Lesy가 금지 구역Forbidden Zone이라고 부르는 (일반인의 눈에 띄지 않게 만든) 벽 뒤 공간에서 안락사를 실행한다. 레시는 "이 작업을 정기적으로 실행하는 사람이 있다. 그들은 작업을 위해 금지 구역으로 들어간다. 그들이 처리해주기 때문에 우리는 죽이는 일을 피할 수 있다. 여러 가지 이유와 합리화로 무장한 그들은 자기 임무를 수행한다"[1]고 말한다.

나는 두렵지만 금지 구역에 들어가기로 결심했고, 2012년 가을 덴버동물관리센터Denver Animal Control Center에서 실시하는 '주사를 이용한 안락사 2일 코스'에 등록했다. 동물 안락사에 관한 책을 쓰는 데 필요한 연구 자료를 수집하기 위해 이 코스에 등록했는데, 요약본을 읽는 것과 직접 경험하는 것은 달랐다. 현재 나는 동물 도살 면허가 있다. 강사 뎁Deb(가명)은 수의학 박사 학위자보다 안락사를 많이 실행했다. 믿을 수 없지만 사실이다.

내가 사는 콜로라도주에서 안락사 강좌를 찾는 데 몇 년이 걸렸다. '주사를 이용한 안락사' 강좌가 몇 번이나 열릴 예정이었는데, 번번이 수강생이 부족해서 폐강됐다. 콜로라도주는 안락사 시술자에게 필요한 훈련을 의무화하지 않은 몇 안 되는 주 가운데 하나다. 보호소에서 안락사를 언제나 수의사가 실행한다고 생각하겠지만 현실은 그렇지 않다. 콜로라도약학심의회 Colorado Board of Pharmacy 규정에 따르면, '약물이나 혼합 약물을 주사하는 데 필요한 기술과 잠재적 위험에 적절히 대처할 지식을 보유하지 않은' 동물 보호소 직원은 안락사를 실행해선 안 된다.[2] 여기서 '적절히 대처할 지식'의 필요조건이 모호해 본질적으로 쓸모가 없다. 다른 몇 주에서는 4시간이나 8시간 코스 훈련을 법으로 규정한다. 수강자는 그 시간 동안 기본적으로 개와 고양이의 해부도, 몇 가지 약물의 작용 원리, 적절한 주사 방법, 제압하는 방법과 약물 투여량 계산법을 배운다.

내가 수강한 강좌는 미국동물보호협회American Humane Association의 감독 아래 실시되었다. 미국동물보호협회가 인증한 강사가 켄터키주에서 와서 수업을 했다. 수강생은 12명으로, 성별과 나이가 섞이고 이렇다 할 인종 다양성은 없었다. 전체 수강생 중 반은 보호소에서, 나머지 반은 동물 통제 시설에서 일하는데, 이것만 봐도 안락사가 어디서 일어나는지 알 수 있다. 수강생 가운데 정기적으로 안락사를 실행하지만 상사의 지시에 따라 강좌를 듣는 경우가 있고, 나머지는 나처럼 특별한 지식이 없는 사람들이다.

미국동물보호협회가 발행한《Euthanasia by Injection주사 안락사》에는 가능하면 인도적인 방법으로 극약을 주사해 동물을 죽이는 방법이 자세히 나온다. 이 작은 책자가 설명하듯이 보호소 환경에서는 길고양이와 괴팍하거나 사나운 개는 물론, 기본적으로 어떤 동물이든 얌전하게 굴지 않으면 강제로 제압을 당하기 때문에 항상 평온한 죽음이 가능하지는 않지만, 그럼에도 우리가 목표로 삼아야 하는 이상적인 방식이다.

이 책자와 협회에서 펴낸 좀 더 자세한《Operational Guide to Euthanasia by Injection주사 안락사 실행 가이드》를 살

펴보면 보호소 환경에서 안락사가 얼마나 효율적으로 정상화되고 과학적인 관행으로 받아들여졌는지 알 수 있다. 이 책자는 안락사에 관한 수치, 사실, 정맥, 투여량을 말하지만 윤리에 대한 언급이나 표현은 거의 없다. 제목이 있는 페이지 아래 협회의 좌우명인 '어린이와 동물 보호를 외치는 국민의 목소리'라는 문구가 있을 뿐이다. 훈련 매뉴얼과 가이드는 더그 팩케마Doug Fakkema가 썼다. 그는 보호소 안락사 분야의 전문가이자, 보호소 동물 안락사에서 가장 중요한 세 가지 개선 사항을 적극 주장하는 사람이다. 세 가지 개선 사항은 다음과 같다. 첫째, 모든 보호소에서 주사 안락사를 채택한다. 둘째, 안락사 실행 요원에게 최소한의 안락사 요령 훈련을 의무화한다. 셋째, 모든 보호소에 안락사 실행 이전에 안정제를 투여하도록 촉구한다. 세 가지 목표 중 지금까지 실현된 것은 하나도 없다.

뎁은 자신이 근무하는 보호소 이야기로 강좌를 시작했다. 그녀가 일하는 보호소는 동물의 고통을 줄여주기 위해 안락사를 실시하는 곳 같았다. 제로니모라는 핏불이 있었다. 제로니모는 주인의 명령에 따라 경찰관을 공격했고, 증거로 보호소에 억류된 상태였다. 재판이 1년 이상 늘어지는 바람에 제로니모의 처지는 점점 더 비참해졌다. 녀석은 사람과 다른 개, 보호소를 미워했다. 결국 재판이 끝났고, 제로니모의 시련도 끝났다. 뎁에 따르면 안락사는 세상의 모든 제로니모를 위한 조치다.

다음 이틀간 우리는 보호소에서 안락사를 실행할 때 일어나는 상황에 대해 배웠다. 보호소 안락사 중 '제일 나은 방식'에 국한됐기 때문에 가스실이나 들판에서 총을 이용하는 방법 등은 배우지 않았다. 펜토탈나트륨 주사액으로 동물을 죽이는 방법만 배웠다.

먼저 주사액을 주입하는 다양한 경로를 이해하기 위해 IP(복강으로), IV(정맥으로), IC(심장으로), PO(입으로) 등 여러 가지 머리글자를 익혀야 했다. 주사할 때 바늘이 들어갈 정확한 위치를 찾기 위해 다리를 벌린 개와 고양이의 해부도를 보면서 간단한 해부학 수업도 들었다.

그다음에는 투여량에 대해 배웠다. 펜토탈나트륨은 중추신경계를 억제하는 마취제다. 투여량에 따라 동물을 죽일 수도, 일시적으로 기절시킬 수도 있다. 보호소나 동물 통제 시설은 예산이 빠듯하고, 펜토탈나트륨은 약물 관리법에 따라 처방전이 있어야 조제가 가능한 2급 약물이기 때문에 투여량을 적절히 맞추는 것이 좋다. 너무 적게 투여해 동물이 죽지 않은 상태로 정제 처리 공장이나 매립지로 가게 해서도 안 된다. 투여량을 계산할 때는 동물의 몸무게를 고려하고, 생각하는 투여 방법, 동물의 순환계가 손상되지 않았는지 등 추가 정보를 알아야 한다. 안락사용 약품으로 널리 사용되는 브랜드 중에 페이탈플러스Fatal Plus를 사용할 경우, 정맥이나 심장에 투여할 때는 4.5킬로그램당 1밀리리터, 복강이나 입에 투여할 때는 4.5킬로그램당 3밀리리터가 필요하다. 투여 후 40초 안에 동물이 '의식을 잃고

애완동물에 대해 걱정하기

쓰러져야' 한다.

수의사는 정맥주사를 선호하지만, 보호소와 우리처럼 실습을 하는 경우는 일반적으로 심장에 직접 주사하는 방식을 취한다. 심장에 투여한 다음에는 주삿바늘을 지켜본다. 바늘이 원을 그리며 움직이면 동물이 아직 살아 있다는 신호다. 반대로 바늘이 움직이지 않으면 동물은 죽은 것이다. 뎁이 일하는 보호소에서는 동물이 '의학적으로 사망'해야 사체를 자루에 넣을 수 있다. 언젠가 뎁이 안락사를 실행하고 개의 사체를 자루에 넣어 운반하는데, 복도에서 개가 죽어가며 마지막 호흡을 하는 바람에 자루가 움직였다. 이러면 사체를 운반하는 직원이 매우 괴로울 수 있다고 뎁이 말했다. 안락사는 다른 직원이나 방문자가 보지 못하도록 보호소 내 격리된 곳에서 실행하라고 권한다. 안락사를 실행할 때는 가능하면 웃어야 동물이 덜 불안하고 편안해한다고 한다.

그날 오후, 우리는 안락사 전에 투여하는 진정제에 대해 배웠다. 이는 사나운 동물을 안락사 시킬 경우, 직원이 위험해지지 않기 위한 조치다. 이상적인 상황이라면 안락사를 앞둔 모든 동물에게 자비를 베푸는 차원에서 진정제를 투여하는 게 좋지만, 비용 때문에 쉽지 않은 문제다. 케타민과 자일라진을 섞어 만든 프리믹스PreMix는 근육이나 피부 아래 투여한다. 케타민은 귀에 익은 이름일 것이다. '스페셜K'라고도 불리는 이 길거리 약물은 오·남용 위험이 크기 때문에 약물 관리법 3급 목록에 올랐다.

뎁은 페이탈플러스용으로 20게이지 주삿바늘을 권장했다. 털을 약간 깎고 구멍을 볼 수 있게 주삿바늘로 피부의 경사면을 살짝 들어 올린 다음, 바늘을 정맥에 넣는다. 정맥에 확실하게 꽂혔는지 보기 위해 플런저를 잡아당기고 피가 보이면 재빨리 용액을 주입한다. 정맥에 놓으면 빨리, 복강에 놓으면 천천히 주입한다. 여전히 심장이 뛰면 '뭔가 이상한 일이 벌어진 것이므로' 한 번 더 투여한다.

뎁은 켄터키주 보호소에서 작업한 이야기를 했다. 뎁에 따르면 켄터키주는 동물 복지에서 '전미 최악'이다. 여름철에는 하루에 50~60마리가 들어온다. 어떤 날은 새끼 고양이를 포함해 고양이 54마리가 들어오기도 했다. 겨울에는 하루에 13마리 정도로 줄어든다. 그러면 살릴 확률이 훨씬 높아진다. 공간과 시간, 에너지가 많기 때문이다. 안락사는 동물 유입량에 좌우된다고 한다. 결국 안락사를 줄이려면 유입량을 떨어뜨려야 한다. 보호소로 들어오는 동물의 수를 줄이기 위해 중성화 캠페인을 할 경우, 제대로 효과를 보려면 10년 정도 걸린다. 뎁은 "보호소 수용 동물을 죽이지 않는다는 것은 거짓말"이라고 했다. 이 표현은 하나의 표어이자 권능을 부여하는 철학이 되었다. 뎁이 일하는 보호소에서는 의학적이거나 행동의 문제 때문에, 공간이 부족해서 안락사를 실행한다. 보호소가 꽉 차면 동물은 좀 더 높아진 '입양 가능' 기준에 맞춰야 한다. 뎁이 일하는 보호소 인근인 켄터키주 코번Corbon의 보호소는 안락사 비율이 95퍼센트에 달했다. 브리더가 강아지를 판매하지 못하면 보호소로 데려오고, 처음부터 다시 브리딩을 시작한다.

둘째 날 우리는 보호소나 동물 수용 시설에서 큰 동물을 통제하는 방법을 배웠다. 최상의 통제 방법은 가급적 통제하지 않는 것이다. 동물은 전반적으로 인간을 신뢰하기 때문에 이상적인 환경에서는 조용히 말하고 쓰다듬어 동물을 진정시킬 수 있다. 하지만 진정제를 투여하든, 안락사를 실행하든, 육체적으로 억제하는 것이 유일한 방법인 경우가 많다. 육체적 통제 방법으로 통제 봉을 사용할 수 있다. 긴 금속 막대기인 통제 봉에는 플라스틱을 입힌 금속 끈이 달렸다. 긴 봉 끝에 주사기를 달아 원격 주사기로 사용할 수도 있다. 보호소의 안락사 시술실에 동물을 벽에 붙인 상태에서 움직이지 못하게 구속하는 문을 설치하는 경우도 있다. 여기에 동물을 넣고 프리믹스 같은 약물을 근육에 투여한다. 프리믹스를 놓으면 아프기 때문에 동물이 울부짖고 버둥거리며 당신을 물려고 할 수 있다. 아둔한 견종은 무슨 일이 일어나는지 전혀 모르기도 한다. 그밖에 재갈, 수건으로 만든 목걸이, 프리먼Freeman 동물 제압 망, 고양이 제압 집게 등이 있다.

보호소는 비용을 걱정할 수밖에 없으며, 안락사 방법이 효율적이고 비용은 적게 들기 바란다. 팩케마는 노스캐롤라이나주 시영동물통제국의 통계자료를 이용해 주사 안락사에 드는 비용을 분석했는데, 이 자료를 보면 안락사가 재정에 미치는 영향을 가늠할 수 있다. 사나운 짐승과 떠돌이 짐승(개의 40퍼센트, 고양이의 50퍼센트)에게는 케타민과 자일라진 성분으로 된 선 안락사 마취제를 사용한다. 온순한 고양이에게는 선 안락사 마취제를 놓지 않은 상태에서 펜토탈나트륨을 복강에 주사한다. 온순한 개에게는 선 안락사 마취제를 놓지 않고 펜토탈나트륨을 정맥에 주사한다. 동물 한 마리당 들어가는 장비 비용(약물 보관용 바닥 금고, 테이블, 전기 발톱 깎기, 제압 문 등)은 1센트가 조금 넘는다. 동물 한 마리당 들어가는 노동비용은 1.38달러(동물 한 마리를 안락사 시키는 데 평균 5분을 잡을 때 시간당 노동비용이 13.57달러다), 물품 비용(펜토탈나트륨, 바늘, 주사기, 프리믹스)은 약 75센트다. 모두 합산하면 동물 한 마리를 주사로 안락사 시키는 데 2.29달러가 든다.

수업 마지막 날 오후에 우리는 실습을 했다. 이 부분이 제일 두려웠다. 이상적인 설정이라면 수강생 모두 동물 안락사 실습을 해야 하지만, 덴버동물관리센터는 딱 한 마리를 허용했다. 심장 질환을 앓는 치와와 암컷(여덟 살)이었다. 우리는 선반이 줄줄이 달린 커다란 비품실로 들어갔다. 뎁이 개를 잡고 우리가 할 일을 설명했다. 개는 몸을 떨고 쌕쌕거리는 모양이 겁먹은 듯했다. 진정제는 필요 없어 보였지만, 뎁은 실습을 위해 진정제를 주사했다. 개가 차분해지자 뎁은 개의 다리가 자신의 몸 쪽을 향하게 몸을 회색 플라스틱 테이블에 눴다. 그렇게 하는 것이 가장 편하다고 말했다. 한 수강생이 자원했고 나머지는 관찰했다. 나는 손을 들지 않았다. 할 수가 없었다. 자원자는 살짝 머뭇거렸다. 개가 작아서 정맥을 찾기 어려웠고, 진정제를 놓은 상태라 심장에 주사하기로 했다. "여기예요?" 그녀는 바늘을 심장 가까이 대고 뎁에게 물었다. 뎁이 바늘 위치를 약간 조정한 뒤 격려하는 의미로 고개를 끄덕였다. 자원자는 주삿바늘을 넣고 손을 뗐다. 바늘이 부르르 떨리다가 곧 움직임을 멈췄다. 지켜보는데도 온몸이 마구 떨리고 눈물이 줄줄 흘렀다. 이름도 모르는 조그만 개의 목숨을 거둔 행위에 나도 책임이 있다는 생각이 들었기 때문이다.

032

도살에 저항하는 분노

네가 말한 대로 하지 않을 거야!

　　　　　　록 밴드 레이지어게인스트더머신

　　1877년 7월 5일은 힘겨운 날이었다. 뉴욕 시 당국은 이날 등록되지 않은 개를 처분하기로 결정했다. 작업을 시작할 시간이 되자, 군중은 이스트 16번가의 유기견 보호소로 모였다. 762마리를 모두 이스트 강에 익사시키는 데 오전 7시 40분부터 오후 4시 30분까지 거의 9시간이 걸렸다. 다음 날 인부들은 도시의 들개 포획반이 잡은 '쓸모없는 개' 처리 작업을 다시 시작했다. 〈뉴욕타임스〉는 이 일을 다음과 같이 보도했다.

　　길이 2미터, 높이 1.2미터, 너비 1.5미터 크기에, 8센티미터 간격으로 강철 창살을 단 우리가 보호소 복도로 들어왔다. 상단 미닫이문이 열리고, 개 48마리가 우리 안으로 떨어졌다. 그리고 물가로 옮겨졌다. 인부가 우리에 크레인을 매달아 들어 올린 다음 강물에 집어넣었다. 그 상태로 물속에 10분 동안 담갔다가 다시 들어 올렸다. 우리를 비우고 개를 실으러 들어가기를 반복한다. 개들은 자신의 운명을 아는 듯했다. 대부분 시무룩한 얼굴로 그 운명을 받아들였지만, 구석 쪽에 몸을 웅크리고 맹렬하고 사납게 위험한 저항을 하는 개도 많았다. 그래서 강철 '개 갈퀴'를 자주 사용할 수밖에 없었다. 강아지 8마리를 데리고 있는 암캐는 정말 다루기가 어려웠다. 이 개는 새끼에게 좀 더 공간을 만들어주기 위해 다른 개들을 위협해 한쪽으로 몰아붙였다. [1]

1877년 이후 상황이 변했다. 익사 대신 다른 방법(대개 약물주사)으로 개를 죽인다. 떠돌이 개를 대대적으로 포획하지 않고 매일 잡아다 죽이는 방식으로 바뀌었다. 죽은 개로 가득한 커다란 우리 대신 사체가 천천히 조금씩 나왔다. 안락사는 시술자와 동물 단속 공무원이 공장 생산 라인 작업처럼 실행했다. 이제 1877년 이스트 강에서 벌어진 일처럼 공개적이며 대량으로 동물을 죽이지 않는다. 드러나지 않는 곳에서 애완동물 주인도 보지 못하는 상태로 실행되기 때문에 주인은 불쾌감이나 도덕적 분노를 느끼지 않는다. 보호소 시스템에서 천천히 벌어지는 죽음은 인간이 애완동물에게 집착하는 환경에서 가장 슬픈 일면이다.

크레이그 브레스트럽Craig Brestrup이 쓴 《Disposable Animals일회용 동물》에 따르면, "버려져서 집 없고 다친 개나 고양이가 인도적인 방법으로 수용되고 소멸되는" 미국 최초의 동물 보호소는 엘리자베스 모리스Elizabeth Morris가 1874년 필라델피아에 설립했다. 브레스트럽은 이보다 앞선 1858년, 모리스와 애니 완Annie Wahn이 떠돌이 동물을 포획해 클로로포름으로 안락사 시킨 데서 제도화된 안락사가 시작됐다고 본다.

우리는 초기 안락사 관행에서 지금까지 먼 길을 걸어왔다. 노력한 결과 클로로포름을 이용한 비인도적인 질식사 방식, 전기 감전사 방식, 감압실 사용, 숙시닐콜린(신경 근육 이완제로 동물의 통증 수용기가 완전히 작동하는 상태에서 근육을 마비시킨다) 등을 거부하기에 이르렀다. 일산화탄소와 이산화탄소를 사용하는 가스실 방식도 점진적으로 폐지했고, 대량 익사용 강철 우리도 없앴다. 보호소 시스템이 발전하고 안락사 방법도 미학적 관점에서 용인할 수 있는 방식으로 바뀌어가지만, 안락사를 강제하는 관행은 여전하다. 규모가 가장 큰 세 단체인 페타,* HSUS, 미국동물학대방지협회American Society for the Prevention of Cruelty of Animals, ASPCA를 포함해 수많은 동물 복지 단체가

---

* 동물을윤리적으로대하는사람들People for the Ethical Treatment of Animals, PETA이라는 동물 보호 단체로, 보통 페타라고 부른다.

안락사 철학을 옹호한다. 동물을 죽이는 관행을 완전히 정상적인 행동으로 받아들이는 것이다. 기부자는 기관이 동물을 죽이는 것을 안다. 공공 기관은 하도급 업체에 안락사를 맡기고, 보호소 매니저는 직원을 뽑을 때 안락사 작업을 업무에 포함한다. 사람들은 '전문가' 교육을 받아 동물을 '잘' 죽이는 법을 익힌다.

안락사는 윤리적 관점에서 논란이 많고, 여러 가지 복잡한 질문을 제기한다. 생명을 연장하는 것이 동물에게 어떤 이익을 주는가? 과연 우리가 이 질문에 답할 수 있을까? 죽음은 어떤 면에서 동물에게 해가 되는가? 동물이 보호소에서 며칠이나 몇 달, 수년 동안 갇혀 지내는 것과 죽음을 당하는 것 중 어느 것이 더 해로운가? 이와 같은 질문은 경험과 철학적 통찰에 근거한 답을 요구하며, 어감의 차이가 엄청나게 클 수 있다. 그런데 이런 고민이 없는 경우가 많다. 안락사 논쟁에 제기되는 주장이 경험에서 비롯된 것으로 가장하는 경우가 많지만, 실은 자료나 근거가 확실한 과학적 이해를 기반으로 하지 않는다는 점에 주목할 필요가 있다. 예를 들어 동물은 죽음을 인지하거나 예상하지 못하고 미래에 대해 생각하지 않기 때문에 해가 되지 않는다는 주장이 종종 제기된다. 뒷받침할 만한 과학적 자료가 없다면 이런 주장은 의미가 없으며, 오해의 소지가 있다. 우리는 어떤 동물이 어떤 방식으로 자신이나 친구의 죽음을 인식하는지 정확히 모른다. 앞으로도 알 가능성이 없다. 그런데 동물이 죽음을 인식한다는 연구 결과가 점점 늘어난다. 수많은 종의 동물이 미래를 생각하고 복잡한 계획을 세운다고 말하는 연구 결과도 있다. 안락사에 대해 말할 때 표준적으로 '빨리' '즉각적'으로 의식을 잃는다는 표현이 더 중요하다. 이것이 과학적 사실로 제기되지만 동물이 안락사를 어떻게 느끼는지 알 수 없으며, 앞으로도 모를 것이다. 신경생리학에 근거해 추정할 뿐이다.[2]

사는 것보다 '죽는 게 낫다'는 주장은 보호소 동물 안락사를 정당화하는 일반적인 논리다.[3] 보호소 안락사를 지지한 필리스 라이트Phyllis Wright는 말했다. "안락사는 동물에게 잔인한 일이 아니다. 편안히 안식하지 못하는 동물이나 이들을 원하지 않는 세상에게 축복이다."[4] 그러나 우리는 라이트가 수십 년 전 동물 안락사가 필연적일 수밖에 없던 때 이 글을 썼다는 사실을 상기할 필요가 있다.

대다수 사람들은 '죽는 게 낫다'는 생각이 위험하다는 것을 안다. 이는 무엇보다 동물이 소중히 여기는 가치를 우리의 관점에서 (종종 과학으로 가장해) 추정적으로 가정할 뿐이다. 둘째, 살 가치가 없는 생명이 있다는 주장은 우리를 매우 불편하게 만든다. 독일의 나치가 먼저 정신적·신체적 장애인을, 나중에는 인종적으로 순수하지 못하다고 여겨지는 사람을 살해하는 것을 정당화할 때 쓴 논리이기 때문이다. 마지막으로 우리는 동물을 죽이는 것이 이른바 인간 동반자 혹은 보호자에게 기피 당하고 하찮게 대접받으며, 지속적으로 모욕 받는 상황에서 동물을 구해주는 것이라는 기묘한 모순을 인식한다.

철학자 제프 맥마한Jeff McMahan은 《The Ethics of Killing 도살의 윤리학》에서 동물에게는 죽음보다 고통이 힘들다고 말한다.[5] 이는 우리가 인간의 고통과 죽음에 대해 생각하는 방식과 현저한 차이를 보인다. 어떤 사람이 미래에 고통을 겪을 가능성이 있기 때문에 거기서 벗어나게 하려고 그를 죽인다는 생각은 매우 이상하다. 그런데 동물에게는 일반적으로 이와 반대 논리를 적용한다. 동물에게는 고통(심지어 미래에 고통을 겪을 가능성까지 포함해)이 죽음보다 나쁘다고 생각한다. 동물을 대상으로 실험하고 죽여야 할 때, 어느 정도 고통이 수반되는 방식보다 고통이 없는 방식으로 실험하는 것이 관련 기관 감사 위원회의 승인을 얻기 쉬운 이유가 바로 여기 있다. 이런 견해는 동물학자 템플 그랜딘의 작업에도 뚜렷하게 드러난다. 그랜딘은 소가 도축되는 과정에 겪는 고통을 줄이는 것을 목표로 도살장 디자인을 여러 가지 측면에서 변형할 것을 주장한다.

맥마한에 따르면 도덕적 견지에서 동물은 고통을 상쇄하는 높은 차원의 행복(깊은 관계, 미적 경험, 복잡한 기술을 연마해서 얻는 성취감 등)을 경험할 능력이 인간보다 부족하기 때문에 고통이 더 힘들다. 동물은 행복과 고통을 느끼는 능력이 불균형적이라는 견해(사실상 이 견해가 타당하다고 인정된다 해도)는 "동물은 안락사 시키는 게 고통을 주는 것보다 낫다"는 주장을 뒷받침한다. 그렇다고 이 주장이 "그랜딘을 포함한 수많은 사람이 지지하듯이 고통을 야기하지 않는다면 동물을 죽이는 것을 일반적으로 반대하지 않는다"는 견해를 옹호하는 것은 아니다.[6] 인간과 동물에게 극심한 고통을 받으며 사느니 죽는 게 낫다고 생각할 만한 고통이 있는지 논쟁해볼 여지가 있다. 하지만 맥마한이 강조하듯이 죽는 게 낫다는 주장의 이면에 있는 인식, 즉 안락사는 동물에게 해가 되지 않는다는 주장에는 매우 사악한 생각이 숨겨진 때가 많다. 이 쟁점을 누가, 어떤 방식으로 옹호할지 모르겠다.

도살은 인도적인 방식이라도 잘못이지만, 어쨌든 필요하니 앞으로도 할 수밖에 없다고 말할 수 있을 것이다. 하지만 이는 책임 회피일 뿐이다. 인간이 보호소 문 앞에서 도덕적 성찰을 그만두겠다고 상정하는 것이다. 인도주의 운동이 시작된 19세기 중반, 인종 분리가 법으로 시행되고 여성에게는 투표권이 없었으며 진화생물학의 목소리는 미미했다. 대다수 과학자가 동물이 아픔을 느낄 수 있다는 사실을 믿지 않았다. 그러니 동물이 복잡한 인지적·정서적 경험을 하고 사회적 관계를 맺을 수 있다는 생각은 전혀 하지 못했다. 그때는 죽이는 것이 다른 방법보다 이치에 맞았을 수 있다. 하지만 시대가 바뀌었다.

나는 036 '보호소 산업의 실태'에서 '안락사'라는 용어를 썼다. 익숙한 용어이기 때문이다. 하지만 우리가 애완동물을 기르기 때문에 치러야 할 대가에 대한 인식을 일깨우고, 현재 애완동물을 기르거나 앞으로 기를 잠재적 주인이 짊어져야 할 책임감을 상기시키려면 용어를 바꿔야 한다. 보호소와 동물 통제 시설에서 일어나는 일을 감안하면 '안락사'라는 표현을 폐기하고, 원래 이름인 '도살'이라고 해야 한다. 다양한 사람에게 이 문제를 제기할 때 반응은 거의 항상 똑같았다. '도살'이라고 하는 것을 반대한다. 분노하기도 한다. '안락사'라는 완곡한 표현을 쓰지 않으면 자동적으로 동물을 도살하는 사람(동물을 죽이는 것은 감정적·심리적 고통을 유발하므로 우리가 연민과 감사를 표해야 할 사람)을 공격하는 것이라고 생각하는 모양이다.

　이런 편향된 시각은 미묘한 차이를 담은 도덕적 추론을 할 수 있는 인간의 능력, 특히 자신이 행하는 일이 유발하는 비극적 맥락을 이해하는 보호소 수의사와 안락사 요원의 능력을 과소평가하는 것이다. 도살이 안락사보다 정확한 표현이다. 우리는 인도적이길 바라지만, 보호소에서 일어나는 수많은 죽음은 고통과 통증에서 자유롭지 못하다. 숙련된 기술과 동정심이 있는 안락사 요원이 실행한다 해도 동물이 저항하면 제압해야 하는데, 이는 무섭고 스트레스가 심한 일이다. 안락사를 실행하는 곳은 위생적이지만 죽음과 공포의 냄새가 날 것이다. 보호소 도살 현장의 최전방을 경험하는 사람들이 증명하듯이, 동물은 자신에게 무슨 일이 일어날지 아는 것 같다. 우리는 제도화된 폭력을 규탄할 수 있고, 보호소에서 도살 행위를 하는 이들의 동기를 비난하지 않으면서 그런 상황이 지속되는 현실도 이해할 수 있다.

　인간과 동물의 관계를 사랑과 헌신의 역사로 볼 수 있지만,

야만과 도살의 기나긴 서사로 읽을 수도 있다. 우리가 동물을 사랑해서 집으로 들여 기르지만, 우리의 필요에 맞추는 과정에서 그들과 전쟁을 하며 도살한다. 동물은 무장하지 않았고 우리에게 저항해 싸울 수 없으므로, 전쟁을 한다는 비유는 잘못됐다. 앞선 〈뉴욕타임스〉 기사처럼 '사납고 위험하게 저항하는' 동물이 있지만, 그 개의 운명도 새끼들과 함께 죽음을 당하는 것으로 종결됐다.

브레스트럽은 "우리 스스로 의식을 가지고 동물 도살을 반대하고, 평화를 선언할 것을 제안한다. 거리가 개와 고양이로 가득하고, 도덕적 차원과 인간과 반려동물의 관계에 필요한 점에 대해 의견이 대립해도 필요하다면 끊임없이, 적극적으로 동물 도살에 반대한다고 외쳐야 한다"[7]고 말한다. 모든 안락사 요원이 주삿바늘을 내려놓고 안락사를 거부하는 모습을 보고 싶은지 묻는다면, 내 대답은 "그렇다". 애완동물 상품과 서비스 그리고 문화를 소비하는 모든 사람이 연간 동물 수백만 마리가 도살되는 현실에 도덕적으로 불편해하기를 바라는지 묻는다면, 내 대답은 역시 "그렇다". 우리가 침묵을 깨고 무슨 일이 벌어지는지 솔직히 인정할 때, 도살에 저항하는 분노를 터뜨리고 싶은 마음이 들 것이다.

033

죽음의 용액

내게 자주색과 은색이 섞인 볼펜이 한 자루 있다. 옆에 '보르
테크Vortech'라고 적힌 이 펜은 미국동물병원연합American Animal
Hospital Association, AAHA이 주최한 협의회의 페이탈플러스 전시
장에 갔을 때 받은 기념품이다. 무례하지만 페이탈플러스 영업
사원에게 자신의 직업을 어떻게 생각하는지 물어보지 않을 수
없었다. 그는 죽음의 비즈니스에 종사하는 자신에 대해 이상하
다고 느낄까? 영업 사원은 내 질문에 놀란 눈치였다. 한 번도 그
런 생각을 해본 적이 없는 모양이었다. 잠깐 불편한 시간이 지
나고 그는 약간 더듬거리며 말했다. "음, 내가 안 해도 다른 누
군가가 하지 않겠어요?" 이 대답이 우리 애완동물 문화에서 안
락사가 어떤 식으로 인식되는지 보여주는 단적인 사례다. 생계

를 위해 안락사 약물을 판매하는 사람조차 자신의 직업이 미치는 도덕적 영향에 대해 생각하지 않는다.

보호소를 제외하고는 해마다 얼마나 많은 애완동물이 죽는지 알아내기 어렵다. 아무도 그 자취를 쫓지 않는다. 어디서, 어떻게, 어떤 방법으로 동물이 죽어가는지 자료가 없고, 조직적으로 자료를 수집하는 시스템도 없다. 사람처럼 동물을 위한 자료가 있다면 수의 역학에 소중한 정보가 될 것이다. 그래도 주인이 있는 애완동물의 죽음에 대해서는 자신 있게 말할 정보가 하나 있다. 대다수 개와 고양이가 안락사 당한다. 햄스터와 애완용 쥐, 게르빌루스쥐, 물고기, 양서류, 새, 파충류는 대부분 우리에서 죽는다. '이국적' 동물은 안락사 대상으로 고려되는 경우가 드물며, 수의사도 고통을 주지 않는 최선의 안락사 방법을 잘 모른다.

아프거나 죽어가는 동물에게 언제, 어떤 조건에서 안락사를 실행하는 것이 도덕적으로 적절한 선택인지와 관련해 중요한 질문이 있다.[1] 애완동물 주인에게 안락사는 고통스러운 도덕적 고민이 될 수 있다. 사랑하는 애완동물을 고통에서 '해방'해야 하는지, 한다면 언제 할지 결정해야 한다. 하지만 관련 지식이나 지원이 거의 없이 결정해야 할 때가 많다. 수의학적으로 치료 가능성이 높아지는 상황이기 때문에, 애완동물 주인은 인간 환자와 가족이 겪듯이 값비싸고 효능이 확실하지 않은 치료 시스템 때문에 고민할 가능성이 크다.

수의학적 안락사는 변신 유령 같다. 선물이 되기도 하지만 무기가 되고, 책임 회피 혹은 수용이 될 수도 있다. 방식이 다를 뿐, 보호소 내 도살과 마찬가지로 윤리적 문제가 많다. 안락사는 수의학 맥락에서 의학적 절차이므로, 윤리 문제에는 중립적이다. 보호소 기준으로 고통은 도살과 구분된다. 동물에게 고통을 주는 것은 도덕적 모욕이며, 도살은 고통의 해결책이라고 본다. 모르핀이나 트라마돌 같은 진통제와 더불어 종종 고통 처리 방법으로 안락사가 제시된다. 이게 과연 맞는 선택일까?

가장 논란이 되는 도덕적 질문은 안락사의 편의성과 관련이 있다. 애완동물 주인은 동물의 행복이나 복지와 상관없이 수의사에게 안락사를 요청한다. 편의에 따른 안락사가 얼마나 일반적인지에 대한 자료는 없다. 수많은 수의사에게 물어본 결과 거의 모든 수의사가 편의에 따른 안락사 요청을 받았고, 거의 모든 수의사가 이를 매우 불편하고 혐오스러워한다. 수의사는 병을 고치는 사람인데 죽이라는 요청을 받는 것이다. 어떤 면에서 동물이 불편하게 느껴진다는 이유로 건강한 동물을 죽이라고 한다니… 우리가 어쩌다 이 지경에 이르렀을까? 우리 모두 그 이유를 알고 싶을 것 같다.

미국에서는 수의사가 시행하는 안락사가 일종의 성우聖牛*

---

* 지나치게 신성시돼 비판이나 의심이 허용되지 않는 관습, 제도 등.

처럼 여겨지는 듯하다. 안락사 시행을 줄이자는 제안조차 (나쁜 의미에서) 급진적으로 받아들인다. 안락사가 아예 없거나, 있다 해도 매우 드문 애완동물 문화를 그릴 수 있을까? 얼마든지 가능하다. 다른 나라의 사례를 찾아볼 필요가 있다. 애완동물을 너무 많이 기르지 않는 문화, 원치 않는다고 해서 동물을 죽이는 행위를 최소한으로 유지하려는 애완동물 문화가 있다. 수의사가 안락사를 실행하는 경우가 드물거나 도덕적으로 반대할 만한 일로 간주하는 나라도 있고, 많은 애완동물이 자연사하는 문화가 자리 잡은 나라도 있다. 대규모 안락사는 유일한 방법이 아니며, 최선도 아니다.

034

중성화를 둘러싼 논란

　중성화 수술은 안락사와 마찬가지로 현재 미국의 애완동물 문화에서 당연시된다. 애완동물 주인은 기르는 동물을 반드시 '거세'해야 한다는 당국의 권고를 듣는다. 거세하려면 성호르몬을 분비하는 생식샘을 외과적 수술로 제거해야 한다. 나도 시켰다. 그런데 우리 집 동물에게서 특별한, 어쩌면 신성하기까지 한 무엇을 빼앗은 것 같아 몹시 슬펐다. 대안이 없다고 생각했다.

　불임수술을 해야 한다는 압력은 강력하다. 수의사는 중성화를 주문처럼 입에 달고, 동물 보호 협회는 물론 대다수 동물 보호 운동가도 중성화를 지지한다. 예를 들어 미국수의학협회 American Veterinary Medical Association, AVMA는 책임감 있는 애완동물 주인이라면 반드시 중성화 수술을 해야 한다고 말한다.

중성화 수술의 목표가 애완동물 주인에게 생식 활동이 없는 동물을 안겨주는 것이라면, 우리는 괄목한 만한 성장을 한다고 볼 수 있다. HSUS에 따르면 주인이 있는 개 중 83퍼센트, 고양이 가운데 91퍼센트가 중성화 수술을 받았다.[1]

미국의 개와 고양이에게 중성화 수술을 해야 한다는 캠페인을 뒷받침하는 주원인이 세 가지 있다. 중성화 수술을 받으면 (1) 동물이 더 건강해질 것이다. (2) 더 온순해질 것이다. 따라서 (3) 애완동물 수가 초과되지 않게 조절하고 불필요한 도살을 막기 위해 가급적 많이 중성화 수술을 해야 한다. 언뜻 보면 이 세 가지로 충분한 것 같다. 하지만 세 가지 모두 논란의 여지가 다분해, 몇몇 수의사나 동물 보호 운동가는 중성화 수술 캠페인이 과대 포장된 것은 아닌지 의심하기 시작했다.

개별 동물에게 중성화 수술을 하는 것이 득인지 실인지 측정하기는 어려우며, 장단점이 비슷한 듯하다. 불임수술을 하면 전염병 같은 몇 가지 원인으로 죽을 위험이 줄어들지만, 암 같은 질병에 걸려 죽을 위험은 높아진다.[2] 암고양이는 중성화 수술을 하면 젖샘에 종양이 생길 가능성이 줄어들지만, 비만이 될 가능성은 높아진다. 불임수술을 받지 않은 수캐는 고환에 종양이 생길 가능성이 높지만, 비만이나 앞십자인대 파열, 전립샘암으로 고통 받을 가능성은 낮아진다.[3] 중성화 수술을 받은 개는 (림프종, 전립샘종, 이행상피암 같은) 특정 암에 걸릴 위험이 높지만, 유선 종양이나 고환 종양이 생길 가능성은 줄어든다.[4] 연구

애완동물에 대해 걱정하기

에 따르면 불임수술을 받은 개가 받지 않은 개보다 오래 살지만, 과학적으로 확실한 원인은 아직 규명되지 않은 상태다.

보호소는 동물이 중성화 수술을 받지 않고 보호소를 떠나는 것을 원치 않기 때문에 일찍 수술한다. 이는 과학이 아니라 현실적인 문제 때문이다. 개인 병원 수의사는 일반적으로 조금 더 기다린다. 동물이 태어난 지 6개월이 되거나 첫 발정기가 끝난 다음까지 미룬다. 어릴 때 중성화 수술을 하면 개나 고양이에게 위험할까? 이 질문의 답도 명확하지 않다. 어린 동물을 마취하는 것이 다소 위험하지만, 지금 나오는 약품과 방법은 매우 안전하기 때문에 치명적인 영향을 미치지 않는다. 너무 어릴 때 중성화 수술을 하면 성적 발달을 결정하는 호르몬이 제대로 분비되지 않을 수 있는데, 이 호르몬을 줄이거나 없애면 영구적 손상을 초래할 가능성이 있다고 믿는 수의사도 있다. 예를 들어 일찍 중성화 수술을 하면 성장판이 닫히는 시기가 늦어져 뼈의 성장 기간이 길어질 수 있다. 비정상적으로 길어진 뼈는 관절의 각도가 틀어지게 할 수 있고, 그 때문에 관절염이나 고관절 이형성증, 앞십자인대 손상 가능성이 높아질 수 있다. 수의사 미르나 밀라니Myrna Milani는 "중성화 수술을 안 해도 생식기관을 사용하지 않으면, 수술을 받아 생식기관이 없는 경우 생길 수 있는 문제와 다르지만 역시 많은 문제를 초래할 가능성이 있다"고 말한다.[5]

중성화 수술을 하면 동물의 행동에 문제점이 줄어든다는 말도 들어왔다. 이 점에 대해 확실히 밝히자. 이렇게 알려진 행동의 이점이란 동물을 더 나은 애완동물로 만든다는 것이다. 우리는 온순하고 순종적인 동물을 원한다. 개나 고양이가 우리 발치에 있지 않고 집 밖을 배회하며 교미할 파트너를 찾아다니는 것을 원치 않는다. 암컷의 발정기나 수컷의 영역 표시를 감당하고 싶지 않다. 이는 동물에게 전적으로 자연스러운 행동이지만, 인간 입장에서는 애완동물 기르기를 힘들게 만드는 원인이다.

불임수술을 하면 정말 우리가 바라는 대로 동물의 행동이 교정될까? 이 분야의 연구도 건강의 이점과 더불어 결론이 나지 않았다. 가장 확실한 긍정적 이점은 수고양이에게 있을 것이다. 수고양이가 오줌을 싸서 영역 표시를 하는 행동은 사람에게 매우 성가신 일인데, 이 습관은 일반적으로 중성화 수술을 하면 성공적으로 '고쳐진다'. 고양이가 집에 오줌에 싸서 보호소로 보내는 일이 벌어진다면 중성화 수술을 해야 한다는 주장은 상당히 설득력 있다. 외과적 수술로 중성화하면 수캐의 호르몬 의존성과 떠돌아다니는 바람직하지 못한 행동이 줄어든다는 증거가 있다. 그러나 중성화 수술을 하면 수캐의 공격성이 줄어드는지 여부는 아직 분명히 밝혀지지 않았다. 중성화와 보호소에 수용된 개의 공격성에 상관관계가 있어 보이지만, 집에서 기르는 개는 이 상관관계가 성립하는지 확실하지 않다고 주장하는 연구도 있다. 중성화 수술을 하면 성적으로 '영역' 표시를 하려고 경쟁하는 수캐의 공격적 행동이 줄어들 수 있지만, 사실 공격적 행

애완동물에 대해 걱정하기

동에는 다양한 형태가 있고 동기도 많다. '중성화가 공격성을 줄인다'와 같이 일반화된 진술을 뒷받침하기에는 자료가 턱없이 모자란다. 암캐와 암고양이를 중성화해서 얻는 이점은 수컷보다 훨씬 모호하다. 밀라니는 중성화하기 전 상태와 일정한 행동 성향의 연관성이 미약하며, 중성화로 추정되는 이점도 과장될 가능성이 높다고 주장한다.

그렇다면 중성화에 따른 동물 행동의 단점이 있을까? 연구자들은 호르몬의 비생식적 효과가 동물의 생리와 행동에 미치는 효과에 대한 정보가 원하는 만큼 없는 상태다. 암캐가 자궁과 난소를 모두 들어내는 수술을 받은 뒤 반응도가 상승했다는 보고가 있다. 중성화 수술을 받은 암캐는 요실금에 걸릴 수 있고, 거세된 수캐와 과잉 행동 장애나 인지 기능 장애에 관련 있다는 증거가 있다.[6]

중성화 수술은 거의 40년 동안 통설로 받아들여졌고, 한 가지 이념이 되었다. 사람들은 필요성을 이해했고, 더 많은 애완동물 주인이 이 '옳은' 일을 실천하며, 중성화 수술을 집도하는 병원도 점점 늘어난다. 수의사 친구 하나는 수고양이 중성화 수술을 하도 많이 해서 사무실 동료에게 조그만 생식샘 목걸이를 만들어줄 수 있을 정도다. 지난 40년 동안 보호소 도살 수치가 2300만 마리에서 300만~400만 마리로 대폭 감소했다.[7] 개와 고양이 개체 수 통계가 복잡하고, 중성화 수술과 보호소 동물 도살 수치의 상관관계는 명확하지 않지만, 중성화 수술 프로그램이 원치 않는 애완동물과 보호소의 동물 도살 수치를 줄인다는 데 이론의 여지가 없다.

그러나 애완동물 숫자 과잉은 불가피한 것이 아니며, 공격적인 중성화 정책이 동물 숫자 감소와 반드시 연관 있는 것이 아니라고 주장하는 이도 있다. 이 논리에 따르면 책임감 있는 주인은 효율적으로 중성화 수술을 하고, 가급적 동물의 희생을 줄인다. 유럽 국가의 애완동물 주인을 그 증거로 들 수 있다. 유럽은 중성화 수술은 거의 하지 않으면서 원치 않는 동물의 숫자도 적고, 항상 그 수준을 유지한다. 어떻게 그런 일이 가능할까? 동물이 제멋대로 돌아다니는 경우가 거의 없으므로 원치 않는 임신을 하지 않기 때문이다. 미국인이 중성화 수술에 보이는 도덕적 태도와 달리, 유럽에서는 의학적으로 반드시 필요한 경우가 아니라면 애완동물의 생식기를 절제하는 것을 강력하게 지양한다. 스웨덴은 애완동물 중성화 수술 비율이 전체에서 7퍼센트다. 노르웨이는 현재 건강한 동물에게 중성화 수술을 하는 것이 불법이다. [8]

현재 상황을 '애완동물 숫자 과잉'이라고 표현하는 것은 적합하지 않을 수 있다. 동물이 너무 많은 게 아니라 동물을 기르려는 사람이 보호소에서 동물을 입양하지 않는다는 것이 문제다. HSUS에 따르면 언론이 강아지나 고양이 공장의 문제점을 대대적으로 다뤘음에도 개 주인의 20퍼센트, 고양이 주인의 26퍼센트만 보호소에서 동물을 데려왔다고 한다(036 '보호소 산업의 실태' 참고).

　수의 윤리학자 버나드 롤린Bernard Rollin은 동물도 인간만큼 성을 즐기니 동물의 생식기와 성호르몬을 완전히 제거하지 않는 조절적 재생 방법을 찾아야 한다[9]고 주장한다. 한 가지 가능한 방법은 절개를 최소화하고 덜 공격적인 수술 방식을 택하는 것이다. 즉 수컷은 완전 거세보다 정관수술을, 암컷은 난소와 자궁을 다 들어내기보다 난관결찰이나 난관 절제술을 선택할 수 있다. 미국에서는 더 외과적인 난소 적출이 표준이지만, 유럽에서는 난소 절제술을 선호한다. 미국이 유럽의 선례를 따르지 못할 이유가 없다. [10]

　개와고양이피임연합Alliance for Contraception in Dogs and Cats은 개와 고양이의 번식 통제를 지지하지만, 수술 외적 방법을 권장한다. 안타깝게도 암캐나 암고양이를 위해 좋은 경구피임약을 아직 손쉽게 구할 수 없는 상황이다. 발정주기를 연기하는 몇 가지 약이 있어 기본적으로 브리더가 사용하고, 대회에 참여하는 개나 사냥개에게도 사용하지만, 유효기간이 짧고 심각한 부작용이 있어 일반적으로 사용하기에 적합하지 않다.

　거세의 대안은 전망이 약간 더 밝다. 개의 중성화에 사용되는 새로운 기법이 있다. 이 글을 쓰는 지금, 미국에서 주터린 Zeuterin이라는 주사액 사용 허가가 막 승인됐다. 아크사이언스Ark Sciences가 개발한 주터린에는 글루콘산염과 아르기닌(감기약 지캠Zicam에 들었다)이 들었다. 이 약을 개의 고환에 직접 주사하면 약물이 퍼져 정자를 죽인다. 주터린은 개가 불임이 되게 하면서 테스토스테론을 50퍼센트 줄이는데, 외과적 중성화 수술은 테스토스테론을 몽땅 없애버린다. 테스토스테론이 개의 건강을 보호하는 역할을 한다면, 이는 이점으로 작용한다. 화학적 거세는 외과적 거세와 비교할 때 동물에게 칼을 덜 대서 고통이 적고, 마취제 대신 진정제를 사용하기 때문에 위험을 줄일 수 있다. 비용도 수술보다 적게 든다.[11] 화학적 거세는 생식기를 제거하지 않으니 외형적으로 부담이 덜해, 개가 진정한 수컷처럼 보이고 느끼기를 원하는 애완동물 주인에게 매력적일 것이다. 아크사이언스가 후원하는 온라인 보고회에 따르면 양치기나 사냥 혹은 경호 작업에 개를 이용하는 사람은 특히 개의 고환 절제를 주저하며, 거세하면 개가 일을 잘 못하지 않을까 우려한다. 이것이 진짜 위험한지는 논의해볼 문제지만 일반적인 인식이다. 개와 고양이(미국에서 고양이에게 시술하는 것은 아직 승인되지 않은 상태다)의 외과적 중성화를 대체할 다른 방법은 생식샘 자극호르몬 배출을 무력화하는 수프레로린Suprelorin을 주입하는 것이다.

사람들은 중성화 문제를 거론할 때 일반적으로 같이 다루던 것을 분리해서 이 문제의 미묘한 차이를 환기하려고 노력한다. 예를 들어 우리는 중성화 캠페인에 대해 이야기할 때 보통 개와 고양이를 같이 거론하는데, 미국 내 개와 고양이 개체 수 동태는 매우 다르다. 예를 들어 고양이는 다른 주州로 옮겨 가는 경우가 드물지만, 개는 새로운 가정을 찾아서 주는 물론 국가를 이동하는 경우도 많다. 길고양이는 많아도 떠돌이 개는 비교적 없는 편이다. 따라서 중성화 문제와 동물 개체 수 통제 문제에 접근할 때 종별로 방법을 달리해야 한다. 미국 내 여러 지역의 애완동물 개체 수 동태 역시 다르다. 적극적인 중성화를 선호하는 지역이 있는가 하면, 중성화가 불필요하다고 보거나 좀 더 신중한 자세를 취하는 지역도 있다.

보호소와 개별 애완동물 주인을 비교하면 보호소 상황에 변화가 많다. 보호소에 있는 동물은 한 그룹으로 관리된다. 보호소 동물의 전체 중성화 작업은 백신 접종과 같다. 기본적으로 개별 동물의 복지를 목표로 하지 않으며, 어느 정도 위험과 희생이 있을 수 있다. 하지만 넓은 의미에서 보면 동물과 인간 공동체에 득이 된다. 보호소 수의사는 개별 동물을 위한 의사라기보다 공중보건의에 가깝다. 수의사는 개별적인 상황에서 개별 동물에 대한 도덕적 책임을 지며, 위험 계산과 중성화의 이점은 상당히 다를 수 있다. 생식기관을 보존하는 것이 개나 고양이에게 이롭다고 가정할 때, 개나 고양이가 어쩌다 실수로 새끼를 낳을 수 있다는 가설적 위험 때문에 수의사와 동물 보호 협회가 수치심을 주고, 정보를 강제적으로 제공하고, 동료의 압력이나 왕따를 통해 애완동물 주인이 동물의 행복과 안녕을 저해하게 만든다면 윤리적 문제가 발생할 수 있다.

성과 생산의 경험을 빼앗고, 생식기관을 제거하는 위험이 따르는 일임에도 동물이 고통 받고 해를 당할 수 있다는 것을 인식하지 못한 채 중성화 시술을 간단한 문제로 치부하고 기본적인 이점만 부각하려는 경향이 있다. 이런 쟁점이 극단으로 치달으면 인간이 동물의 성이나 생산과 같이 기본적인 영역에는 개입해선 안 된다는 주장으로 번질 수 있다. 좋은 집사라면 동물이 '자연스럽게 타고난' 상태로 있게 할 것이다. 문제는 우리의 반려동물에게는 '자연스럽게 타고난' 상태가 없다는 점이다. 집에서 기르는 동물은 인간이 조작하는 산물이 되었다. 인간이 생산 과정에 개입해 통제하는 것이야말로 가축화의 중심이다. 칼라 암브루스터Karla Armbruster가 〈Into the Wild야생으로〉라는 에세이에서 지적했듯이, 우리는 생산에 대한 통제권을 간단히 반려동물에게 넘겨줄 수 없다. 이는 우리가 동물에게 져야 할 책임을 방치하는 행위다. [12]

동물 중성화 캠페인에 대해 이보다 어두운 면도 이야기할 수 있다. 현재 중성화 수술이 필요한 원인 중 하나는 중성화와 관련해 애완동물 산업의 거대한 힘이 모종의 작업을 하기 때문이다. 상업적 이윤을 추구하는 브리더는 값과 품질은 물론, 계속 브리딩 작업을 통제하고 생산 흐름을 장악하고 싶어 한다. 그들은 애완동물을 기르는 소비자(주인)가 동물에게 중성화 수술을 하길 원한다. 그래야 다른 동물이 필요할 때 '평판이 좋은' 판매자에게서 구매할 테니 말이다. 그래서 브리딩으로 이윤을 취하는 사람이 계속 이 작업을 통제하고(035 '나쁜 브리딩에 대한 생각' 참고), 상품으로서 동물의 위치가 강화된다(038 '살아 있는 산업' 참고).

　중성화 수술과 관련된 이런 급진적인 도전으로 실험적 사고를 한다. 개와 고양이를 대상으로 한 전면적 불임수술은 비용이 들고 어느 정도 희생이 따르지만, 현재 우리가 맞닥뜨린 문제에 대한 합리적인 해결책으로 보인다. 그러나 문제와 해결책 모두 좀 더 탐구해봐야 한다.

035

나쁜 브리딩에 대한 생각

집약적 돼지 사육 농장에서 임신한 암돼지는 임신 기간 동안 사방이 강철봉으로 둘러싸인 좁은 공간에서 보낸다. 발밑은 널빤지나 금속을 덧대 배설물이 아래로 떨어지는 구조다. 현대 농장 사육 중 가장 잔인한 방식으로 여겨지는 우리 사육이다. 잘 모르겠다면 온라인에서 검색해보라. 하나 더, '상업적 이윤을 추구하는 강아지 브리더'를 검색하고, 강아지 생산과 새끼 돼지 생산을 비교해보라.

아마 놀랍도록 비슷한 점을 발견할 것이다. 좁은 공간에서 들끓지만 교감이나 상호작용은 불가능하다. 동물의 눈에서 절망감을 볼 수 있다. 몇 가지 다른 점도 발견할 것이다. 돼지의 임신용 우리는 상대적으로 깨끗한데, 개를 수용하는 우리는 오

애완동물에 대해 걱정하기

물로 뒤덮였다. 개도 돼지처럼 번식하고 사육될 거라는 생각은 잘못됐으니 미망에서 벗어나게 바로잡을 수밖에 없다. 개와 돼지 모두 사육용 가축 취급을 당한다. 이윤을 위해 가능하면 새끼를 많이 낳게 만든다. 새끼를 낳으면 얼마 뒤 판매를 위해 분리하고, 어미는 다시 새끼를 배고 낳는 작업에 돌입한다. 동물은 실제로 교미를 하지 않는다. 원할 때 상대를 골라 교미할 수 없다. 손쉬운 교미를 위해 수컷이 올라타기 편하게 암컷을 묶어놓거나, 아예 인공수정을 하는 경우가 많다. 상업적 브리딩과 소규모 혹은 집 뒷마당에서 하는 브리딩 작업에서 개는 암돼지와 새끼 돼지처럼 생산 단위로 취급된다. 개가 할 일은 이윤을 위해 새끼를 낳는 것뿐이다. 이런 개는 보통 네다섯 살 때까지 계속 새끼를 낳는다. 그러다 가치가 없어지면 죽음을 당한다. 중성화 수술을 받은 수많은 개와 평생 새끼를 낳다가 죽는 개를 비교해보라. 조금 이상한 그림이 그려지지 않는가?

'강아지 공장'이라고 부르는 상업적 브리딩에 대한 정보는 비교적 얻기 쉽다. 하지만 당신이 수많은 사람이 생각하듯이 강아지 공장 문제는 과거의 일이라고 믿는다면, 다시 살펴볼 필요가 있다. 강아지 공장은 현재 성업 중이다. 특히 강아지 공장 주州라 불리는 미주리, 네브래스카, 캔자스, 아이오와, 아칸소, 오클라호마, 펜실베이니아가 그렇다. 상업적 브리더가 해마다 애완동물 상점에서 팔리는 강아지 가운데 90퍼센트, 인터넷과 경매, 신문 광고란을 통해 판매되는 상당수 강아지를 공급한다.

ASPCA는 미국에서 활동하는 상업적 브리더가 2000~1만 명이라고 추산한다.[1] 이중에는 USDA의 허가를 받아 합법적으로 운영하는 곳이 있고, 작아서 법의 규제를 빠져나갈 수 있는 곳과 불법적으로 운영하는 곳이 있다. 소규모로 어미와 새끼 몇 마리를 보유한 곳이 있는 반면, 수천 마리를 사육하는 곳도 있다. 브리더가 합법적으로 운영하는지 여부와 동물 복지 문제는 그다지 관련이 없다. 상업적 브리더와 B등급 동물 거래자를 감찰하는 USDA 검사관 몇몇은 합법적 운영자에게 상당한 자유와 사생활을 보장한다.

평판이 좋은 브리더는 구매자와 직접 거래하는 경우가 많다. 강아지의 새로운 부모가 될 사람을 만나자고 제안하는 브리더도 있다. 그러나 수많은 브리더가 동물 중개인의 연결망에 의존한다. 중개인은 강아지를 사서 애완동물 상점이나 온라인에 판매한다. 강아지는 아주 어릴 때 어미에게서 떨어진다. 생후 8주는 돼야 어미에게서 떨어질 수 있는데, 억제로 젖을 떼서 8주도 안 된 상태로 팔려 간다. 그래야 팔리기 가장 좋은 8~10주에 애완동물 상점으로 배달될 수 있기 때문이다. 강아지는 트럭이나 승합차로 중개인에게 전달된다. 그러면 중개인이 판매해서 애완동물 상점으로 운반하거나 경매에 부치는데, 최종 목적지에 도달하기 전에 질병이나 영양실조로 죽는 강아지가 많다.

미국에서 상업적으로 강아지 중개업을 하는 가장 큰 업체는 미주리주 굿맨Goodman에 있는 훈테코퍼레이션Hunte Corporation

이다.[2] 훈테는 동물 사육에 사용되는 우리를 줄줄이 붙여 만든 선다우너개집Sundownr Kennels을 판매하면서 강아지 브리딩 사업을 시작했다. 훈테는 7400제곱미터가 넘는데, 약 1만 2500제곱미터로 확장할 계획이다. 훈테는 미국과 해외에서 강아지를 연간 10만 마리 이상 판매한다고 자랑스럽게 주장한다. 몇몇 동물 보호 그룹이 훈테를 주목하는 것은 놀라운 일이 아니다. 반려동물보호협회Companion Animal Protection Society가 집중 조사 기간에 수집한 자료(위장 근무자가 훈테코퍼레이션에 잠입해서 찍은 자료)를 보면 이곳이 어떻게 운영되는지 알 수 있다.[3]

개에 대해서만 언급하는 이유는 거의 모든 연구와 폭로가 개에 대한 것이기 때문이다. 이윤을 위해 사육해서 중개인을 거쳐 판매하는 동물이 강아지뿐만 아니지만, 가장 두드러진 사례다. 고양이 공장, 토끼 공장도 있다. 쥐, 햄스터, 게코도마뱀 등 우리가 기르는 수많은 동물이 난데없이 어디선가 나타나는 게 아니다. 사육한 어미가 낳은 새끼를 팔아 이윤을 챙기는 관련 업계가 존재한다(037 '요람에서 무덤까지', 038 '살아 있는 산업' 참고).

다양한 브리더가 있는 만큼 동물을 사육하는 동기와 동물 복지에 대한 기준도 제각각이다. 따라서 그들을 동일 범주로 분류하는 것은 잘못이다. 브리딩을 할 마음이 없지만 기르는 동물이 불임수술을 하기 전에 새끼를 낳고 기르는 경험을 하게 해주고 싶은 애완동물 주인이 있는가 하면, 자녀에게 개나 고양이의 새끼가 태어나는 '기적'을 보여주고 싶은 애완동물 주인도 있다.

집에서 기르는 애완동물의 새끼를 쳐서 가정 수입에 보태고 사료 값을 충당하는 사람이 있고, 특정 종을 좋아해 개체 수를 늘리고 싶어서 브리딩을 하는 사람도 있다. 소규모나 대규모나 돈을 목적으로 하고, 동물 자체에는 그다지 관심이 없으며 심지어 경멸하는 브리더도 있다. 어쩌다 보니 브리더가 된 경우도 있다.

규모가 크거나 작거나 책임감 있는 브리더가 있다. 자신이 관리하는 동물을 아끼고, 사랑과 존중으로 대하며, 건강한 새끼를 낳아 사회성을 기른 뒤 좋은 가정으로 입양되는 것을 목표로 하는 브리더가 있다. 몇몇 동물 애호가는 '책임감 있는 브리딩'이라는 표현 자체가 모순이며, 평판 좋고 인도적인 브리더도 사업을 접어야 한다고 말한다. 그들은 엄청난 잉여 동물이 보호소에 갇혀 지내며, 집 없는 개와 고양이가 완전히 사라질 때까지 동물을 모두 보호소에서 입양해야 한다고 주장한다. 브리딩으로 개나 고양이가 한 마리 더 생길 때마다 보호소의 개나 고양이는 새로운 가족을 찾을 가능성이 그만큼 줄고, 죽음을 당할 가능성이 높아진다. 이는 그 자체로 매우 설득력 있다. 브리딩과 관련된 윤리 문제는 더욱 깊어진다.

브리딩과 관련된 또 다른 윤리적 우려는 어미에게서 새끼를 빼앗는다는 사실이다. 이 점은 거의 전혀 고려되지 않는데, 감상주의를 건드린다는 이유 때문일 것이다. 일단 감상주의는 잠시 접어두고 생각해볼 문제가 있다. 어미와 새끼의 유대감은 기본적인 생물학적 욕구다. 포유류가 부모로서 새끼를 보호하고 돌보는 행동을 진화시켰다는 점을 인정하는 확고한 증거가 있다. 어미와 새끼가 분리되면 둘 모두 정서적으로 고통스럽고 스트레스를 받는다. 개, 고양이, 쥐를 비롯해 다른 포유류의 어미와 새끼의 유대감이 인간의 그것만큼 강하지 않다고 생각할 이유가 없는데도 어미에게서 새끼를 떼어내는 것이 일반적인 애완동물 기르기의 관행이다.

지난 크리스마스에 내가 사는 작은 마을에서 가장 인기 있는 선물은 강아지였다. 크리스마스 연휴 2주쯤 뒤에 사랑스러운 강아지를 데리고 산책하는 사람을 자주 봤다. 멈춰 서서 강아지와 인사하지 않을 수 없었다. 어린 강아지의 숨결에서 나는 냄새가 정말 좋다! 강아지를 보는 것은 너무나 기쁘지만, 새끼를 잃은 어미 개를 생각하면 슬퍼진다. 어미와 떨어져 새로운 환경에 적응하지 못하고 멍한 상태에 있는 강아지의 모습도 가슴 아프기만 하다.

선택적 브리딩과 혈통 기준 유지 행위로 널리 알려진 행위는 개에게 유해하다.[4] 《A Matter of Breeding브리딩 문제》를 쓴 마이클 브랜도Michael Brandow는 이를 '순혈 숭배'라고 부른다. 고양이는 이 문제에 대한 우려가 훨씬 적은데, 이는 순혈 고양이 비율이 전체의 15퍼센트로 아주 낮기 때문이다. 순혈 관련 문제가 처음 세상에 조명된 것은 1990년대 《애틀랜틱먼슬리Atlantic Monthly》에 마크 데르가 쓴 폭로 기사 〈The Politics of Dogs개의 정치학〉을 통해서다. 데르가 보도했듯이, 품종의 기준은 오랫동안 행동이나 전반적인 건강 상태보다 외모에 초점이 맞춰졌다. 그 결과 온 나라가 장애 때문에 불편하게 살아야 하는 개로 가득하다. 불도그와 페키니즈, 퍼그, 코가 납작하고 눈이 불거진 복서 같은 단두형短頭形* 개를 생각해보라. 이런 개는 두개골이 변형되어 머리 크기가 줄었다. 동물 병원은 숨을 거의 쉬지 못하고, 기형적인 관절 때문에 원래 심장의 용량만큼 달리지 못하며, 눈이 계속 감염되는 개로 가득하다. 이런 개는 중년이 되기도 전에 발달성 고관절 이형성이나 관절염을 앓는다. 평생 눈에 문제가 있고, 태어나면서부터 귀가 멀거나 피하지방 조직이 지나치게 커져서 감염되며, '결함'이 있어 태어나자마자 죽음을 당하기도 한다. 폐쇄적인 종견서 때문에 유전적 결함이 거의 필연적으로 나올 수밖에 없다.

수많은 애견가 클럽과 애완견 대회는 동물의 건강과 행복을 저해하는 표준을 따른다. 예를 들어 엉덩이가 처지는 것은 개에게 재앙이라는 증거가 다분한데도, 이들은 여전히 독일산 순혈 셰퍼드라면 엉덩이가 처진 형태를 유지해야 한다고 말한다. 브리더와 애견가 클럽은 브리딩을 지속하기 위해 종종 퍼그, 복서, 셰퍼드처럼 특정 견종을 '잃어버리는' 것은 비극이라고 말하며 전통을 들먹인다. 하지만 40년 전만 해도 세 견종은 지금과

---

* 가장 큰 폭과 가장 긴 길이의 비가 0.81 이상인 머리 모양.

　　　　　　　　　　　　　　애완동물에 대해 걱정하기

매우 다른 모습이었다. 이들이 말하는 '전통'은 상당히 자의적이며 급격히 변하는 것으로 이해할 수 있다. 애완동물 문화의 여러 가지 면이 그렇듯이, 경제적 이익은 동물 복지에 나쁘게 작용하는 것 같다. 애견가 클럽은 순혈견을 등록시켜 돈을 번다. 이런 재정적 원인 때문에 애견가 클럽은 문제가 있는 브리더와 강아지 공장, 유전적 결함을 무시한다. 목양견, 포인터, 테리어와 같이 애초에 기능적인 일에 적합하게 교배된 수많은 개들이 이제는 그 일을 수행하는 데 적합한 능력을 상실했다. 지금 이 견종이 하는 '일'은 예뻐 보이는 것이다. 데르가 지적하듯이, 애완견 대회용으로 교배된 개는 경쟁적인 게임에 사용되는 스포츠 기구로 전락했다. 데르의 글은 특정 견종에 대한 호감도가 얼마나 급변할 수 있는지도 보여준다. 예를 들어 1980년대 샤페이는 가장 인기 있고 높이 평가되며 값비싼 견종이었다. 그러나 샤페이는 피부감염과 가족성 샤페이 열로 '유전자적 재난'을 겪은 뒤 먼저 전국의 동물 병원을, 최종적으로 보호소를 채우는 존재가 됐다. 유전자 교란과 근친교배로 발생하는 문제를 아는 사람이 증가하자, 몇몇 브리더와 소수 애견가 클럽이 전통에 반대하며 어떤 유전자를 보유할지 결정할 때 동물의 건강 상태를 기준으로 삼기도 한다. 예를 들어 유나이티드케널클럽United Kennel Club은 등록한 모든 개의 건강 인증서를 요구한다. 이는 분명 더 나은 방향으로 나가는 한 걸음이다.

궁극적으로 '순혈'에 대한 문화적 집착은 역사의 쓰레기통 속으로 던져버릴 수 있게 됐다. 순혈견이 '더 낫다'는 가정은 '무엇에 더 나은가'라는 질문에 답할 수 있어야 한다. 사람들이 추구하는 것이 최고 지위와 골든레트리버까지 갖춰야 완벽한 가정이라는 일반적인 통념이라면, 동물에게 해를 끼치지 않으면서 얼마든지 실현할 수 있다. 이제 '혼혈'은 인간에게 모욕이 아니다. 그렇다면 개에게도 모욕이어선 안 된다. 인종적 배경이 다양한 사람이 흥미롭다. 개도 마찬가지다. 잡종견과 믹스를 사랑하고, 견종의 용광로를 축하하는 법을 배우자. 그게 진정한 아메리칸드림이다.

036

보호소 산업의 실태

동물의 운명에 대해 안일하게 생각하는 사람이 많다. 기를 수 없어서 보호소로 보내면 쾌적한 보호소의 체계적인 시스템이 동물을 돌봐주고 새로운 집을 찾아줄 거라고 생각하기 때문이다. 그러니 당신이 이사하는 새로운 아파트에 기르던 동물을 데려갈 수 없거나, 당신의 자녀가 자라서 이제 강아지에게 흥미를 느끼지 않거나, 가족이 모두 바빠서 동물에게 충분한 관심을 주지 못해도 큰 문제가 아니다. 머지않아 새로운 가정을 찾을 테니까. 그때까지 친절하고 동물을 사랑하는 사람이 당신의 애완동물을 가까이에서 돌보리라고 믿는다. 하지만 그건 착각이다.

이런 착각이 우리의 애완동물 문화에서 가장 커다란 도덕적 문제를 악화한다. 사람들이 더는 원하지 않아 버려지고 학대 받은 동물 수백만 마리가 전국의 보호소와 동물 수용소, 동물 애호 단체에 있다. 애완동물에게 집착하는 우리의 문화 때문에 실제 생명이 고통 받고 희생당한다. 애완동물을 기르는 당신이 반려동물을 유기할 생각을 결코 해본 적이 없다 해도 책임에서 완전히 자유롭지 못하다. 우리 모두에게 책임이 있다. 사회 전체가 '보호소 프로그램'에 책임이 있다. 이는 우리가 동물을 기분에 따라 소비하는 상품으로 보는 방식에서 발생한 문제와 복잡하게 얽혔다. 데려다 기르는 동물에 대한 책임감이 약하다 보니, 동물이 더는 예쁘지 않거나 심하게 맞은 뒤 물기라도 하면 거리낌 없이 처분하는 사람이 너무 많다.

해마다 개와 고양이, 기타 지각이 있는 동물 600만~800만 마리가 보호소 시스템을 거친다. 운이 좋은 녀석은 새로운 가정으로 입양된다. 그러나 반복적으로 보호소에 드나드는 동물이 있다. 대개 사회성이 모자라거나, 온순한 애완동물이 되도록 훈련받지 못했거나, '성격이 나쁜' 녀석이다. 수많은 동물이 고생하고, 해마다 반려동물 300만 마리가 보호소에서 죽음을 당한다. 시간당 342마리가 죽는 셈이다. 당신이 이 단락을 읽는 동안에도 생명의 불이 꺼질 것이다.[1]

'보호소 시스템'이라는 표현은 매우 일관적이며 규격화됐음을 넌지시 암시한다. 수많은 사람과 여러 단체가 다양한 방식으로 잉여 애완동물의 범람을 관리한다. 많은 사람이 미국 전역의 동물애호협회를 거느린 거대한 상부 조직이 HSUS라고 생각하지만, 사실 그렇지 않다. HSUS는 보호소가 아니라 시민단체로 내가 사는 지역의 롱몬트동물애호협회와 직접 관계가 없거니와, 동물 보호소인 덴버덤프렌즈리그Denver Dumb Friends League나 지역 그레이하운드 구조 센터와도 관련이 없다. 수많은 보호소는 소규모 비영리단체로 시와 계약을 맺고 운영되며, 살아남기 위해서는 기금을 많이 모아야 한다. 다른 보호소는 지방정부의 감독을 받는 지방자치단체의 동물관리센터가 운영한다. 이런 곳은 종종 '동물 수용소'라고 불린다. 이런 실제 보호소 외에 체계가 느슨한 위탁 네트워크, 품종별 구조대, 소규모 보호소가 지난 10~20년 사이 생겼다. 인터넷 사용, 개를 다른 주나 나라로 이주시키는 관행이 일반화되는 것과 더불어 변하는 애완동물 개체 수 통계와 애완동물 공급 역학에 대응해 이와 같이 다양한 보호소 시스템이 지속적으로 진화한다.

유기되거나 가정에서 원치 않는 동물, 떠돌이 동물을 받아들이는 곳 중에 상상을 초월할 정도로 끔찍한 곳이 있는가 하면, 아주 친절하고 다른 보호소에 비해 훨씬 나은 환경을 갖춘 보호소도 있다. 대다수 보호소는 양극단의 중간 지점에 있다. 보호소에 가본 적이 없다면, 시간을 내서 방문해 개들이 간절한 눈빛으로 꼬리를 흔드는 모습을 보라. 보호소에서 지내며 행복과 희망을 잃은 나머지 고개 들어 당신을 바라보지 못하는 동물도 있다. 달리 할 일이 없어 온종일 자는 고양이나 작은 동물도 잊지 말기 바란다. 토끼, 쥐, 게르빌루스쥐, 그밖에 온혈·냉혈동물도 보호소에서 기꺼이 받아준다. 다양한 보호소가 있으니 여러 곳을 방문하기 바란다. 볼더동물애호협회Boulder Humane Society에 가면 상황이 괜찮다고 느낄 것이다. 볼더동물 애호협회는 좋은 곳이다. 자금도 충분하고, 직원과 자원봉사자가 동물만큼 있다. 이곳은 입양 비율이 높고 안락사 비율은 낮다. 나는 우리 지역 내 다른 보호소에 갔다가 가슴이 찢어지게 아팠다. 닭장용 철조망으로 만든 개집이 있는 커다란 보호소인데, 개들이 계속 짖어대고 배설물 냄새가 코를 찔렀다. 사람보다 동물이 많고, 동물은 스트레스로 많이 우울해진 상태였다. 내가 사는 곳의 지리적 위치에 근거해보면, 확신하건대 이는 특정 동물 보호소에서 일어나는 상황이 아니다. 전국의 어느 보호소에서나 흔히 일어날 수 있다.

소규모 구조대나 보호소, 위탁 서비스 제공자가 느슨한 체계로 운영하는 시설에서 돌보는 집 없는 개와 고양이의 숫자가 증가하는 실정이다. 이런 구조대와 보호소는 최후의 보루 역할을 하는 경우가 많다. 이들은 지역 동물애호협회나 보호소에서 안락사 목록에 올린, 시간이 다 된 동물을 데려온다. 이렇게 막다른 길에 이른 동물을 구출하는 헌신적인 사람이 수십만 명 있다. 이들 모두 상을 받아 마땅하다.

'보호소' '구조대' '피난처'에 대한 법적·표준적 정의가 없다는 점을 알아야 한다. 보호소나 피난처라고 부르는 곳에 있는 모든 동물이 청결한 환경에서 마음이 따뜻한 사람들에게 보호 받

애완동물에 대해 걱정하기

는다고 할 수 없다. 동물 관리 당국의 보호소 단속에 대한 기사를 거의 2주마다 볼 수 있는데, 대개는 급습해서 동물이 혐오스러운 환경에 노출됐다는 사실이 드러나고, 보호소 운영자는 동물 학대 죄로 기소됐다는 내용이다. 예를 들어 2014년 2월 테네시주 모리스타운Morristown에 있는 퍼피패치레스큐그룹Puppy Patch Rescue Group이 단속에 걸렸는데, 그곳 운영자 중 한 명이 63건이나 되는 동물 학대 혐의로 체포됐다. 구조된 동물은 물과 먹이도 없이 좁고 더러운 곳에 있었다.[2] 오하이오주 비치우드Beachwood에 있는 애니멀라이츠파운데이션Animal Rights Foundation은 운영자가 자살하면서 뉴스가 되었다. 운영자는 차고의 자동차에서 발견됐는데, 엔진을 켜둔 상태였다고 한다. 차에는 개 31마리가 있었는데 대부분 강아지였다. 차에서 빠져나와 공기가 들어오는 작은 구멍을 발견해 차고 밖으로 탈출한 강아지 한 마리가 살았을 뿐이다.[3] 이 사건을 동물 학대 사례로 봐야 할지, 원치 않는 동물을 구조하려고 노력하는 사람에게 생길 수 있는 절망에 대한 경고의 메시지로 봐야 할지 모르겠다.

보호소와 관련해 슬픈 일 중 하나는 익숙한 환경에서 갑자기 낯선 곳에 억류된 동물이다. 보호소 동물은 동물 구조 팀이 거리에서 구출한 경우가 대부분이다. 길을 잃거나 집에서 빠져나온 뒤 돌아가지 못한 것이다. 주인이 보호소로 찾아와 잃어버린 개나 고양이를 데려가는 경우는 드물다. 개는 16퍼센트, 고양이는 2퍼센트일 뿐이다.[4] 보호소 동물 가운데 3분의 1은 주인

이 직접 데려온다. 포기 서류와 소정의 비용을 요구하는 보호소
도 있다. 보호소는 안락사 시킬 동물을 줄이기 위해 동물 주인
이 포기하는 이유를 알아내려고 노력한다. 포기 서류를 읽다 보
면 가슴 아프고 잊지 못할 사연을 접한다. 주인이 병에 걸려 동
물을 돌볼 수 없거나, 노인이 요양원으로 가야 하거나 죽었는데
유족이 동물을 원치 않는 경우도 있다. 하지만 꼼꼼히 읽다 보
면 '이사하는데 데려갈 수 없음' '남자 친구가 동물을 좋아하지
않음' '알레르기가 있음' '심하게 짖음' '털이 너무 많이 빠짐' 등
전반적으로 무책임하고, 잘 돌보겠다는 마음가짐이 없는 주인
이 많다는 것을 알 수 있다.

다이앤 리Diane Leigh와 메렐리 게이어Merilee Geyer는 수년
간 보호소에서 자원봉사 하거나 일한 뒤《One at a Time: A
Weekend in an American Animal Shelter한 번에 하나씩 :
미국 동물 보호소의 일주일》을 썼다. 그들은 이 책에서 보호소
비극의 본질을 아름답게 포착한다.

서류 작업이 끝나고 동물이 보호소 직원에게 인계되는 순간
이 있다. 자세히 보면 무슨 일이 일어나는지 동물이 정확히 이해
한다는 것을 알 수 있다. 주인이 떠나고 자신은 남는다는 것을
깨닫는 순간, 혼란은 이해로 바뀌고 이내 공포와 절망이 찾아
온다. 어쩌면 영영 없을지 모를 또 다른 입양 기회를 기다리며
슬픔은 비탄으로 바뀔 것이다.[5]

주인이 포기 서류를 쓰고 두고 가는 동물은 채 1년도 기르지 않은 경우가 대부분이다. 절반이 중성화 수술을 받지 않았고, 수의사를 한 번도 보지 않은 동물도 있다. 이런 개는 대부분 훈련받은 적이 없고, 계속 집 밖에 산 녀석도 있어 행동의 문제가 나타나는 경우가 다반사다. 내가 아는 한 가족의 예를 들어보면 상황이 어떤지 분명히 이해될 것이다. 이 가족은 보호소 시스템이 생기고 유지될 수밖에 없게 만드는 전형적인 유형이다. 내가 이 가족을 알고 지낸 지 10년 정도 됐는데, 그동안 최소한 개 다섯 마리를 입양했다. 정확한 숫자는 알 수 없다. 엄마는 동물을 매우 좋아해서 기르지 않을 때는 반드시 한 마리 데려오고 싶어서 안달이다. 하지만 개를 입양하면 책임감 있게 돌보지 못한다. 이 가족이 마지막으로 입양한 개는 3개월 된 래브라도레트리버와 허스키 믹스다. 귀엽고 에너지가 넘치는 녀석이었다. 그 집 뒷마당에 살았는데 산책하러 나간 적이 없고, 훈련받지 않았으며, 좋은 애완동물이 되는 데 필요한 기술도 전혀 배우지 못했다. 이 집 아빠도 개를 좋아하지만, 배설물에 심각한 공포증이 있다. 그래서 청소는 매일 출근하는 엄마가 도맡아야 하는데, 이는 부부의 결혼 생활에 긴장감을 초래한다. 6개월쯤 지나자 개가 매우 커졌고, 그 집 막내딸을 넘어뜨리곤 했다. 그리고 개가 싸는 똥이 너무 많았다! 결국 이 가족은 눈물을 몇 번 쏟은 뒤 개를 동물애호협회로 보냈다. 개는 이제 강아지가 아니고 사회성 훈련도 전혀 받지 못했으니 새로운 가정에 입양되기는 어려울 것이다. 다시 6개월이 지나고, 이 가족은 새로운 개를 데려왔다.

리와 게이어는 동물 포기에 대한 연구가 "동물을 집에 들이기 전에 깊이 생각하거나 계획하지 않고 가벼운 마음으로 결정한다는 기본적인 역학을 암시한다"[6]는 점에 주목한다. 보호소 관리자와 동물 애호가들은 동물을 입양할 때 올바른 결정을 내릴 수 있도록, 특히 새로운 애완동물을 입양하지 않도록 계도하는 데 힘써왔다. 보호소도 교육과 입양할 가족의 조건에 맞는 동물을 찾는 등 입양된 동물이 파양을 당하지 않도록 노력해왔다. 새롭게 애완동물을 기르려는 사람과 잠재적인 입양 가족을 위해 '애완동물 키우기' 강좌를 열거나 관련 강좌 이수를 필수로 제시하는 보호소가 늘어난다. 사람들은 이런 강좌에서 동물에게 기대할 점, 애완동물이 즐겁고 사회성 좋은 일원이 되는 데 필요한 점, 동물을 책임감 있게 기르는 사람들이 가져야 할 좀 더 현실적인 기대치 등을 배운다.

보호소는 동물이 입양된 후에도 훈련과 지원 작업을 한다. 보호소에 상주하는 동물행동학자는 입양된 동물의 행동 문제를 고치는 데 도움을 주고 조언한다. 근래 진행된 연구에 따르면 입양한 사람이 동물의 행동 문제에 조언을 얻을 수 있는 경우, 개가 파양을 당할 가능성은 90퍼센트나 줄어든다.[7] 입양할 사람에게 동물을 위해 써야 하는 경제적 비용을 이해하는 방법도 보호소에서 알려준다. 예를 들어 개를 기를 때 '예상되는 평

애완동물에 대해 걱정하기

생 비용'이 약 2만 달러(고양이는 1만~1만 5000달러)가 된다는 걸 말해준다. 자녀를 위해 기니피그를 입양하려는 사람은 1년에 635달러를 예상해야 한다. 이는 대다수 부모가 예상하는 것보다 훨씬 많은 비용이다.[8]

내가 사는 지역의 동물애호협회는 입양 비율이 매우 높다. 그럼에도 늙거나 못생기거나 행동에 문제가 있는 동물은 선택받지 못해 오랫동안 보호소에서 지낸다. 몇 달 정도 머무는 개와 고양이가 대부분이지만, 이따금 1~2년 동안 머무는 녀석도 있다. 보호소가 아무리 좋아도 그곳의 삶은 동물에게 무섭고 스트레스가 많다. 보호소에서 동물은 소음이 심하고 활동이 많은 환경에 노출된다. 탈출할 수 없는 좁은 공간에 갇히고, 사람들이 지속적으로 오가며, 다른 동물이 많은데도 종종 혼자가 된다. 개는 '개집 스트레스'에 시달릴 수 있다. 그러면 삶은 파괴되고 결국 생을 마감한다.

확실한 해결책은 스트레스를 줄이고, 동물의 욕구에 맞게 보호소를 디자인하는 것이다. 예를 들어 개는 짝을 짓거나 소규모로 우리에 수용하고, 공동 놀이 공간을 제공하며, 감각을 자극하는 활동을 하게 한다. 내가 사는 지역의 동물애호협회는 자원봉사자가 모든 개를 하루에 최소 두 번씩 산책시킨다. 고양이는 개와 약간 다른 환경이 필요하며, 개가 짖는 소리와 큰 소음에서 보호 받아야 한다. 고양이는 숨거나 오를 수 있는 곳을 좋아하고, 햇볕을 쬐며 잠자기를 즐긴다. 다른 고양이와 교류하거나, 다소 거만하게 아예 무시하기도 한다. 인도적인 보호소를 만들려면 지역사회의 풍부한 재원과 지원, 동물 복지에 대한 효과적인 헌신이 필요하다.

사용하는 단어가 바뀐 데서 알 수 있듯이, 보호소 시스템에 대한 태도가 진화하는 상황이다. 예전에는 수용소pound라고 부르다가, 보호소shelter로 바뀌었고, 이제는 캠퍼스campus라고 한다. 캠퍼스라는 말은 강아지나 고양이 대학처럼 듣기 좋다. 캠퍼스라는 주제에 발맞춰 보호소도 점점 동물과 입양하는 사람, 나아가 지역사회 교육에 중점을 둔다. 구조도 '입양'이라고 부른다. 장기적인 안정을 강조하고 애완동물을 아이에 비유해서 쓰는 말이므로, 입양이라는 단어가 적절하다. 주인이 동물을 '버리다' 대신 '양도하다' '놓아주다'라고 말하며, 동물 통제도 '동물 서비스'로 바꿔 부른다. 소멸되거나 죽음을 당한다고 하지 않고 안락사 시킨다고 표현한다. 이렇게 관련 언어를 정비하는 것은 시스템에 갇힌 동물의 복지를 개선하는 데 더욱 애쓰겠다는 헌신을 반영하기 때문에 의미가 크다. 완곡한 표현이 점점 더 늘어나는데, 이는 단점도 있다. 완곡한 표현을 사용하면 실제 일어나는 일을 괜찮다고 느끼고, 모든 것이 잘 돌아간다고 안일하게 생각하기 쉽다.

보호소에는 태생적 딜레마가 있다. 깨끗하고 밝은 환경에 헌신적이고 친절하며, 동물에게 최선의 삶을 제공하려고 노력하는 이들로 가득한 롱몬트나 볼더동물애호협회 같은 곳이 있다. 이

애완동물에 대해 걱정하기

런 곳은 안락사 비율도 낮다. 하지만 여전히 방문하거나 자원 봉사 하기에 슬픈 곳이다. 외로움을 타는 사랑스러운 동물에게 필요한 것은 따뜻한 가정이다. 이곳에서도 여전히 어느 정도 안락사가 실행된다. 하지만 이곳에서는 충격이나 공포에 질린 슬픔보다 애석함에 따른 슬픔을 느낄 수 있다. 문제는 이곳을 보면서 사람들이 어느 정도 면죄부를 받은 느낌이 든다는 것이다. '보호소 동물이 되는 것도 그리 나쁘지 않아'라고 생각한다.

보호소는 종종 기부금에 의존하기 때문에 지속적으로 지역사회 봉사 활동을 해야 한다. 살아남아 계속 운영하기 위해 최악의 모습은 감추고 좋은 모습만 보여주려는 '인도적 이미지로 세탁'해 지원을 받아야 한다는 압박을 느낄 수 있다. 그래서 지속적으로 모금에 도움이 될 만한 사진을 웹 사이트에 올리고, 광고로 긍정적인 인상을 심는 작업을 한다. 이달에 안락사 당한 동물 대신 희망과 부활의 이야기를 강조한다. 보호소는 로비나 유리로 둘러싸여 사방이 훤히 보이는 방에서 동물 안락사를 실행하지 않는다. 보호소는 대중이 상황이 좋다고 생각하게 하는 활동을 하며, 상호 의존적인 관계에 있다.

보호소는 그들이 해결하고자 하는 문제의 일부일까? 보호소 산업은 우리가 동물과 병리적 관계를 맺게 만드는 것일까? 어떤 면에서 그렇다고 볼 수 있다. 보호소 내부자의 말에 따르면 '보호소 산업'이라고 일컬어진다는 사실은 일종의 경고일 수 있다. 산업이란 성장을 추구하거나, 장기간 지속 가능한 상태를 유지하고자 하는 것이기 때문이다. 내가 보기에 보호소의 궁극적 목표는 동물이 없어야 한다. 하지만 동물이 없거나 적은 보호소는 번성할 수 없다. 수용하는 동물이 많고, 가능한 한 많은 동물을 입양시켜야 자금의 유동성을 유지할 수 있다. 자금이 있어야 동물을 먹이고, 직원에게 변변치 못하나마 봉급을 줄 수 있다. 무엇보다 보호소가 잉여 동물을 관리해 새로운 상품이 유입될 시장이 건전성을 유지하게 하고, 애완동물 산업의 붕괴를 막는 것이 중요하다.

보호소와 구조대 내부에는 '상품'이 지속적으로 회전해야 이득을 보는 이들이 있다. 몇몇 수의사가 구조된 개를 다른 주, 심지어 다른 나라로 이주시키는 데 우려를 표하는 것을 들은 적이 있다. 공급이 넘치는 지역(대개 펜실베이니아나 미주리처럼 브리딩이 활성화된 주)에서 개를 전세 화물로 북동부와 서부처럼 공급이 적고 수요가 많은 지역으로 보낸다. 이런 운송 계획은 분명 몇몇 개의 생명을 살린다. 하지만 여기에 윤리적인 문제가 있다. 동물 복지 법Animal Welfare Act 규정에는 개를 다른 주로 이주시키는 행위에 대한 관련 지침이 없다. 개를 어디에 싣고 운반하는지에 대한 규정이 없고, 운송 회사를 감시·감독하는 체계도 없다. 남쪽 주의 브리더는 개를 거래할 시장이 있다는 것을 안다. 이들은 팔 수 없는 강아지를 손쉽게 버리고, 입양될 만한 좋은 개로 북쪽 주의 보호소를 채우기 원하는 구조 단체에 강아지를 직접 팔 수도 있다. 그러면 순혈인 개와 강아지를 선호하는 시

애완동물에 대해 걱정하기

장이 강세를 띠고, 완전히 자라지 않은 개나 보호소에 있는 성견, 특히 혈통이 확실하지 않거나 믹스인 대형견은 입양될 확률이 낮아진다.

인디애나주의 한 남자가 미니밴에 개를 싣고 운송하다가 문제를 일으킨 사건 때문에 잠시 미디어에서 이 문제를 조명한 적이 있다. 모텔 주차장에 세워둔 차 안이 개로 가득한 것을 본 모텔 직원의 신고를 받고, 리킹 카운티Licking County 경찰이 개들을 구했다. 성견 50마리에 강아지가 12마리였는데, 그중에는 태어난 지 몇 주 되지 않은 녀석도 있었다. 개들은 정어리 포장처럼 작은 개집에 4~5마리씩 있었고, 구출되기까지 최소 24시간 동안 차 안에 갇힌 상태였다.[9] 지금 이 순간에도 밴이나 견인 트레일러트럭을 이용해 개를 이 나라 곳곳으로 실어 나르는 사람이 있다. 내가 인터뷰한 사람은 비공개를 전제로 "견인 트레일러트럭 최소 20대가 항상 개를 운반할 겁니다"라고 말했다. 도그러너펫트랜스포트Dog Runner Pet Transport와 피터슨익스프레스트랜스포트서비스Peterson Express Transport Services 같은 애완동물 운송 회사가 수많은 개를 운송하는 수요를 맞춘다. 개를 북쪽의 입양 행사가 벌어지는 장소나 견종 구조 장소로 운송할 때 드는 비용은 일반적으로 한 마리에 125달러다. 당신에게 견인 트레일러트럭이 있고 이틀에 75~100마리를 운송할 수 있다면, 괜찮은 수입을 올릴 것이다. 이런 운송이 문제가 될까? 리킹 카운티에서 일어난 사건처럼 문제가 되는 경우가 있다. 하지만 이

것도 신중하게 접근해야 한다. 비인도적인 운송 방식과 인도적인 방식을 혼동해서는 안 된다. 중성화 수술이 어려운 지역에서 태어난 동물의 생명을 구하려고 노력하는 합법적인 동물 구조 그룹의 노력도 비인도적 운송과 확실히 구별해야 한다.

그러면 무엇을 어떻게 해야 할까? '보호소에서 동물을 입양하세요!'라는 구호가 주문처럼 계속 들려온다. 보호소 동물은 제시간에 구출되지 못하면 목숨을 잃을 수 있으므로 이런 구호는 매우 중요하다. 보호소에서 동물을 데려오는 것도 상황을 악화하거나 동물 복지 문제에 영향을 미친다면? 반복해서 말하지만 가장 확실한 해결책은 시스템에서 완전히 빠져나와 애완동물을 기르지 않거나, 애완동물 산업의 어떤 면도 지지하지 않는 것이다. 하지만 동물 애호가는 이것을 해결책으로 받아들이고 싶지 않을 것이다.

보호소 입양은 여전히 인터넷이나 애완동물 상점, 악덕 브리더에게서 동물을 사는 것보다 윤리적으로 나은 방법으로 선호된다. 하지만 현재 가정에서 기르는 개와 고양이 중 25퍼센트가 보호소에서 입양됐을 뿐이다. 한심할 정도로 낮은 수치다. 보호소 입장에서는 여전히 힘든 싸움이 될 것이다. 내가 사는 고장의 지역신문 〈롱몬트데일리타임스-콜Longmont Daily Times-Call〉 일요일 자에는 '이 주의 애완동물'란이 있다. 지역 동물애호협회에서 특정 개나 고양이의 사진과 "샬롯은 항상 정신없이 뛰어놀지만, 당신의 발치에서 몸을 돌돌 말고 행복하게 지낼 겁니다"와 같이 희망 가득한 소개 글을 올리는데, 볼 때마다 가슴이 미어진다. 안타깝게도 동물애호협회가 싣는 이 홍보란은 애완동물 광고란(최소 7~8개가 나오는데, 가끔 '미국 개 클럽에 등록된 강아지!' '순혈 샴 새끼 고양이!'와 같이 귀여운 동물을 광고한다)과 경쟁해야 하는 입장이다.

037

요람에서 무덤까지

환경 영향과 의식적 소비에 대해 깊이 숙고하는 사람이 배우는 교훈 중 하나는 상품이 어디서 비롯됐는지 생각해봐야 한다는 점이다. 우리가 먹는 토마토는 유전자조작이 됐을까? 새를 죽이고 개구리에게 기형을 일으키는 살충제를 뿌려 길렀을까? 수천 킬로미터 떨어진 곳에서 재배해 우리 마을 식료품점으로 운송됐을까, 우리가 사는 지역에서 길렀을까? 이주 노동자가 빈곤을 벗어나기 힘든 저임금을 받고 토마토를 수확하지 않았을까? 이 상품의 환경적·도덕적 대가는 무엇일까? 환경 관련 책에서는 이를 '생활환' 혹은 '전 생애 분석'이라고 부른다. 우리가 다루는 문제는 '상품'이 펫스마트나 펫코PetCo 같은 애완동물 상점에서 판매되는 살아 있는 동물이다. 조그맣고 귀여운 햄스터, 표범도마뱀붙이, 소라게는 어디서 왔을까? 애완동물의 전 생애 분석은 어떤 모습을 띨까?

애완동물 상점 선반에 진열된 수많은 생명이 그곳에 오기까 지 여정은 생지옥이다. 페타가 미국 최대 동물 도매상 유에스글 로벌익조틱스U. S. Global Exotics에 잠입해서 찍은 영상을 보면 붐 비고 불결한 환경에 동물이 수용된다. '수용'이라는 표현도 애완 동물 산업에서 일반적으로 사용하는 완곡어법이다. 쥐, 햄스터, 기니피그 등은 작은 통에 빼곡하다. 그 안에서 동물은 공간을 차지하고, 물과 사료를 얻기 위해 싸워야 한다. 또 다른 장면에 서는 시설 창고에 홍수가 났다. 쥐가 꽉 찬 플라스틱 상자가 반 쯤 물에 잠겼고, 아직 살아 있는 쥐들이 다른 쥐를 밟고 물 위로 올라가려고 안간힘을 쓰는 모습이 나온다.[1]

다시 장면이 바뀌어 카메라가 파이를 담는 작은 깡통 수백 개가 쌓인 곳을 찍는다. 깡통 뚜껑이 플라스틱인데, 자세히 보 면 몸을 돌돌 만 뱀이 있다. 몸이 깡통에 꽉 차서 뱀은 움직일 공간이 전혀 없다. 그다음에는 직원이 2리터들이 음료수 통을 거꾸로 흔들어 안에 있는 내용물을 꺼내려는 듯 바닥을 손으로 팡팡 치는 모습이 나온다. 그러자 통에서 조그만 개구리가 쏟 아진다. 원숭이와 고슴도치는 작은 우리에 홀로 갇혔다. 이중 에는 우리 안을 왔다 갔다 하는 녀석들이 있다. 이런 현상은 갇 힌 상태가 동물을 미치게 만든다는 표시다. 모든 희망을 포기한 듯 한쪽 구석에 주저앉은 녀석도 있다.

텍사스주 당국은 페타의 위장 잠입 작전에 힘입어 유에스글로벌익조틱스에 대한 공식 조사를 재가했다. 이에 2009년과 2010년 수의사, 생물학자 등으로 구성된 팀이 조사해 171종, 2만 6400마리가 넘는 동물을 압수했다. 이 동물 중 80퍼센트가 "심각하게 아프고, 부상을 당하거나 죽었으며, 나머지도 부적절한 환경에 노출된 것으로 추측됐다".[2] 사인은 압사와 탈수, 기아, 저체온에 따른 스트레스, 다른 개체에게 잡아먹힌 경우 등이다. 법원은 그 시설에 있던 2만 6400마리 모두 잔인하게 학대당했다고 판결했다. 조사 팀이 발견한 사실은 이후 《동물복지응용과학저널Journal of Applied Animal Welfare Science》에 실렸다. 조사 팀은 압수 수색 과정에 발견한 참상을 자세히 조사한 뒤, 감정이 개입되지 않은 학자 특유의 객관적인 어조로 말했다. "우리는 이렇게 명백한 문제가 통상적인 관행을 반영한다고 생각합니다."[3]

우리가 먹는 음식이 어디서 오는지 생각하는 사람이 많다. 식료품점에서 살 것을 결정할 때 동물을 생각하는 사람도 있다. 동물 복지에 대한 우려 때문에 고기를 전혀 사지 않는 사람이 있고, 인증 받은 인도적 관행을 실행하는 회사의 고기만 사는 사람이 있고, 송아지 고기는 사지 않는 사람도 있다. 이와 같은 논리를 살아 있는 동물을 애완동물로 판매하는 상황에도 적용할 수 있지 않을까? 가능하다. 그러려면 소비자가 올바른 질문을 할 수 있도록 충분한 정보를 알아야 한다. 소비자와 운동가들이 같이 노력하면 애완동물 산업이 좀 더 투명해질 수 있다. 우리가 애완동물 산업의 이면을 알고, 브리딩 시설과 동물 도매 시설을 있는 그대로 본다면 많은 사람이 애완동물을 갈망하는 욕구가 옅어지지 않을까?

살아 있는 산업

우라질, 그래 맞아. 맞고 틀리고가 아니라 돈 문제라고.

디안젤로 박스데일*

　애완동물 산업은 우리가 동물에게 쏟는 사랑을 먹고 산다.
업계가 취하는 방법 중 하나는 애완동물을 기르는 것이 정상적
이고 행복한 삶의 일부이며, 완벽한 가정이라면 인간이 아닌 가
족 구성원이 최소 하나쯤은 있어야 한다는 문화적 담론을 만들
어내는 것이다. 이런 서사에서 애완동물은 사랑받는 소중한 존
재로, 아이처럼 세심한 대우를 받는다. 우리는 애완동물 주인

---

* 미국 케이블 TV 채널 HBO에서 방영한 드라마 〈더 와이어The Wire〉의 등장
　인물.

열 명 가운데 아홉 명이 애완동물은 가족이라고 생각한다는 말을 듣고 또 듣는다. 이런 통계가 자주 반복되는 까닭은 뭘까? 거의 애완동물 기르기를 위한 광고 같다. 잠깐, 광고가 맞다. 우리가 광고와 미디어를 통해 접하는 '연구 조사 자료' 상당수가 미국애완동물상품연합American Pet Products Association, APPA 같은 업계 단체에서 나온다. 미디어는 '자료'를 반복해서 애완동물 산업계를 위한 무료 광고를 해주는 셈이다. 소비자는 이런 자료를 사실로 받아들인다.

반려동물에 대한 거의 모든 기사가 사람들이 어떻게 애완동물을 가족이라고 보는지 이야기하는 것으로 시작된다. 나 역시 오랫동안 이런 인상적인 구절을 당연하게 받아들였고, 내가 쓰는 글에도 반복해서 언급했다. 애완동물이 가족이라는 주장에 의심을 품은 것은 이 책을 쓰기 위한 자료를 조사하면서다. 동물이 얼마나 냉대 받고 학대당하며 버려지는지 안 뒤, 그때까지 애완동물 주인에 대한 인상과 전혀 맞지 않는다는 생각을 했다. 개를 가족이라고 생각하는 사람은 절대 개의 머리를 삽으로 후려치지 않을 것이다. 우리 사회가 정말 애완동물을 사랑한다면 애완동물 방치나 학대, 잔혹 행위, 성적 착취 비율이 높은 현실을 어떻게 설명할 수 있을까?

애완동물이 가족이라는 주장을 제대로 분석해보자. 해리스인터랙티브Harris Interactive에서 성인 2634명을 대상으로 온라인 설문 조사를 했다. 2634명은 해리스인터액티브 조사에 참여하겠다고 동의한 사람 중에서 추린 숫자다. 먼저 대상을 인터넷 사용자로 한정했다. 이중 1585명이 애완동물을 기른다고 대답했다. 이 1585명을 토대로 나머지 통계를 낸다. 1585명에게 '예/아니오' 혹은 리커트형Likert-type 질문(예를 들어 "1부터 5 가운데 하나를 고르세요. 5가 가장 높은 점수입니다")으로 답하라고 요청한다. 이 정도면 세분화가 상당해, 애완동물이 가족이라는 생각은 몇 가지 유도신문성 질문에 대한 답을 근거로 애완동물 관련 설문에 적극적으로 답한 소수 응답자를 대상으로 한 조사 결과에서 나온다는 것을 알 수 있다. 내가 볼 때 이들이야말로 애완동물을 진짜 가족으로 보는 유형이다. 가학적 성애자나 동물 학대범이 아니며, '반려동물'을 평생 뒷마당에 묶어놓고 기르는 주인도 아니다. 이런 사람은 애완동물을 기르는 전체 인구의 약 10퍼센트에 지나지 않는다. 애완동물이 가족이라는 덧없는 주장의 실타래는 지금까지 추악함으로 엮어왔다.

동물은 거대한 상품 사슬의 뼈대다. 살아 있는 동물은 거대한 산업을 하나로 붙이는 접착제 역할을 한다. 살아 있는 동물이 없으면 우리, 수조, 사료, 장난감, 동물 약품이나 미용을 비롯한 각종 서비스, 동물 치장 용품 등을 판매할 수 없다. 개의 코에 발라주는 스눗스틱이나 털에 색깔을 입히는 바크아트BarkArt 펜, 활동성 강한 개를 위한 전해질 음료 펫스웨트PetSweat도 필요 없고, 수십만 톤에 이르는 육류 산업 폐기물 시장도 존재할 이유가 없을 것이다. 동물은 거대한 애완동물 산업의 중심에 있지만, 차지하는 부분은 상대적으로 작다. 직관에 어긋나지만 정작 돈이 되는 것은 살아 있는 동물이 아니라 다른 것이다.

예를 들어 10달러에 햄스터를 산 가족은 해빗트레일Habittrail의 집, 케어프레시Carefresh의 무지갯빛 나무 펄프 잠자리, 햄스터용 포티-다이어트Forti-Diet 사료를 사는 데 약 100달러를 지출한다. 햄스터가 계속 살아 있다면 이 가족은 나무 펄프 잠자리와 사료 값으로 한 달에 20~30달러를 쓸 것이다. 내 딸이 키우는 금붕어 클론다이크와 딥스는 각각 12센트다. 이들이 사는 76리터들이 수조가 90달러, 필터와 산소 생성기, 수화 장치, 수조에 넣은 바위와 식물, 조그만 보물 상자 조각품을 사는 데 돈이 든다. 이렇게 우리 가족은 애완동물 산업에 상당히 기여했다. 책임감 있는 물고기 주인이 되려면 이 모든 것을 갖춰야 한다. 나는 여전히 클론다이크와 딥스가 수조 안에서 헤엄쳐 다니는 것 외에 할 일이 없는 슬픈 존재가 되지는 않을까 걱정된다. 딸아이가 자라면서 기른 여러 애완동물과 관련 용품에 쓴 돈이 족히 비싼 사립대학의 1년 치 등록금은 될 것이다.

이렇듯 애완동물 산업을 지탱하는 것은 동물 값이 아니라, 동물을 키울 때 필요하다고 여겨지는 모든 용품에 들어가는 비용이다. 민텔Mintel이라는 마케팅 회사가 모은 통계에 따르면, 2011년 소비자가 애완동물에게 쓴 508억 달러 중 38퍼센트가 사료, 22퍼센트가 각종 용품과 약, 28퍼센트가 치료에 들어갔다. 나머지 12퍼센트는 설명되지 않았지만 동물을 구입한 비용으로 추측된다. 이 통계가 우리 문화에서 반려동물의 가치에 대해 암시하는 것은 무엇일까? 별로 가치가 없다는 의미다. 나는 시장가격이란 동물의 가치를 매기는 혐오스러운 방식이고, 많은 사람이 반려동물에게 금전적 가치를 매길 수 없다고 생각하는 것을 안다. 하지만 애완동물 산업은 그럴 수 있고, 기꺼이 그렇게 한다. 동물은 싸다. 리 에드워즈 베닝Lee Edwards Benning이 1976년에 쓴 《The Pet Profiteers애완동물 부당 이득자》는 무책임한 구매 습관으로 받아들여질 수 있는 행위를 지적하고, 업계와 소비자에게 경종을 울린다. 우리는 충동적이며 지식도 많지 않다. 애완동물을 고를 때보다 구두를 살 때 많은 시간을 쏟는다. 동물은 싸서 충동적으로 구매할 수 있기 때문이다. 구두를 좀 더 신중하게 고르는 이유는 비싸기 때문이다.

애완동물은 비즈니스가 좋아하는 수익성 요소를 갖췄다. 업계는 임의로 상품(애완동물)을 구식이 되게 만들 수 있다. 햄스터와 게르빌루스쥐, 쥐 등 아이들이 좋아하는 애완동물은 길어야 1~2년 살고, 기니피그는 3~4년 산다. 25년까지 살 수 있는 금붕어와 게코도마뱀처럼 비교적 수명이 긴 동물도 포획된 상태에서는 몇 년 이상 생존하는 경우가 드물다. '아픈' 동물과 죽은 동물에게도 돈이 많이 든다. 애완동물을 잃고 슬퍼하는 아이에게 부모는 종종 "슬퍼하지 마. 새로운 녀석을 데려오면 돼"라고 말한다. 가장 쉽지만 결코 현명하지 못한 방법이다. 아이가 '애완동물'을 우리에서 빠져나가게 둔 탓에 동물이 죽었고, 우리나 수조와 관련 용품은 중고 시장에 5달러 정도에 팔 수 있으니 부모는 내심 그 상황에 안심할지도 모른다.

《펫 비즈니스》 2014년 2월호 표지 기사 〈What Tomorrow Brings미래가 가져올 것〉은 애완동물 산업의 번영에 위협이 되는 현재의 도전에 대해 다뤘다. 이 기사에 따르면 성장을 위협하는 세 가지 요소는 경기 침체, 동물 개체 수의 변화, 동물 보호 운동가로 추릴 수 있다. 동물 개체 수의 변화에 대해 "업계 전문가들은 베이비 붐 세대가 애완동물에게 열정을 보이지 않으면 무슨 일이 일어날지 매우 긴장하고 있다".[1] 애완동물 상점은 새로운 세대가 애완동물을 취미 삼아 기르게 할 수 있을까?

소매상점이 예상 밖의 상황에 따른 충격을 극복하려면, 애완동물을 키워서 얻는 이점이 많다는 점을 부각해야 한다. 소매상점과 제조업체는 전략을 미세하게 조정할 필요가 있다. 〈미래가 가져올 것〉은 다섯 살짜리 아이가 이제 햄스터나 토끼보다 게임기를 원한다는 사실을 한탄한다. "사람들이 다시 애완동물 기르기에 취미를 붙이게 하려고 애쓰고 있다."[2] 《펫 비즈니스》는 이를 성취하기 위해 성장세를 보이는 몇 안 되는 인구 층인 히스패닉계 애완동물 주인 같은 틈새시장에 초점을 맞출 것을 권고한다. "히스패닉계 애완동물 주인은 수의사 진료에 돈을 덜 쓰고, 애완동물 서비스와 재량껏 사용하는 기타 용품에는 돈을 더 쓸 용의가 있다. 그들은 애완동물의 옷을 더 사고 싶어 하며,

치장과 화장에 관심이 많다"[3]고 말한다. 이는 인종차별적 발언 아닌가?

《펫 비즈니스》 같은 호에 실린 기사 〈A Living Industry 살아 있는 산업〉은 애완동물 업계가 직면한 가장 시급한 위협에 초점을 맞췄다. 이는 애완동물 산업의 핵심인 동물의 수급이다. 이와 관련해 동물 보호 운동가의 행보를 우려할 수밖에 없는데, "의도가 좋아도 결국 애완동물 산업계가 만들어진 토대를 무너뜨릴 수 있기" 때문이다. 어떻게 그 일이 가능할까? 운동가들이 일반 대중과 국회의원을 설득해 살아 있는 동물 판매 행위를 좀 더 강하게 규제하도록 만들 수 있다. "집념이 강한 동물 보호 운동가가 이 일에 성공하면 과연 애완동물을 공급받을 수 있을까?"[4] 애완동물산업합동자문위원회Pet Industry Joint Advisory Council, PIJAC의 마이클 캐닝Michael Canning은 살아 있는 동물 판매를 제한하는 운동이 대대적으로 벌어진다고 말한다(039 '애완동물 산업계의 로비스트', 045 '더 잘 보호하기' 참고). 펫랜드Petland의 CEO는 《펫 비즈니스》 독자에게 "사람들(그리고 애완동물 소매상)이 가정에 데려올 애완동물의 유형이나 동물을 데려올 곳과 관련해 책임감 있는 결정을 내릴 권리를 잃고 있다"[5]고 경고한다.

동물 보호 운동가들은 지금까지 거의 개에게 초점을 맞췄지만, 이제는 고양이와 파충류, 새, 작은 포유류를 포함해 애완동물 거래의 모든 영역으로 공격을 확대한 것을 알 수 있다. 그들이 공격하는 이유는 "동물에 대한 잔혹성과 동물을 지속적으로 획득하는 방식에 대한 의심"에 근거한다. 캐닝은 말한다. "PIJAC는 책임감 있게 애완동물을 번식시키고 사육·배포하는 보호소의 필요성을 잘 압니다. 하지만 그 결과 대다수 사람이 중성화 수술을 한 동물을 키우게 됐습니다. 개를 번식시켜 사육하는 숫자가 급격히 감소할 수 있는데, 업계는 이를 수수방관해선 안 됩니다. 우리가 애완동물과 함께 사는 이점을 대중에게 교육하는 것이 애완동물 산업이 직면한 도전입니다."[6]

애완동물 업계는 애완동물과 함께 살면 이점이 있다고 설득하기 위해 건강한 가정이라면 반드시 애완동물을 키워야 한다고 광고하며, 우리 모두 "책임감 있는 애완동물 주인이 될 수 있다"고 주장한다. 업계는 도덕적 측면에서 애완동물을 키워야 할지 주저하는 이들의 고민과 애완동물을 키워야 한다는 강박적 집착이 동물에게 득이 되기보다 피해를 줄 수 있다는 의구심도 없애려 든다.

애완동물 산업계의 로비스트

애완동물 산업계의 로비스트는 동물을 보호하는 규정과 판매 제한에 맞서 싸운다. 처음에는 이상했는데 곰곰이 생각해보니 말이 된다. 동물을 보호하면 동물 판매가 어려워지고, 수익도 줄어들 가능성이 높다. 애완동물 산업은 동물과 애완동물 관련 용품을 팔아야 한다. 이해관계가 엄청나다. 2012년에 미국 소비자가 애완동물과 관련 상품에 쓴 비용은 550억 달러가 넘는다. 이는 지난 20년 동안 꾸준한 증가세를 반영한 수치다. 170억 달러였던 1994년 이후 떨어진 적이 없다. 앞서 다뤘듯이 기업 입장에서 애완동물 산업이 작동하게 만드는 요소는 지속성이다. 업계는 어떻게 해야 계속 성장하며 번영할 수 있을까? 동물과 관련 상품, 서비스를 더 많이 팔아야 한다.

가장 널리 알려진 애완동물 산업 로비 단체는 038 '살아 있는 산업'에 소개한 PIJAC일 것이다. PIJAC의 주요 목표는 애완동물 산업계의 경제적 건전성을 유지하는 일이다. 애완동물 판매에 가장 커다란 위협은 동물이 취급되는 방식을 법적으로 규제하려는 시도다. 그래서 PIJAC는 개와 고양이 소매를 금지하는 규정을 무산시키고, 살아 있는 동물이 인터넷상에서 규제 없이 판매되는 법률상의 구멍을 메우지 못하게 로비하느라 바쁘다. PIJAC는 해상장식방어기금Marine Ornamental Defense Fund을 보유하는데, 물고기 애호가들은 이 기금을 이용해 멸종 위기에 처한 산호와 흰동가리, 자리돔 같은 물고기 수입 금지 법안이 만들어지지 못하게 로비한다.[1] 이들은 기부를 통해 물고기 애호가로서 당신의 권리를 보장받으라고 말한다.

하지만 이는 말장난일 뿐이며, 소비자의 태도와 선호도를 조작하는 경우가 많다. 이들은 이런 핵심적 습관을 주입하고, 그것이 우리의 '권리'라고 주장한다. 이런 서사는 행복한 애완동물이 가정을 행복하고 건강하게 만든다는 주장 이상으로 깊숙이 들어가며, 동물을 기르는 것은 독립과 자유라는 우리 미국인의 유산의 일부라고 주장하는 이념이 된다.

이에 대한 증거 A로 전미동물권익연맹National Animal Interest Alliance, NAIA의 선언을 소개한다. "개를 기르는 것은 소중한 미국의 전통이다. 조지 워싱턴과 벤저민 프랭클린은 개를 길렀다. 하지만 동물 극단주의자들이 자신의 의지를 관철한다면 당신의 손자는 동물을 기르지 못할 것이다."[2] 나는 NAIA가 책임감 있는 동물 사육을 장려하는 데 감사한다. 하지만 동물을 소유하는 것이 미국 시민으로서 우리의 권리이고, 사람이 동물을 대상으로 할 수 있는 일을 법적으로 제재하는 것이 우리의 자유를 침해하는 행위라는 주장은 과장됐다고 본다.

PIJAC와 NAIA, 업계의 다른 로비 그룹은 '동물의 권리'란 도덕 철학자가 숙고하는 매우 복잡하고 미세한 뉘앙스를 투박하게 희화한 것이라고 주장하며, 동물 주인의 권리가 동물의 권리와 전략적으로 긴장 관계에 있다고 말한다. 증거 B로 프로텍트더하베스트Protect the Harvest의 지지 자료를 보자.[3] 정치 후원 단체인 프로텍트더하베스트는 신이 우리에게 부여한 권리인 사냥, 낚시, 동물 사육 심지어 애완동물 소유를 보호하는 일에 매진한다. 하베스트는 HSUS의 '급진적 동물 권리' 조직의 활동을 깊이 우려하며, HSUS는 동물이 인간과 똑같은 권리를 가졌다고 믿는 극단주의자라고 경고한다. 예를 들어 HSUS는 개와 고양이를 애완동물 상점에서 판매하는 소매 활동 금지 발의를 지지한다. 하베스트는 HSUS 사람들이 "가족과 자신을 부양하는 브리더의 경제적 활동을 공격할 뿐 아니라, 당신의 가족이 애완동물을 기르고 돌볼 권리도 공격한다"고 주장한다.

이렇게 지나친 단순화와 언어 속임수는 동물과 인간의 관계에 대한 도덕적 복잡성을 조금이라도 생각해본 사람의 지성을 침해한다. 사업 전체를 비난하는 게 아니라 특정한 사냥(예를 들

애완동물에 대해 걱정하기

어 기본적으로 잡힌 상태에 놓인 동물을 먹이나 소금으로 유인)이나 낚시(예를 들어 미늘이 달린 낚싯바늘을 사용)에 반대할 수 있다. 마찬가지로 애완동물을 기르는 관행도 도덕적으로 상당히 복잡한 논쟁이 될 수 있다. 반려동물을 보호하려는 시도를 모두 '동물의 권리'로 표현하고, 이것이 인간의 권리에 반대한다는 주장은 공정하지 못하고 비논리적인 행위이며, 동물에게도 곤란한 상황을 만든다.

애완동물을 빌려드립니다

　요즘 애완동물 산업에는 동물을 사기보다 빌리는 것이 유행이다. 2010년 소매점 두 곳을 연 해나더펫소사이어티Hannah the Pet Society는 새로운 세계에 첫발을 내디딘 회사다. 애완동물을 대여한다는 개념은 세계 최대 동물 병원 체인 밴필드펫호스피털Banfield Pet Hospitals을 설립한 스콧 캠벨Scott Campbell의 아이디어에서 비롯됐다. 펫스마트에 가본 사람은 거기서 밴필드를 본 적이 있을 것이다. 그래서 밴필드의 별명이 '박스 속의 수의사vet in a box'다. 밴필드의 사업 전략은 수의사 진료를 표준화하고, 일괄 구매 상품을 누구나 충당할 수 있게 싼값에 제공하는 것이다. 동물과 사료, 장난감 구매, 수의사 진료를 한자리에서 해결할 수 있다. 밴필드의 종합 계획은 체인을 미국 전역으로 확장해서 월마트처럼 전 세계적으로 성장하는 것이다. 캠벨은 2007년에 밴필드를 M&M's와 스니커즈를 판매하는 마스 Mars Incorporated에 매각했다. 뉴트로Nutro, 페디그리, 시저, 케이나인쿠진 같은 인기 개 사료 브랜드도 매각했다(017 '동물 사료를 둘러싼 논쟁' 참고). 밴필드의 연 수입은 1억 8750만 달러다.

"해나가 행동상의 우려, 예기치 않은 수의사 진료비, 사료와 각종 용품 비용, 즐겁지 않은 과거의 경험 등 애완동물을 기를 때 생기는 문제를 극복하도록 도와드립니다."[1] 애완동물을 기르면서 겪는 모든 힘든 일을 도맡겠다고 제안하는 이가 드디어 나타났다니!? 해나는 '애완동물 소유' 대신 '애완동물 양육Pet Parenting'이라는 표현을 쓴다. 해나는 모든 애완동물pet을 일컬을 때 반드시 대문자 P를 쓴다. 캠벨은 사업에 동물을 좋아한 어머니의 이름을 붙였다. 회사 이름에 '소사이어티'라는 단어가 들어가 동물애호협회 같은 곳이라고 생각할 수 있지만, 해나는 애완동물을 팔아 수익을 내는 회사다.

해나는 어떤 식으로 사업을 할까? 기본 개념은 해나가 당신에게 꼭 맞는 애완동물을 찾아준다는 것이다. 당신이 애완동물과 애완동물평생행복플랜Pet's Lifetime Wellness Plan을 산다는 계약서에 서명한다. 모든 수의 진료를 해나의 두 병원 중 한 곳에서 받아야 한다. 그렇게 애완동물을 데려왔는데 마음에 들지 않는다면? 다른 녀석으로 바꿀 수 있다.

당신은 애완동물 선택에 도움을 받기 위해 해나의 평생맞춤 프로그램Lifetime Matching Program을 사용한다. '심리학자, 동물 행동학자와 성격 테스트 전문가'의 조언으로 만든 이 컴퓨터 맞춤 프로그램(해나웨어Hannahware)은 사람이 뭐든 질문할 수 있다는 점을 빼면 온라인 데이트와 같다. 해나의 애완동물 매칭 팀이 설문지를 준다. 설문지는 당신의 성격과 애완동물에게 바라는 품성 등에 대한 중요 정보를 이끌어내고, 당신이 동물에 대해 얼마나 경험이 있는지, 동물에게 얼마나 시간을 할애하고 싶은지 알아내기 위한 질문으로 구성된다. 설문지를 제출하면 이를 토대로 당신에게 가장 잘 맞는 애완동물을 찾아낸다. 매칭 팀은 당신이 기니피그를 선택할지 개를 선택할지 결정하는 데 도움을 주고, 당신에게 잘 맞는 동물이 있는지 데이터베이스에서 찾는다. 해나에서는 개, 고양이, 토끼, 기니피그만 선택할 수 있다.

해나가 당신에게 맞는 완벽한 애완동물을 확보하면 당신은 대여 계약에 서명한다. 그러면 애완동물, 예방과 응급처치 등 수의사 진료, 모든 해나 지점에서 가능한 치장과 발톱 정리 항목을 포함한 전생애통합케어Total Lifetime Care 계약서를 받는다. 조건이 더 좋은 프리미엄 프로그램을 선택하면 한 달에 한 번 집까지 사료를 배달해주고, 애완동물이 해나의 리무진 서비스를 이용해 치장이나 미용, 훈련 강습을 받으러 다닐 수 있다. 애완동물을 기르면서 겪는 모든 번거로움이 사라진다.

다음은 품질보증에 대해 알아보자. 어떤 이유든 해나가 당신에게 찾아준 애완동물이 마음에 들지 않으면 동물을 데려가고,

적합한 동물을 다시 찾아준다. 해나의 고객은 등록 합의서(본질적으로 대여 합의서)에 서명하는데, 여기서 밀월 기간(처음 5개월)을 보장한다. 이 기간 동안 동물을 대여한 '부모'는 동물이 자신에게 잘 맞는지 생각하고 결정할 수 있다. 밀월 기간이 끝날 때 부모는 대여를 연장할지, 계약서에 명기된 대로 전에 합의한 금액에 그 동물을 살지 결정할 수 있다.

나는 처음 해나에 대해 알았을 때 혐오스러웠다. 어떻게 살아 있는 생명체를 '대여'한다고 말할 수 있는가? 그래도 일단 마음을 열고 긍정적인 측면을 고려해보기로 했다. 사람들은 자신에게 어떤 애완동물이 잘 맞는지 모를 때가 많다. 어떤 혈통, 심지어 어떤 종이 맞는지도 모른다. 당신이 애완동물을 사고 몇 주가 지났는데, 마음에 들지 않을 수 있다. 예를 들어 기니피그를 데려왔는데 냄새를 견디지 못한다면 잘못 선택한 셈이다. 계속 데리고 있지 않는다면 그 동물을 어떻게 할까? 아마 동물에게 짜증을 내고, 친구에게 떠맡기거나 보호소로 데려갈 것이다. 이 모든 일이 시간과 노력이 드는 것은 물론, 당신이 죄책감에 시달리게 만들지 않을까? 해나가 그런 위험을 제거한다. 해나는 사람들이 애완동물에게 무엇을 원하는지 생각하고, 어떤 애완동물이 그들의 기대와 욕구를 채워줄지 알아내는 데 도움을 준다.

해나의 또 다른 장점은 일괄 구매에 수의사 진료가 포함된다는 점이다. 애완동물을 데려온 부모는 소소한 문제처럼 보이는 데 드는 수의사 진료비가 '그만한 가치가 있는지' 저울질하지 않고 진료 서비스를 이용할 수 있다. 해나는 교육과 훈련도 지원한다. 애완동물을 데려온 가족은 동물의 행동 문제를 해결하려 할 때 준비된 자원이 있는 셈이다. 이는 애완동물과 성공적인 관계를 맺을 확률을 높여준다. 해나가 다소 비싸 보일 수 있지만 나쁘지 않다. 이 사업 모델은 월마트처럼 박리다매 형식이다. 응급 진료 같은 것에 상관없이 매달 설정된 만큼 쓰도록 계획을 짤 수 있기 때문에 비용을 규격화하는 데 도움이 된다. 이러면 정해진 예산으로 사는 사람이 애완동물을 집에 들일 가능성이 높아진다. 마지막으로 해나의 시스템은 애완동물과 함께 생활하고 싶지만, 동물이 더 오래 살아 돌봐줄 사람이 없어지는 상황을 염려하는 노인에게 평온함을 준다. 노인이 사망하면 애완동물은 해나로 돌아가 새로운 가정을 찾을 것이기 때문이다.

그런데 동물은 어디서 올까? 이게 바로 해나 상품이 판매에 유리한 점이자, 비판을 받는 1차적 근원이다. 해나는 모든 동물을 지역 보호소와 구조대, 위탁 가정이나 원치 않는 동물을 판매하려는 가정에서 수급한다고 말한다. 동물 복지 단체는 해나가 '구조' 기관의 역할을 부풀려온 것은 아닌지 의문을 제기한다. 해나가 래브라두들labradoodle*이나 시푸shih-poo**처럼 보호소에

---

*　래브라도레트리버와 푸들을 교배한 개.
**　시추와 푸들을 교배한 개.

서 찾아보기 어려운 견종을 정기적으로 공급하기 때문이다. 앞서 살펴본 대로(036 '보호소 산업의 실태' 참조) '동물 구조' 개념에는 설정된 정의가 없다. 따라서 구조대가 데려온 개가 강아지 공장에서 생을 시작하지 않았다고 보장할 수 없는 실정이다. 오리건주와 워싱턴주의 수많은 보호소가 가까운 해나에 동물을 공급하는 것을 거부했는데, 그 이유를 의심해볼 필요가 있다.

해나와 관련해 가장 불편한 점은 그들이 목표로 정한 '애완동물의 부모 역할을 다시 정의하는 일'이 아닐까 싶다. 밀월 기간이 끝나고 그 동물을 사지 않는 한, 인간을 동물의 '소유자'라고 부르지 않는 것은 축하할 일이다. 하지만 반려동물과 인간의 관계에 '대여자'가 더 나은 모델일까?

미심쩍은 애완동물 대여업은 잠시 잊고, 책임감을 느끼지 않으면서 동물과 함께할 창의적인 방법을 알아보자. 일본에서 인기를 얻고, 미국을 포함한 여러 나라에서 널리 퍼지는 새로운 유행이 있다. 바로 고양이 카페다. 뉴욕의 '야옹이응접실Meow Parlour'에 가면 카페에서 고양이를 주제로 한 페이스트리를 사고, 옆방에 있는 고양이를 만날 수 있다. 방문 시간은 온라인으로 예약이 가능하고, 이용료는 30분에 4달러다. 카페에 가면 고양이에게 둘러싸인 채 앉아서 컴퓨터로 작업하거나, 놀이방에서 고양이와 놀 수 있다. 따라야 할 규칙은 고양이의 개인적인 공간을 존중해주는 것이다. 이곳에 있는 고양이는 모두 지역 보호소 소속으로 입양 대상이다. 야옹이응접실에서는 입양할 의사가 있는 사람이 원하는 고양이와 연결될 수 있도록 충분히 시간을 보내게 한다. 고양이를 좋아하지만 배우자가 알레르기가 있어서 기르지 못하는 사람, 아파트에 살아서 애완동물을 기르지 못하는 사람, 오랫동안 일하는 사람도 이곳에서 마음껏 고양이와 시간을 보낼 수 있다.[2] 장기간에 걸쳐 돌봐야 한다는 부담 없이 사람과 동물이 연결되는 또 다른 혁신적인 방법으로 '워크지walkzee'라는 전화 애플리케이션이 있다. 이 애플리케이션에서 신청하면 여행 중 그 지역 보호소의 개를 '빌려' 몇 시간 동안 함께 하이킹이나 산책을 할 수 있다. 이런 '애완동물 대여'가 기본적으로 동물의 삶을 개선하는 데 초점을 맞춘다면, 해나 시스템 같은 방식보다 윤리적으로 훨씬 건전하다고 할 수 있을 것이다.

가장 큰 피해를 보는 동물 :
이국적 애완동물

죄수라면 말하지 않는 애완동물을 가져봐야지. 지금까지 방울뱀을 키워볼
생각을 안 했다면 처음으로 시도하는 영광을 누려보는 건 어때?

마크 트웨인Mark Twain,
《허클베리 핀의 모험The Adventures of Huckleberry Finn》에서

다큐멘터리영화 〈거실의 코끼리The Elephant in the Living
Room〉는 이국적이거나 위험한 동물을 키우는 미국인의 모습을
추적한다. 이 기이하기 짝이 없는 미국의 하위문화를 엿볼 수 있
는 곳은 오하이오주로, 영화는 이국적 애완동물 문화의 진원지
인 오하이오에서 대부분 촬영되었다. 우리는 아웃리치포애니멀
Outreach for Animal에서 일하는 오하이오주 공중 안전 공무원 팀
해리슨Tim Harrison과 집 뒷마당에서 애완동물로 사자를 기르는
테리Terry의 이야기를 따라간다. 팀은 데이턴 주택가를 배회하

는 다양한 이국적 애완동물을 추적해서 잡는 일을 하고, 테리는 덩치가 너무 커진 애완동물을 힘겹게 돌본다. 키우던 수사자가 우리를 빠져나와 고속도로에서 자동차를 쫓아가 공격하는 일이 벌어진 뒤, 동물 건사하기가 더 어려워졌다.

오하이오주에서 열리는 이국적 동물 경매시장이나 파충류 박람회 장면은 보기 민망할 지경이다. 동물이 야구 게임 카드처럼 쉽게 거래되고, 독뱀이 장난감인 양 아이들에게 판매되는 모습을 보면 불편한 마음이 들지 않을 수 없다. 이 영화의 전반적인 분위기는 분노라기보다 슬픔이다. 진정한 승자는 아무도 없다. 테리는 결국 가슴 무너지는 상황을 맞이한다. 그가 소중히 여기던 수사자 램버트가 감전사한 것. 테리는 남은 암사자 레이시와 새끼 세 마리를 돌볼 수 없다는 사실을 깨닫는다. 매일매일 버려지고 길을 잃거나 탈출하는 동물의 숫자가 불어나는 상황에 맞닥뜨린 팀도 상황이 안 좋기는 마찬가지다. 무엇보다 항상 나쁜 결말을 맞이하는 동물을 보면 슬프다. 팀은 말한다. "동물에게는 행복한 결말이 없습니다."

우리는 '이국적 애완동물'이 무엇인지 정확히 정의할 수 없다. 개와 고양이, 말, 물고기 이외 애완동물을 '이국적'이라고 정의하기도 한다. 그렇다면 미국 가정에서 일반적으로 많이 기르는 날다람쥐와 게코도마뱀, 소라게는 이국적이다. 오하이오주에 사는 사자처럼 원산지가 아닌 곳에 있는 동물이나 가터뱀처럼 길들여지지 않은 동물도 이국적이다. 문제를 이해하기 위해 용어의 정의를 정확히 할 필요는 없지만, 확실한 정의가 없으면 규제나 문제에 조심스럽게 반응하기가 더 어렵다. 미국 법체계에서 '동물'을 어떻게 정의할지 합의되지 않은 상황이다. 따라서 그런 동물을 보호하는 법은 체계적이지 못하고 혼란스러우며, 당연히 실행하기 어렵다. 이국적 동물의 소유와 판매, 수출입에 관한 주州 법을 잠깐 훑어보면 규정은 물론 정의도 매우 다양하다.

이국적 동물의 상황이 다양하다 보니 돌보기가 더 어렵다. 대다수 사람은 턱수염도마뱀이나 카피바라의 행동과 자연사에 대해 아무것도 모른다. 이런 동물을 적절히 돌보려면 이해하려고 끊임없이 노력하고, 동물의 특정 욕구를 제대로 파악해야 한다. 모든 사람이 기꺼이 이런 노력을 하지 않기 때문에 이국적 동물은 건강하지 못한 환경에서 생활하는 경우가 많다. 이국적 동물은 개나 고양이처럼 인간의 서식지에 맞춰 적응하지 못한다. 이들은 특정 환경에 사는데, 인간이 그와 비슷한 환경을 만들기는 무척 어렵다. 예를 들면 야생에서 수사자의 영역은 약 100제곱킬로미터나 된다. 사는 지역에 따라 이국적 동물을 진료할 수 의사를 찾기 힘들 수 있으므로, 이국적 특성이 강한 동물일수록 돌보기가 어렵다. 수많은 이국적 동물이 불법적으로 다뤄지기 때문에 전문가의 돌봄을 받을 기회가 점점 줄어든다.

에마 부시Emma R. Bush와 동료들이 《보존생물학Conservation Biology》에 실은 연구에 따르면, "이국적 애완동물 무역의 모든 단계에서 동물 복지는 어느 정도 악화된다".[1] 야생에서 동물이 직접적으로 겪는 첫 시련은 포획이다. 예를 들어 새를 잡을 때 "끈적거리는 송진을 나무에 칠하는 방식을 쓰는데, 그러면 새의 털과 다리가 손상될 수 있다". 영장류를 사냥할 때는 보통 어미를 죽이고 새끼를 데려간다. 동물은 야생에서 포획돼 가족과 떨어지는 순간, 고난이 시작된다. 포획된 야생동물은 행동과 식단, 환경에 급격한 변화를 겪는다. 예를 들어 야생 새는 주인이 주는 사료에 익숙해져야 하는데, 이런 사료는 야생종이나 새의 나이에 따라 부적합한 경우가 많다.[2] 부시에 따르면 "동물의 기질과 야생에서 특성화 수준에 관련된 복잡한 욕구에 따라 포획된 삶에 대한 적합성 정도가 달라진다". 부적합한 영역의 극단에 있는 종을 '잘린 꽃'이라 부른다. 예를 들어 "늘보원숭이는 비교적 싼값에 팔리는데, 포획하면 독성이 있는 이빨을 제거한다. 그래서 잡힌 다음에는 대개 오래 살지 못한다".[3]

미국 전역에는 사람이 포획해서 기르는 이국적 동물이 수백만 마리나 된다. 사람이 기르는 큰 고양잇과 동물은 1만 5000마리에 달한다. 텍사스주에서 포획된 사자가 아프리카 야생에 사는 사자보다 많다. 마음만 먹으면 사자를 순혈 고양이나 개보다 싼값에 사서 자기 마음대로 할 수 있다. 야생동물은 어떻게 돌봐야 하는지 규정이나 일반적인 기준이 없다. 야생동물의 행동이나 자연에서 역사 같은 지식을 몰라도 구매하는 데 전혀 문제가 되지 않는다.

사람들이 애완용으로 선택한 동물을 보면 정말 놀랍다. 집

애완동물에 대해 걱정하기

에 아이가 있어도 전혀 개의치 않는 사람이 많다. 악어, 독뱀, 사자, 곰, 늑대, 침팬지 같은 동물을 집에서 키운다. 이런 동물의 위험성이 매력으로 작용할 수 있다. 우리는 재미로 미얀마산 비단뱀을 사서 몬티라는 이름을 붙여주려는 사람에게 매수자 위험부담 원칙을 말해줄 뿐이다. 아마 이렇게 말할 것이다. "이봐, 조. 뱀한테 몸이 졸려 죽으면 자네 탓이야." 그런데 조의 선택이 조에게 영향을 미치는 데 그치지 않는다는 점이 문제다. 포획된 상태로 지내며 '정상적인' 비단뱀으로 살 희망이 없는 몬티가 가장 큰 영향을 받을 것이다. 몬티는 수준 이하의 돌봄을 받아 몇 달 뒤에 죽을 수 있다. 운이 좋아 산다고 해도 자라면 결국 버려질 것이다. 몬티를 사겠다는 결정으로 살아 있는 동물 거래와 무역이 성행한다. 이렇게 해서 수많은 미얀마산 비단뱀이 플로리다주 에버글레이즈Everglades에 서식하며 다른 동물을 잡아먹으면 환경에 심각한 문제가 된다. 이 뱀은 결국 사람에게도 위협이 될 수 있다.

사람들이 사자, 기린, 여우원숭이와 같이 커다란 동물만 기르는 것도 아니다. 작은 동물도 인기 있고, 희한할수록 더 좋아한다. 미디어가 종종 이런 희귀한 매력을 부각한다. 동물 전문 방송국 애니멀플래닛은 〈가장 이상한 동물 톱 10Top 10 Peculiar Pets〉이라는 프로그램을 방송했다. 이 프로그램에는 왈라비, 카피바라, 막대벌레, 마다가스카르휘파람바퀴벌레, 미니 당나귀 등이 나왔다. 이런 동물을 구매하기는 아주 쉽다. 오드볼펫

팩토리Oddballpetfactory.com 같은 회사는 '와서 우리가 직접 골라 포획해 기른 귀염둥이를 구경하세요'라고 광고한다. 오드볼은 벌레, 미국산 독거미, 너구리를 포함해 애니멀플래닛의 목록에 있는 거의 모든 동물을 취급한다. 애완동물로 곤충을 기르는 전통이 있는 일본에는 살아 있는 동물을 파는 자동판매기도 있다. 미니 당나귀와 배불뚝이 돼지처럼 포획해서 키워도 괜찮은 몇 종이 있지만, 수많은 이국적 '애완동물'은 노리개일 뿐이다.

그렇다면 동물에게는 어떨까? 애완동물이 되는 것이 동물에게 어떤 식으로든 득이 될까? 이국적 애완동물은 길들여진 적이 없다는 점을 알아야 한다. 야생에서 태어났는지, 오하이오주의 어느 창고에서 번식되어 자라다가 경매에서 팔렸는지는 논외다. 이들은 여전히 야생동물이다. 사람들은 이런 동물과 유대감을 쌓았다고 주장하지만, 동물도 따뜻한 감정을 경험했는지 알 수 없다. 참아주고 무심한 것을 애정으로 착각할 수 있다.

이국적 동물을 애완용으로 기르면서 얻는 이점은 무엇일까? 개나 고양이가 아니라 야생성이 있는 '다른' 동물과 교류는 흥미진진할 것이다. 콘크리트로 만들어진 도시에 살며 자동차로 여행을 하고, 스티로폼 용기에 든 고기를 먹는 우리에게 이국적 동물을 기르는 생활은 잃어버린 자연과 연결되는 경험일 수 있다. 이런 모습이 친구나 잠재적 배우자에게 매력적으로 보일 수도 있다. 우리는 사자나 코끼리, 비단뱀 같은 특정 동물에게 끌리며, 그들과 교감하고 싶어 한다. 자녀들이 거기서 뭔가 멋진 것을 배우리라 생각할 수도 있다. 예를 들어 아이의 흥미를 자극하는 동물을 줘서 장차 생물학자로 키울 수 있다고 생각하는 것이다. 하지만 앞서 나열한 이유를 들어 이국적 동물을 애완용으로 키우는 것은 이기적인 행위다. 이중 설득력 있고, 동물이 고통에 시달리거나 목숨을 잃을지 모르는 위험을 감수할 이유는 하나도 없다.

어떤 사람은 야생동물이 애완동물이 되면 보금자리를 거저 얻고, 먹이를 구하느라 힘들게 사냥할 필요가 없으니 편안히 살 수 있다고 주장한다. 하지만 인간이 제공하는 편안한 삶은 기본적으로 감옥이다. 우리에게 '편안해' 보이는 것이 동물에게는 극도로 부적합할 수 있다. 애완동물이 되는 이국적 동물은 자유는 물론, 거의 모든 자연스러운 행동이 제약된다. 포획으로 삶의 질이 심각하게 떨어지지 않는다고 주장하기 어렵다.

PIJAC는 보존을 위한 노력으로 개별 애호가를 지원하는 입장이다. 그들은 개인의 경험으로 특정 종을 돌보는 최선의 방법을 배우고, 그렇게 얻은 지식을 다른 사람과 나눌 수 있다고 생각한다. 나는 환경보호 활동가들이 이를 설득력 있는 사고라고 생각할지 의심스럽다. 동물의 복지에 상관없이 이국적 동물을 소유하는 것이 헌법상의 권리라고 주장하는 사람도 있다. 그들에게 헌법을 좀 더 꼼꼼히 읽어보라고 말하고 싶다. 이국적 애완동물 산업에서 가장 큰 피해를 보는 것은 바로 동물이다.

4

애완동물
돌보기

애완동물에게 무엇이 필요할까?

동물을 애완동물로 집에 들일 때 그 생명체의 삶의 질은 전적으로 우리 손에 달렸다. 우리가 막중한 책임감을 느끼는 자녀는 성장하면 독립을 한다. 하지만 동물은 태어나서부터 죽을 때까지 모든 것을 우리에게 의지한다. 동물의 삶은 우리와 도저히 뗄 수 없는 관계다. 그렇기 때문에 동물을 집에 들이기로 결정했다면, 좋은 삶을 만들어줄 수 있도록 최선을 다할 의무가 있다고 생각한다.

동물에게 항상 깨끗한 물, 영양가 있는 먹이, 쉴 수 있는 공간 등을 제공하고 적절한 운동을 시켜야 한다. 병에 걸리면 수의사 진료를 충분히 받게 하고, 고통스러워하면 적절한 치료와 투약으로 문제를 해결해줘야 한다. 계절이 바뀔 때 생기는 알레르기나 음식 알레르기처럼 언뜻 보기에 간단한 것도 심각한 문제를 일으킬 수 있다. 그런 동물을 치료해주지 않는 것은 불공평하다. 인간을 양육하는 문제와 마찬가지로 애완동물을 돌볼 때 가장 좋은 방법이 무엇인지, 훌륭하고 적절한 돌봄과 안일한 돌봄의 기준을 어디에 둬야 할지는 언제나 이견이 존재한다. 체중이 표준보다 조금 더 나가는 동물을 학대했다고 봐야 하나, 사랑이 지나쳤다고 해야 하나? 하루 두 시간 운동은 '적절'한가? 이런 질문은 추상적으로 답할 수 없고, 정확히 답하기도 어렵다. 결국 상식 있고 연민을 느끼는 사람이 할 수 있는 최선을 다할 것이다.

동물이 정서적으로 건강하려면 무엇이 필요할까? 답은 동물의 종과 개별 동물에 따라 다르겠지만, 기본적으로 동물에게 부정적이고 불쾌한 경험보다 긍정적이고 즐거운 경험이 훨씬 많은 삶을 만들어줘야 한다. 다시 말해 동물에게 질 좋은 삶을 제공하라는 의미다. 행복이란 누리거나 아예 못 누리거나가 아니라 어느 정도 누리느냐 하는 문제다. 삶에서 고통, 두려움, 답답함, 성가심같이 부정적인 감정은 겪을 수밖에 없다. 하지만 아이를 대하듯이 가급적 균형을 맞추기 위해 노력할 수 있다. 기르는 동물의 감각 경험에 민감한 환경을 제공해서 안전한 느낌을 조성하는 데 도움을 줄 수 있다. 우리는 동물이 숨기나 놀이 같은 특정 행동을 하고 거부할 자유(예를 들어 개가 원치 않는데 낯선 사람이 쓰다듬는 것을 거부할 수 있어야 한다)를 주고, 종에 따라 특유한 행동(예를 들어 조류의 흙 목욕, 고양이가 발톱으로 뭔가 긁는 행동)의 다양성을 증진할 환경을 만들어줄 수 있다. 무엇보다 동물과 인간 그리고 동물끼리 풍부한 사회성을 교류하게 할 수 있다.

동물을 잘 돌보는 데 가장 중요한 점은 동물의 욕구를 지속적이고 예상 가능한 방식으로 채워주는 것이다. 동물도 인간과 마찬가지로 조절 감각이 필요하다. 어떤 동물이 충분히 먹어도 먹이를 주는 시간이 일정하지 않으면 스트레스 받을 수 있다. 환경도 예측 가능하게 해줘야 한다. 예를 들어 물은 같은 곳에 두고, 사료는 항상 아침에 일어났을 때와 저녁 산책을 한 뒤에 준다. 불편을 느낄 때까지 미루지 않고 문제를 바로 처리할 시간과 공간이 있을 것이다. 인간 반려자는 평소에 관심을 주지 않다가 기분 내킬 때만 예뻐하지 말고 지속적으로 정서적 지원을 해야 한다. 동물은 어떤 일이 일어날지 예상할 수 있을 때 좀 더 자신감과 평온함을 느낀다.

사람들은 흔히 애완동물이 쉽고 편하게 산다고 오해한다. 먹이와 쉴 곳을 찾기 위해 일하지 않아도 되고, 위험에서 자신을 보호하려고 애쓰지 않아도 된다고 생각한다. 하지만 포획된 동물에게 편안한 삶을 만들어주는 것은 우리가 상상하는 만큼 특혜가 아니다. 적당히 도전할 거리를 만들어주면 동물은 특유의 능력을 발휘해 본능적 행동과 지능을 십분 활용한다.[1] 동물은 일하기 좋아하며, 상이 자유를 얻는 것이 아니라 해도 상 받기 위해 일한다는 연구 결과가 많다.

요즘 동물 복지 과학에서 새롭게 조명되는 단어가 '능력'이다. 이 단어는 포획된 동물의 욕구에서 중요한 요소가 무엇인지 알아본다. 마렉 스핀카Marek Špinka와 프랑수아즈 웨멜스펠데르에 따르면 능력은 "지식을 수집해 미래에 사용하기 위해 기술을 강화하는 것을 주목적으로 환경에 적극적으로 참여하는 동물의 성향"[2]이다. 다시 말해 "어떤 유기체의 특정 단위 전반에 걸쳐 작동하는 통합적 힘으로, 동물의 전반적인 건강과 행복에 중요한 조건을 형성한다".[3] 스핀카와 웨멜스펠데르는 동물이 '순간적 욕구 이상으로' 행동하는 내재적 성향이 있으며, 능력을 지속적으로 확장한다고 주장한다. 문제 해결, 탐험, 놀이가 이런 능력의 중요한 측면에 포함된다. 세 가지 모두 능력을 확장할 기회를 제공하고, 내재적으로 보람을 느낄 수 있는 활동이다. 동물이 사는 자연환경은 복잡하고 지속적으로 바뀐다. 열린 세상인 그 속에서 동물은 항상 지식의 지평을 넓힐 수 있다. 하지만 포획된 환경은 메마르고 도전할 것이 없다. 동물이 능력을 발휘하게 하려면 갇힌 환경을 풍성하고 복잡하게 만들어 문제를 해결하고 탐험하고 놀이할 기회를 줘야 한다.

동물의 삶을 풍성하게 만들려면?

40여 년 전만 해도 풍요로운 환경이 동물의 복지를 증진한다는 경험상의 근거가 아주 많았다. 하지만 정확히 무엇이, 어떤 동물에게 얼마나, 왜 동물의 삶을 증진하는지 자세히 이해할 필요가 있고, 그런 점에서 아직 할 일이 많다. 동물행동학 교수 로버트 영Robert Young은 《Environmental Enrichment for Captive Animals포획된 동물을 위한 풍성한 환경》에서 우리는 가정에 있는 동물보다 동물원이나 실험실 동물의 삶을 풍요롭게 하는 방법을 많이 안다고 주장한다. 애완동물로 길러지는 대다수 종은 다른 상황에서도 일상적으로 이용된다. 예를 들어 개는 독성학 연구에, 고양이는 무기의 효율성을 시험하는 데, 쥐나 생쥐와 기니피그, 페럿, 토끼는 의학 실험이나 제품 실험에 이용된다. 이국적 새와 파충류는 동물원에서 기르기 때문에 포획된 동물을 수용할 때의 필수 사항에 대한 정보가 충분하다. 하지만 "가정에서 기르는 동물의 복지에 관한 정보는 사실상 전무하다".[1] 애완동물이 깃털을 뽑고, 강박적으로 핥는 등 걱정스럽거나 파괴적인 행동을 보이기 시작할 때 동물의 환경을 개선·강화하는 조치를 취할 뿐이다.

애완동물의 환경을 개선·강화하기 위해 좀 더 적극적으로 조사하지 않는 이유는 뭘까? 영은 말한다. "수많은 과학자가 이 주제가 너무나 논쟁적이고, 건드리기에 격앙됐다고 말합니다. '사랑하는 가족의 일원'에 대한 문제를 제기한다고 생각하기 때문이죠."[2] 반려동물의 복지에 의문을 제기하는 것은 기르는 사람을 비판하거나, 애완동물 산업 전체와 기업을 비난하는 것이 될 수도 있다. 어쨌든 애완동물 복지와 관련해 반드시 해결해야 할 문제가 있다. 그게 아니라면 왜 개와 고양이, 배불뚝이 돼지의 행동 문제에 관한 책이 수천 권이고, 동물 행동 전문가와 동물행동학자 군단, 제정신이 아닌 동물과 그에 못지않은 동물 주인을 찍기에 바쁜 TV 리얼리티 프로그램이 그렇게 많단 말인가? 〈지옥에서 온 우리 고양이My Cat from Hell〉〈나 아니면 개It's Me or the Dog〉와 같은 리얼리티 프로그램은 제목부터 동물과 주인의 절박함을 보여준다. 영은 "이 모든 상황은 반려동물의 복지 수준이 중요하다는 것을 암시한다. 확실히 '사랑'만으로는 애완동물이 상당한 복지를 누릴 수 없다"[3]고 말한다.

애완동물 돌보기

'강화'는 용어가 암시하듯, 포획된 동물의 환경을 디자인할 때 동물이 삶을 구성하는 데 중요한 역할을 하게 만드는 방법에 주목한다.[4] 예를 들어 우리는 동물이 직접 먹이를 찾고, 사회적 관계를 형성하거나 피난처를 만들 기회를 줄 수 있다. 단순히 개 전용 TV 채널을 틀어준다고 해결되지 않는다. 개 전용 채널은 화면에서 다람쥐가 나무에 뛰어오르는 장면을 보고 개가 즐거워한다고 주장하지만, 이는 감각적 '소음'을 제공할 뿐이다. 우리 안에서 바퀴를 돌리는 햄스터도 육체적으로 답답함을 해소하는 효과를 보는 정도다. 물론 이런 환경조차 없는 것보다 낫지만 결코 충분하지 않다. 웨멜스펠데르가 설명하듯 "의미 있는 삶을 위해서는 동물에게 생물학적으로 핵심적이고 기본적인 욕구를 창의적이고 변화무상하며 융통성 있게 조절할 환경을 제공해야 한다".[5]

대다수 반려동물은 사회적 강화와 물체를 통한 강화를 받는다. 개를 기르는 경우 인간과 접촉하는 것이 우리가 제공할 수 있는 가장 풍요로운 강화 활동이며, 다른 개와 교류하고 놀게 해주는 것도 좋다. 고양이를 기르는 사람은 대개 자신의 까다로운 고양이가 언제 이마를 긁어주면 좋아하는지, 언제 털을 만지면 싫어하는지 안다. 영이 지적하듯이 "인간을 포식자로 인지하기 때문에 인간이 만지고 다루는 것이 전혀 적절하지 않은"[6] 종이 있다. 특히 사람들은 파충류와 작은 포유류가 '차분하고 평온해' 보이는 모습과 포식자에 대처하는 방식으로 죽은 척하거나 꼼짝 않는 상태를 혼동하는 경우가 있다. 보호자는 자신이 동물의 삶을 풍요롭게 만들어준다고 생각할지 모르지만, 실은 동물에게 스트레스를 줄 수 있다. 동물이 인간의 접촉을 피하지 않는다고 그것을 즐긴다는 의미는 아니다. 인간이 접촉하는 것이 동물에게 긍정적인 경험이 되게 하려면, 종의 특징과 행동을 철저히 연구해야 한다.

물체를 통한 강화는 장난감, 퍼즐, 언 땅콩버터를 가득 채운 스낵 콩kong, 씹을 수 있는 햄스터나 쥐 전용 은신처, 기타 여러 가지 놀이 방법을 이용한다. 장난감이 좋지만 장난감을 이용해 사람과 교류하는 것이 특히 개에게는 강화 효과가 높다. 이에 적용되는 사례를 소개한다. 벨라가 공 물어 오기를 워낙 좋아해서 자동 공 발사기를 사기로 했다. 우리가 해먹에서 느긋하게 쉬는 동안 벨라 혼자 재미있게 노는 모습을 머릿속에 그려봤다. 기계가 계속 공을 쏘아주니, 개에게 양동이에 공을 떨어뜨리는 법만 가르치면 된다고 생각했다. 그런데 벨라는 이 기계를 사용하지 않았다. 똑똑한 벨라는 우리가 공을 던져주기를 원했다. 공물어 오기는 누군가 던지면 다른 하나가 가져오는 게임이니까.

모든 게임과 장난감, 기타 물건을 이용한 강화가 동물에게 즐거움을 주는 것은 아니라는 점도 기억할 필요가 있다. 나는 최근 레이저 불빛이 고양이에게 좋지 않은 장난감이라는 기사를 접했다. 예를 들어 고양이가 바닥을 어지럽게 돌아다니는 빨간 점을 쫓아가 거의 잡을 찰나에 빛을 다른 곳으로 옮기면 고양이

애완동물 돌보기

는 계속 그 빛을 쫓는데, 이는 기본적으로 고양이에게 좌절감을 준다. 드디어 '먹이'를 잡았다고 생각하는 순간, 그것이 사라진다. 고양이에게는 이따금 진짜로 먹이를 잡는 기회가 필요하다. 레이저를 눈에 직접 쏘면 눈이 손상될 수 있기 때문에 위험하기도 하다.

강화 작업은 개와 고양이에 국한되지 않는다. 작은 포유류와 파충류, 양서류, 조류, 물고기 같은 동물이 직면한 문제 중 하나는 수많은 사람이 이런 동물이 관리하기 편하고 싸다는 이유로 구입한다는 점이다. 금붕어는 유지비가 낮은 동물의 전형이다. 작은 어항을 사서 물고기를 넣으면 애완동물이 생긴다! 하지만 그 안에 갇힌 금붕어에게는 슬픈 삶이 아닐 수 없다. 물고기가 인지적으로 복잡한 생물이며, 잡힌 물고기의 인지적 욕구에 훨씬 더 주의해야 한다는 인식이 늘어난다.[7] 물고기도 정신적 자극과 다양성, 사회성을 발휘하고 학습할 기회가 필요하다. 잡혔어도 강화된 환경에 사는 물고기는 지루한 어항에 사는 물고기보다 신경 가소성과 공간 학습 기술이 개선됐다는 흥미로운 연구 사례가 있다.[8] 어항에 빛과 어둠의 시간을 조절하거나, 식물과 돌, 나무, 기타 공간적 다양성을 주는 요소를 가미하면 환경을 강화할 수 있다. 새로운 사료를 주거나 시간을 달리해서 배식하는 것도 식단 강화 효과가 나며, 같은 종끼리 사귀는 사회성 교류로 사회적 강화 효과를 볼 수 있다. 정신적 자극을 주는 활동으로는 '클릭'하면 불빛이 반짝거리는 것을 이용해 금붕어가 후

프를 통과해 수영하게 하는 행동 훈련을 꼽을 수 있다.[9]

놀라운 창의성을 발휘해 기르는 동물의 환경을 강화하는 사람들이 있다. 애완용 쥐를 위한 정교한 미로, 공 물어 오기를 하는 거북, 지하실만 한 공간에 각종 장애물과 경사를 설치하고 보물을 숨긴 토끼용 놀이터 등이 그 예다. 최근에는 유튜브에서 농구를 배워 신이 난 기니피그 두 마리의 영상도 봤다.[10] 동물 친구의 창의성을 증진하는 데 인간의 창의성이야말로 최고의 자원이다.

애완동물 돌보기

어떤 동물이 애완동물이 되기에
적합할까?

　우리가 동물의 입장이 된다고 가정하면, 어떤 동물이 집이나 애완동물 상점에서 인간과 함께하는 삶을 선택할까? "절대 그럴 수 없어!"라며 쏜살같이 도망칠 녀석은 누구일까? 동물 우리의 문을 열어두면 애완동물 상점의 선반은 텅텅 빌 것이다. 개는 사람 주변에 있을 테고, 고양이도 그럴 것이다. 그 외 동물은 애완동물 상점을 대거 탈출하지 않을까 싶다.

　인간의 윤리 조건에 입각해 질문한다면 어떤 동물을 인간의 반려자로서 인도적으로 기를 수 있고, 어떤 동물은 그렇게 하지 못할까? 답은 두 가지에 따라 달라진다. 첫째, 특정 종을 포획해 감금할 경우 그 동물에게 어떤 부담이 있는가. 둘째, 인간과 상호 만족하는 동반자 관계를 맺을 가능성이 있는가. 부담이 적고 호혜성이 높을수록 윤리적으로 건전한 애완동물 기르기가 될 것이다. 나는 이런 기준을 이용해 가장 윤리적으로 받아들일 수 있는 동물에서 가장 부적합한 동물 종을 분류해봤다. 순서는 다음과 같다.

개, 고양이, 토끼, 가정에서 기를 수 있는 길들여진 작은 동물 (쥐, 햄스터, 게르빌루스쥐), 물고기, 새, 파충류와 양서류, 곤충, 이국적 동물

개와 고양이는 인간과 잘 살 수 있고, 상당한 육체적 자유를 누리고 사회적 자극을 받을 수 있으며, 인간 가족과 진정으로 통합될 수 있다. 심지어 동물이 좋아하는 일을 하면서 그것으로 돈벌이도 할 수 있다. 이렇게 극도로 가축화된 종은 수천 년간 인간과 긴밀히 협력하며 살아왔다. 단순히 음식이나 털, 노동 공급원이 아니라 반려자 혹은 동반자로서 가축화됐다. 내 생각에 고양이는 인간과 행복하게 살 수 있지만, 영구적으로 실내에 포획되는 것은 문제가 있다고 본다.

가축화된 작은 포유류도 인간 반려자와 상당히 편안한 관계를 맺고 유대감을 형성할 수 있지만, 개나 고양이가 인간과 맺는 친밀감 수준에 이르기는 힘들다. 이런 동물이 육체적 고통에서 벗어나는 데 그치지 않고 행복하게 만들어주려면 관련 지식이 필요하고, 헌신하며 시간을 투자해야 한다. 토끼 두 마리가

있다고 가정하자. 한 아이가 부활절에 토끼를 선물로 받았다. 이 녀석을 토끼 1이라고 하자. 토끼 1은 뒷마당에 있는 토끼장에 혼자 산다. 토끼 1은 밖으로 나와 놀 때를 빼고는 토끼장에서 케이티Kaytee의 토끼용 사료를 먹으며 혼자 있다. 토끼 2는 토끼에게 헌신적이고, 토끼의 행동을 잘 알며, 토끼 복지 단체인 하우스래빗소사이어티House Rabbit Society 웹 사이트에서 토끼 기르기에 대한 자료를 꾸준히 읽는 사람과 함께 산다. 토끼 2는 다른 토끼 친구들과 지하실을 뛰어다니며 놀고, 날이 좋을 때는 뒷마당 잔디밭에 나가기도 한다. 토끼 2는 안전하게 쉬고 싶을 때 들어갈 우리가 있다. 우리의 문은 항상 열려 있다. 움직일 공간이 충분하고, 재미난 탐험거리도 있다. 토끼 2는 다양하고 신선한 채소를 즐기며, 날마다 인간 친구와 몇 시간씩 보낸다. 쥐나 생쥐, 햄스터, 게르빌루스쥐도 토끼 2와 같은 환경에서 행복하게 살 수 있다. 하지만 작은 동물은 안타깝게도 토끼 1처럼 열악한 환경에 살 확률이 훨씬 높다.

파충류와 양서류는 포획된 상태로 살면 큰 대가를 치러야 한다. 파충류학자는 이런 동물에게 육체적 고통이나 괴로움 없이 살 수 있는 환경을 제공하는 요령을 알겠지만, 대다수 애완동물 주인은 파충류나 양서류 같은 동물에 대해서 거의 준비가 되지 않았다. 나는 파충류의 인지와 행동을 연구하는 사람에게 파충류가 평생을 사방이 훤히 들여다보이는 유리방에 살면서 진정 행복할 수 있는지 물어보고 싶다. 저명한 연구 생태학자 고든 버가르트Gordon Burghardt는 파충류와 양서류는 아주 작거나 심지어 움직이지 않는 종이라도 포획된 환경에서 적절한 자극을 받지 못하며, 우리는 '통제되는 박탈적 환경'[1]을 만들 수 있을 뿐이라고 믿는다.

새나 물고기도 포획된 환경을 힘들어한다. 비교적 자극을 받는 넓은 환경을 제공할 수 있지만, 완전히 열린 하늘과 바다에 비교할 수 없다. 곤충은 보통 '풍부한 경험'이라고 할 만한 것이 없으니 잡혔다고 해가 되거나 일찍 죽어서 피해를 당하는 동물이라고 생각하지 않는다. 하지만 곤충에 대해 많이 알수록 곤충도 나름 복잡한 인지를 하고, 다른 곤충과 사회적 관계를 맺으며, 그들에게 맞는 독특한 환경이 있다는 사실을 이해하게 된다. 이런 생명도 우리의 반려자가 될 수 있다. 우리가 곤충을 가둬 길러서 얻는 것은 거의 없고, 곤충 입장에서는 잃는 것이 많다. 곤충은 재미있지만, 우리와 교감하고 사회적 유대 관계를 맺지 않는다. '이국적 동물' 역시 애완동물로 삼아선 안 된다.

돌보거나 강화할 필요가 없고 도덕적 염려 없이 가둬서 길러도 되는 애완동물은 치아펫과 펫록pet rock*이다. 치아펫은 일정 간격으로 물을 주는 것 외에 신경 쓸 일이 거의 없다. 치아펫이나 펫록은 변덕스러운 사람, 자녀가 애완동물을 원하지만 책임

---

*   애완동물이나 식물 대용으로 수집하는 작은 돌. 재미있는 그림이 그려졌다.

                              애완동물 돌보기

감은 부담스러운 부모, 항상 여행하는 사람에게 제격이다. 펫록 판매자의 광고 문구를 소개한다. "유에스비펫록USB Pet Rock에서 충실한 친구를 만나세요. 물이나 사료를 줄 필요가 없고, 집을 더럽히지도 않죠. 과묵한 바위의 방식으로 언제나 당신을 사랑할 거예요." 어린이에게 좋은 또 다른 대안은 퍼비Furby와 아쿠아봇Aquabot 금붕어 같은 전자 애완동물, 타마고치Tamagotchi 같은 디지털 애완동물, 푸펫FooPet("입양하세요, 사육하세요 그리고 사랑하세요")[2] 같은 가상 반려동물이다. 농담이 아니다. 나는 진지하다. 이런 장난감은 진짜 동물이 당하는 부수적인 피해를 야기하지 않으면서 애완동물을 원하는 사람의 욕구를 만족시킨다. '소유자'가 흥미를 잃어도 다치는 이가 없다. 가짜 애완동물을 권장하면 애완동물이 장난감이라는 생각을 강화하기 때문에 좋지 않다고 반대하는 사람도 있다. 역으로 생각해보자. 진짜 동물은 그들의 삶이 있고 복잡한 욕구가 있으며, 인간의 즐거움을 위해 물건처럼 판매돼선 안 된다는 생각을 강화하는 계기가 될 수도 있다.

더 잘 보호하기

모든 사람은 가장 기본적인 권리, 즉 자의적으로 죽음을 당하지 않고, 고문 받지 않으며, 자유롭고, 임의대로 처벌 받지 않을 권리를 누린다. 하지만 반려동물은 이런 권리가 전혀 없다. 놀라운 현실이다. 나는 반려동물도 인간처럼 의미 있는 합법적 보호를 누릴 때가 빨리 오기 바란다. 하지만 동물의 도덕적 가치에 의견 일치를 보지 못하면 동물 보호에 진전이 없을 것이다. 현실적으로 이 문제에 의견 일치 보기가 아직 요원하다. 예를 들어 동물 권익 증진 운동을 하는 비영리단체 파우나릴틱스 Faunalytics(인도적연구위원회Humane Research Council가 파우나릴틱스로 바뀌었다)가 최근 수집한 자료에 따르면, 설문 조사 대상자 중 35퍼센트만 인간이 동물 전반에 끼치는 피해를 방지할 의무가 있다는 데 적극적으로 동의했다.[1] 파우나릴틱스의 자료도 애완동물 업계의 조사와 같이 아주 적은 수를 대상으로 조사한 것이니, 편향된 결과이기를 바랄 뿐이다. 이는 받아들이기 괴로운 수치로, 최소 단기간은 동물이 인간의 지나친 월권행위에 취약한 상태로 남을 수밖에 없음을 암시한다.

애완동물 소유자의 권리는 당분간 철저하게 보호 받을 것이다. 그렇다면 지금 환경에서 반려동물 보호를 개선할 방법이 있을까? 다음 사항을 실천하면 점진적이나마 동물 보호를 증진할 수 있을 것이다.

- 모든 애완동물 소유자는 필수적으로 애완동물 소유 허가를 받는다.
- 살아 있는 동물 판매를 제한하거나 금지하는 법을 만든다.
- 살아 있는 동물을 국외나 다른 주로 옮기는 것을 규제하는 법을 만든다.
- 동물을 성적으로 학대하면 벌을 받도록 법을 제정한다.
- 브리딩 시설에 대한 조사와 감찰을 더 꼼꼼히, 자주 실시한다.
- 동물 도매 시설에 대한 조사와 감찰을 더 꼼꼼히, 자주 실시한다.
- 애완동물 산업의 투명성(예를 들어 판매용 동물의 출처를 밝히는 일)을 더욱 증진한다.

- 보호소 산업의 투명성을 더욱 증진한다.

- 주 차원의 법을 제정해 안락사를 실행하는 인원은 최소 8시간 관련 훈련을 받게 한다.

- 기업 차원의 동물 학대를 폭로하는 사람이 자유롭게 의견을 발표할 수 있도록 보호한다.

- 수의사의 동물 학대 신고를 의무화한다.

- 동물 학대와 가정 내 배우자, 자녀, 노인 학대를 묶어서 신고할 수 있게 조처한다.

- 동물 잔혹 행위나 학대로 기소된 사람의 기록을 대중이 열람할 수 있게 한다.

- 미디어와 언론은 동물 대상 범죄 보도 횟수를 늘리고, 책임 있는 보도를 한다.

- 보호소, 동물 통제 시설, 잔혹 행위 조사 등에 배정될 지역사회 자원(예를 들어 세금)을 늘린다.

- 주에서 지정한 변호사가 법정에서 동물을 대변할 수 있게 한다.

- 학교에서 인도적 교육을 실시한다.

- 시의적절한 수의사 진료를 제공하지 않는 것을 동물 복지 위반 행위로 규정하는 법률을 만든다.

- 다른 사람 때문에 애완동물을 잃었을 경우, 소유자가 받은 정서적 고통과 그에 따른 피해 정도 수집을 허용하는 법률을 제정한다.

애완동물 돌보기

- '편의에 따른 안락사'를 동물 잔혹 행위 위반으로 규정하는 법을 제정한다.

- 재료를 좀 더 세밀하게 검사하고, 공급과 재료에 대한 투명성을 증대하며, 상품을 회수할 경우 소비자 고지가 더 정교하도록 하는 것을 포함해 애완동물 사료 산업 관련 규정을 증대한다.

이 가운데 정치적이고 문화적으로 좀 더 실행 가능한 항목이 있지만, 모두 가능성의 영역에 있다. 각 항목이 취약한 반려동물 기르기 풍토를 바꾸는 데 도움이 될 수 있다.[2]

046

애완동물을 대변하며

　나는 이 책을 시작하며 종전의 애완동물 문화에서 사용되는 용어, 특히 '애완동물'과 '소유자'나 '주인'을 끝까지 사용했다. 우리가 동물과 함께하는 지금 이 순간의 모습을 가장 정확히 포착한다고 생각하기 때문이다. '반려동물 번식과 사육 시설'이나 '살아 있는 반려동물 창고에 보관하기' 혹은 "친구 판매합니다. 단돈 200달러만 내세요"라고 말하는 건 너무 이상하지 않은가?

　철학자 힐러리 복Hilary Bok은 우리의 행동이 바뀔 때까지 계속 사실을 정확히 반영하는 언어를 써야 한다고 주장한다. 수많은 선한 사람이 애완동물을 기르며 의미 있는 측면에서 보호자로 동물을 돌보지 않고 그저 물건처럼 취급하거나 더 심하게 다루기도 한다. 애완동물 산업에서 동물은 상품으로 거래된다.

복은 "'소유자'에서 '보호자'로 용어를 바꿔 소유물이라는 동물의 법적 지위에 저항하겠다는 것은, '노예 소유주'를 '노예 보호자'로 바꿔 노예제도의 존재에 저항하겠다는 주장만큼 오도된 것이다. 이는 문제가 개선하고자 하는 쟁점을 모호하게 만든다"[1]고 말한다.

복의 의견에 동의하지만, 나는 다른 언어를 쓰면 사실을 바꾸는 데 도움이 될 수 있다고 생각한다. 월터 리프먼Walter Lippmann이 주장하듯이, 우리는 정의를 내린 다음에 본다.[2] 우리가 보는 것과 말을 조금씩 바꾼다. 보는 것과 표현 모두 공감의 빛에서 바뀐다. 동물이 진정 누구인지 지각하는 우리와 부적절한 언어가 마찰하는 곳에서 우리는 조금씩 더 분열의 순간을 경험하고, 새로운 가능성에 마음을 연다.

철학자와 동물 보호 운동가들이 동물 친구를 위해 우리가 사용하는 언어를 바꾸려고 노력하는 몇 가지 방법을 보자. 새로운 것은 없다. 지난 수십 년 동안 사람들이 다른 맥락에서 모두 거론한 방법이다.

하지만 아직 우리가 말하는 방식에 진정한 변화가 없었으니, 조금씩 바꾸기 위해 계속 노력할 필요가 있다. 단순히 애완동물에 국한되지 않으며 동물 전반에 걸친 언어 사용을 바꿔야 한다. 새로운 말하기를 시험할 때 종종 그렇듯이, 사용하는 단어에 비판이 일거나 부자연스럽게 들리는 경우가 있다.

🐕 **애완동물(펫)_** '애완동물'은 완곡한 표현이다. 우리는 애완동물이 사람에게 사랑받는 동물이라고 기분 좋게 추측한다. 하지만 애완동물은 인간의 경제적 이득, 정서적 자기실현을 위해 착취당하기도 한다. 애완동물은 동물 자체와 눈에 보이지 않는 동물의 개성을 모호하게 만드는 '고깃덩어리'같이 기능한다.

물론 애완동물은 애정이 담긴 말이다. 털북숭이 친구의 귀에 "마이 펫"이라고 속삭이는 것은 좋다. 좀 더 공적인 상황이나 글에서는 '반려동물'이라는 대안적 표현을 쓰는 것이 낫다. 그런데 반려동물이라는 용어도 인간의 사용에 따라 분류될 수 있음을 암시하는 문제가 있다. '반려자'나 '음식'으로서 존재가 동물을 정의하는 결정적 특징이 된다. 이런 이유에서 '동물 친구' '동물 반려자'라는 표현을 좋아하는 사람이 있다. 나도 그렇다.

나는 반려자와 친구라는 단어를 좋아한다. 둘 다 관계에서 중요한 무엇이 담긴 말이기 때문이다. '애완동물은 가족'이라는 개념이 수없이 되풀이되는 만큼 가족이라는 단어도 좋아한다. 가족은 '인간-동물'의 관계를 '물건-소유자'로 놓는 것보다 훨씬 건강한 비유다. '애완동물은 가족'이라는 개념을 남용하고 싸구려로 만든 게 문제지, 언어 자체가 문제는 아니다.

🐕 **소유자_** '소유자'는 사실상 정확한 표현이지만, 많은 사람이 도덕적으로 침해하고 살아 있는 존재를 소유하는 것은 폭력이라고 받아들인다. 미국의 몇몇 지방자치단체가 애완동물 주

인이라는 용어를 '보호자' '소유자/보호자'로 바꿨는데, 이는 법적 용어를 바꾼 유용한 사례로 널리 실행될 수 있다. '부모'라는 표현을 좋아하는 사람도 많지만, 모든 사람이 동의하지는 않을 것이다. 반려자, 보호자, 돌보미가 여러 맥락에서 사용된다. 소유자 자신이 가장 편안한 대안을 선택해야 할 것이다. 소유자 개념이 불만족스러움을 나타내기 위해, 말할 때마다 그 의미를 액면 그대로 받아들이지 말라고 조롱하는 어조를 강조하며 이 표현을 계속 쓸 수도 있다. 마야가 내 소유라는 사실이 그리 나쁘지는 않다. 아무도 내게서 마야를 빼앗아 갈 수 없으므로 이는 좋다. 동물이 재산으로 간주되는 한, '인간'으로서 법적 보호를 받지는 못하지만 재산이라는 지위 때문에 조금이나마 보호받을 수 있다.

🐕 **것It_** 동물은 성별이 없는 물건이 아니다. 따라서 '것'보다 성별에 따라 부른다. 그리고 '무엇that, which'보다 '누구Who'가 적절하다. 당신은 애완동물 상점에서 무엇이 아니라 누구를 사는 것이다.

🐕 **개 같은 년bitch과 동물을 이용한 모욕적 표현_** 인간을 모욕할 때 동물을 이용하지 말았으면 좋겠다. 시시콜콜 따진다고 생각할 수 있지만, '유대인 같은 놈' '검둥이 놈' '개 같은 년(놈)' 등 인종이나 성별에 관련된 욕이 얼마나 거슬리는지 생각해보라. 이

런 욕은 글로 쓰기도 힘들다. 마찬가지로 종 차별주의자의 모욕은 동물과 인간에 대한 고정관념을 강화하고, 혐오와 불쾌감을 표현한다. '개 같은 년'이라는 표현은 종 차별적인 동시에 성차별적이다. 동물을 이용한 모욕이 사람을 불편하게 만드는 날이 온다면 참 좋겠다. 꼭 누구에게 욕을 하고 싶으면 동물과 관련되지 않은 표현을 사용하는 게 어떨까? '그는 짐승처럼 행동했다'(도덕성은 무시하고), '그들은 짐승 같다'(더럽고 천박하다), '그녀는 짐승처럼 죽었다'(지켜보는 이 없이 혼자 고통스럽게)와 같이 포괄적인 표현도 삼간다.

🐕 안락사_ 이 용어는 계속 사용한다 해도 경우를 한정하는 것이 좋다. 즉 반려동물에게 죽음이 임박했는데 참을 수 없는 고통에 시달릴 때, 고통을 덜어주기 위해 죽음을 앞당기는 경우에 써야 한다. 이외 다른 모든 상황에서 '안락사'라는 표현은 동물의 고통을 문화적으로 부정하는 현상을 지속할 뿐이다. 사람들이 불편해해도 '도살'이라는 표현을 써야 한다.

언어적 행동주의 측면에서 마지막으로 떠올릴 것이 있다. 우리는 반려동물을 보호하기 위해 소리 높여 말해야 한다. 라틴어에 Qui tacet consentire videtur라는 표현이 있다. '침묵은 동의를 의미한다'는 뜻이다. 우리가 말하는 것은 물론, 말하지 않는 것에도 책임을 져야 한다. 침묵은 또 다른 용인이니까.

애완동물 돌보기

047

결론적으로 애완동물을 기르는 것은 윤리적인가?

윤리 문제는 종종 옳고 그름 중 하나를 선택하는 형태로 제시된다. 무엇에 찬성하거나 반대한다. 이런 형태에 적합하지 않은 윤리 논쟁이 있는데, 애완동물 기르기가 여기에 속한다. 나는 당신이 이 책을 다 읽은 뒤, 애완동물 기르기가 윤리적인 행동인지 이전보다 의심을 품기 바란다. 그런 생각이 든다면 내가 이 책을 쓴 목적을 달성했다고 볼 수 있다.

우리는 애완동물 기르기의 여러 가지 측면을 곱씹어야 한다. 개와 고양이뿐 아니라 크고 작은 동물 수백만 마리가 고통을 겪는다. 광범위한 학대, 성적 착취, 원치 않는다는 이유로 죽음을 당하는 수많은 동물, 동물을 일회성으로 취급하는 문화, 잔혹한 브리딩 관행, 창고에 갇혔다가 애완동물로 팔리는 동물의 높은 폐사율, 애완동물 사료를 만드는 재료로 시장에서 유통되는 쓰레기, 평생 홀로 갇혀 지내는 동물이 느끼는 권태와 답답함 등 애완동물에게 벌어지는 일을 부인하면 암묵적으로 동의하는 셈이다. 침묵은 현 상태를 받아들인다는 의미다.

반려동물을 진정으로 사랑한다면 동물을 기르는 것이 그들에게 어떤 의미인지 좀 더 깊이 들여다볼 수 있다. 지금까지 살펴본 것을 공개적으로, 소리 높여 말해야 한다. 인간은 동물 복지 문제에 귀가 어둡기 때문에 또렷하고 분명히 말해야 한다.

우리는 수백만 동물과 함께 애완동물 기르기라는 물결을 타고 여기까지 왔다. 다행히 정점에 다다른 덕분에 애완동물 산업의 발전 속도를 늦추고, 동물의 유입을 줄이며, 피해 상황을 현실적으로 평가할 수 있었다. 나는 애완동물 기르기 문화가 없어질 거라는 착각은 하지 않는다. 다만 인기가 떨어지고 수익도 전 같지 않아지면서 좀 더 동물에게 친화적이고 연민을 느끼는 형태로 진화하기 바란다.

우리는 그 일을 어떻게 하면 잘 해낼지 안다. 우리는 애완동물 기르기의 긍정적 측면을 풍성하게 누렸다. 인간과 동물이 특별하고 친밀한 우정을 쌓고, 인간은 동물을 위해 안전하고 사랑이 넘치는 가정을 제공한다. 내게 애완동물을 왜 기르는지 묻는다면 최고의 논거가 지금 내 사무실 안, 바로 내 뒤에 있다고 답하겠다. 초록색 격자무늬와 파란색 개 침대에 웅크린 벨라와 마야(마야는 펭귄처럼 머리를 다리 밑에 묻었다), 사무실 의자에 앉

애완동물 돌보기

아 조심스럽게 발가락 사이를 단장하는 토르가 그 증거다. 우리에겐 동물이 필요하다. 인간은 동물과 교감해서 이점을 누린다. 나는 최상의 환경이라면 동물도 우리와 관계에서 좋은 것을 얻을 수 있다고 생각하고 싶다. 인간이 동물에게 해를 끼치지 않으면서 그들과 가깝게 우정을 쌓고 사는 세상을 상상할 수 있을까? 그런 세상을 희망해야 한다. 그러려면 인간이 동물과 교감하고, 그들과 공감을 발전시킬 기회를 잡아야 한다.

공감 형성 작업의 견본으로 엘리자베스 토바 베일리Elizabeth Tova Bailey가 쓴 에세이 《달팽이 안단테The Sound of a Wild Snail Eating》를 추천한다. 이 책은 베일리의 침실에 있는 식물에 사는 작은 삼림지대 달팽이에 관한 이야기다. 베일리가 달팽이를 집으로 데려온 게 아니다. 베일리의 친구가 숲에서 캔 식물에 어쩌다가 달팽이가 올라왔고, 베일리가 아플 때 친구가 준 그 식물에 달팽이가 딸려 온 것이다. 지은이는 작은 서식지에서 '자유롭게' 사는 달팽이를 관찰하며 달팽이의 자연사와 행동을 깊이 연구했다. 베일리는 달팽이의 아름다움과 놀라움으로 가득한 달팽이 서식지에 눈을 떴다. 이 달팽이는 오롯이 자기 삶을 주관한다. 덕분에 애완동물에 대한 베일리의 반응도 훨씬 풍부해졌다. 나중에 베일리는 달팽이를 숲으로 돌려보내며 '자신의' 달팽이뿐만 아니라 모든 연체동물, 나아가 전에는 인지하지 못한 숲 속 세상에 가까이 연결되어 공감하는 마음을 발전시켰다. 달팽이가 인공적 환경보다 본연의 세상에 있을 때 얼마나 흥미롭고 행복한 생명인지 깨달은 것이다.

다른 동물과 연결되기 바라는 인간의 욕구, 다른 동물을 관찰하고 그들의 세계로 들어가고 싶어 하는 욕구가 애완동물 기르기의 핵심이다. 이렇게 연결되려는 욕구는 자신은 물론 자녀를 양육하는 데 중요한 요소일 것이다. 애완동물 기르기 자체가 아니라 몇 가지 잘못된 양육에 문제의식을 가져야 한다. 우리가 가장 익숙하게 생각하고 애완동물 산업이 조장하는 형식, 즉 동물을 우리에 가두고 원할 때 꺼내서 보고 쓰다듬은 뒤 다시 우리에 넣는 것은 애완동물 기르기의 여러 방식 중 하나일 뿐이다. 이는 동물과 동물 관련 상품 판매로 수익을 올리는 이들 외에 누구도(사람, 동물 모두) 만족시킬 수 없는 애완동물 기르기다. 우리에 갇힌 동물이 하는 일이라고는 앉아 있는 것뿐이니 사람이 동물에게 흥미를 잃기 쉽다. 아이들이 햄스터나 금붕어를 키우다가 지루해하는 사실이 이를 반영한다. 동물의 세계와 인간세계가 겹치는 자연스러운 지점을 찾는다면, 인공이 덜 가미되고 훨씬 더 역동적인 그 만남을 즐길 것이다. 거기서 온전한 동물을 발견할 것이기 때문이다.

행동하기 바란다. 변화는 인식에서 시작된다. 개인의 애완동물 기르기에서 지구적 애완동물 산업까지 이 책에 제기된 문제를 깊이 인식할수록 애완동물, 우리가 함께하는 동물에 대해 어떤 결정을 내릴 때 좀 더 조심스러워질 것이다. 교육을 통해 정말 동물을 기를지 신중하게 결정할 것이다. 학대와 방치, 유기

애완동물 돌보기

를 퇴치하려는 적극적인 노력에도 효과가 있을 것이다. 인식은 동물을 동정하고 연민하는 시작이다. 거기서 더 적극적인 활동과 지지를 이끌어낼 것이다. 당신이 애완동물과 애완동물 산업에 어떤 행동을 하고 조치를 취하든, 아무것도 하지 않든 일정한 결과가 나온다. 이 모든 상황에서 당신의 역할을 어떻게 정의하고 싶은가? 당신은 어떤 변화를 이끌어내고 싶은가?

3 애완동물은 누구인가?
1. 가축화의 개요는 Francis, *Domesticated* 참조.
2. Daniels and Bekoff, "Domestication, Exploitation, and Rights."
3. 개에 대해서는 Derr, *How the Dog Become the Dog*; Range and Virányi, "Tracking the Evolutionary Origins of Dog-Human Cooperation: The 'Canine Cooperation Hypothesis.'" 참조. 고양이에 대해서는 Hua et al., "Earliest Evidence for Commensal Processes of Cat Domestication"; Driscoll et al., "The Taming of the Cat." 참조.
4. Wilkins, Wrangham, and Fitch, "The 'Domestication Syndrome' in Mammals."

4 왜 애완동물인가?
1. DeLoache, Pickard, and LoBue, "How Very Young Children Think about Animals."; Melson, *Why the Wild Things Are* 참조.
2. Serpell, *In the Company of Animals*, and "Pet-Keeping and Animal Domestication." 서펠의 주장은 과장됐을 수 있다. Herzog, "Biology, Culture, and the Origins of Pet-Keeping." 참조.
3. Serpell, "Pet-Keeping and Animal Domestication," p. 13.
4. 같은 글.
5. Julius et al., *Attachment to Pets*, pp. 32~33.
6. Tuan, *Dominance and Affection*, pp. 1~2.
7. 같은 책, p. 5.

6 애완동물은 가족일까?
1. Barker and Barker, "The Human-Canine Bond."
2. Shir-Vertesh, "'Flexible Personhood': Loving Animals as Family Members in Israel."

3. Nagasawa et al., "Oxytocin-Gaze Positive Loop and the Coevolution of Human-Dog Bonds"; Archer and Monton, "Preferences for Infant Facial Features in Pet Dogs and Cats"; Bradshaw and Paul, "Could Empathy for Animals Have Been an Adaptation in the Evolution of Homo sapiens?"

4. Beck and Katcher, *Between Pets and People*, p. 57.

5. Robin and ten Bensel, "Pets and the Socialization of Children."

6. "Woman Misses the Affection That Fiancé Shows to Pets," Dear Abby, Longmont Times-Call, March 2, 2015.

7. Bowen, *Family Therapy in Clinical Practice* 참조.

8. Harker, Collins, and McNicholas, "The Influence of Current Relationships upon Pet Animal Acquisition."

9. 경험적 자료에 근거한 최근 평가에 따르면, 반려동물이 외로움을 완화하는 데 도움이 된다는 가설을 뒷받침하는 증거가 거의 없다. 동물이 외로움을 치유하는 데 도움이 된다고 주장하는 대다수 연구에 결함이 있거나 근거가 부족하다. Gilbey and Tani, "Companion Animals and Loneliness."

7 애완동물을 기르지 않는 이유

1. Mellor, Patterson-Kane, and Stafford, *The Science of Animal Welfare*, p. 125.

2. Alderman, *The Book of Times*, p. 18.

8 애완동물 데리고 자기

1. de Laroche and Labat, *The Secret Life of Cats*, p. 86에서 인용.

2. Mayo Clinic, "Are Your Pets Disturbing Your Sleep? You're Not Alone," ScienceDaily, June 3, 2014, www.sciencedaily.com/releases/2014/06/140603193830.htm.

3. 침실에서 공격적인 행동을 하는 개가 있다는 사실은 반박할 여지가 없다. 하지만 침대와 관련해 공격적인 행동을 하는 것에 대한 설명은 논란의 여지가 있다. 많은 동물행동학자가 개를 침대에 재우면 무리 내 서열에 혼란을 느끼고, 가정

에서 자신의 위치를 부풀릴 수 있다고 주장한다. 이는 '무리 내 서열'이 인간과 개의 사회적 관계에 적합한 표현이며, '지배'는 어떤 식으로 이해돼야 할지 흥미로운 논점을 제시한다. 미국동물학대방지협회American Society for the Prevention of Cruelty to Animals, ASPCA가 지배와 서열, 공격성에 관해 논의한 〈Is Your Dog Dominant?당신의 개는 지배적입니까?〉(https://www.aspca.org/pet-care/virtual-pet-behaviorist/dog-behavior/your-dog-dominant), 행동에 대한 설명으로 '지배'에 관해 논한 글은 미국동물행동수의학협회American Veterinary Society of Animal Behavior, AVSAB의 〈Position Statement on the Use of Dominance Theory in Behavior Modification of Animals동물의 행동 수정에서 지배 이론 사용에 대한 입장〉(http://avsabonline.org/uploads/position_statements/Dominance_Position_Statement_download-10-3-14.pdf, 2008), 웰페어인독트레이닝Welfare in Dog Training 의 〈What's Wrong with Using 'Dominance' to Explain the Behavior of Dogs개의 행동을 설명하기 위해 '지배'라는 단어를 사용하는 것의 잘못된 점〉(http://www.dogwelfarecampaign.org/why-not-dominance.php) 참고.

9 쓰다듬어주세요

1. Vrontou et al., "Genetic Identification of C Fibres That Detect Message-Like Stroking of Hairy Skin in vivo."
2. Ramos et al., "Are Cats (Felis catus) from Multi-Cat Households More Stressed? Evidence from Assessment of Fecal Glucocorticoid Metabolite Analysis."

10 동물과 이야기하기

1. Meints, Racca, and Hickey, "How to Prevent Dog Bit Injuries? Children Misinterpret Dogs Facial Expressions."
2. 예를 들어 Hare and Tomasello, "Human-Like Social Skills in Dogs?"; Téglás et al., "Dog's Gaze Following is Tuned to Human Communicative Signals" 참조.
3. Takaoka et al., "Do Dogs Follow Behavioral Cues from an Unreliable

Human?" 이 글에서 참고한 문헌은 개와 인간의 소통이나 개의 사회적 인지에 관해 흥미로운 정보가 있으니 찾아볼 만하다.

4. Pongrácz et al., "Do Children Understand Man's Best Friend? Classification of Dog Barks by Pre-Adolescent and Adultes."

5. Mariti et al., "Perception of Dogs' Stress by Their Owners."

6. 예를 들어 Mills, van der Zee, and Zulch, "When the Bond Goes Wrong", p. 235 참조.

7. 같은 책, p. 236 참조.

8. Grandin and Johnson, *Animals Make Us Human*, p. 74.

9. 쥐의 행동에 대해 잘 요약한 문헌은 Anne Hanson, "Glossary of Rat Behavior Terms" 참조(마지막 업데이트 2008년 6월 10일). http://www.ratbehavior.org/Glossary.htm.

10. Williams, *Ask your Animal*, p. 35.

11 동물 치장 소동

1. American Pet Products Association, "Pet Industry Market Size and Ownership Statistics," http://www.americanpetproducts.org/press_industrytrends.asp.

13 공감의 씨앗 심기

1. DeLoache, Pickard, and LoBue, "How Very Young Children Think about Animals."; Melson, *Why the Wild Things Are*.

2. Lorenz, *The Waning of Humaneness*, p. 208. Serpell and Paul, "Pets and the Development of Positive Attitudes to Animals", p. 138에서 인용.

3. 애완동물과 아이의 발달에 대한 연구 조사로 다소 오래됐지만 훌륭한 문헌은 Endenburg and Baarda, "The Role of Pet in Enhancing Human Well-being: Effects on Child Development" 참조.

4. Mueller, "Is Human-Animal Interaction (HAI) Linked to Positive Youth Development? Initial Answers."; 관련 연구 기사는 Tufts University, "Caring for Animals May Correlate with Positive Traits in Young

Adults," ScienceDaily, 2014년 1월 31일 참조. http://www.sciencedaily. com/releases/2014/01/140131230731.htm.

5. Poresky, "The Young Children's Empathy Measure"; Beetz, "Empathy as an Indicator of Emotional Development," p. 50 참조.
6. Serpell and Paul, "Pets and the Development of Positive Attitude to Animals," p. 139.
7. 예를 들어 Paul, "Empathy with Animals and with Humans: Are They Linked?" 참조.

14 애완동물과 인간의 건강

1. Alexandra Sifferlin, "Why Having a Dog Helps Keep Kids Asthma-Free," Time, June 20, 2012, http://healthland.time.com/2012/06/20/why-having-a-dog-may-keep-kids-asthma-free; Cesar Millan, "Your Dog Can Be the Secret to Weight Loss," Cesar's Way, http://www.cesarsway.com/dog-training/exercise/Your-Dog-Can-Be-The-Secret-To-Weight-Loss; Jeanie Lerche Davis, "Five Ways Pets Can Improve Your Health," WebMD Feature Archive, http://www.webmd.com/hypertension-high-blood-pressure/features/health-benefits-of-pets.
2. Headley and Grabka, "Health Correlates of Pet Ownership from National Surveys."
3. 같은 책, p. 155.
4. Selhub and Logan, *Your Brain on Nature*, p. 146.

15 동물이 옮기는 질병에 관한 생각

1. 최근 논평은 Stull, Jason, Brophy, and Weese, "Reducing the Risk of Pet-Associated Zoonotic Infections" 참조.
2. Hanauer, Ramakrishnan, and Seyfried, "Describing the Relationships between Cat Bites and Human Depression Using Data from an Electronic Health Record."
3. Weese and Fulford, *Companion Animal Zoonoses*, p. viii.

4. 이에 관한 정보를 좀 더 알고 싶다면 다음을 참조하라. Companion Animal Parasite Council("CAPC Recommendations," http://www.capcvet. org/capc-recommendations), National Collaborating Centre for Environmental Health(Angela Smith and Yvonne Whitfield, "Household Pets and Zoonoses," January 2012, http://ncceh.ca/sites/default/ files/Household_Pets_Zoonoses_Jan_2012.pdf), Center for Disease Control("Keeping Pets Healthy Keeps People Healthy Too!" 마지막 업데이트 2015년 7월 1일, http://www.cdc.gov/healthypets).

16 애완동물의 건강

1. 몇몇 법학자는 동물 학대 위반과 관련해 필요한 수의사 진료 거부 건을 확인하고 싶어 한다. 예를 들어 Hankin, "Making Decisions about Our Animals' Health Care"; Coleman, "Man('s Best Friend) Does Not Live by Bread Alone" 참조.

17 동물 사료를 둘러싼 논쟁

1. Bradshaw, "The Evolutionary Basis for Feeding Behavior of Domestic Dogs (canis familiaris) and Cats (Felis catus)."
2. Thurston, *The Lost History of the Canine Race*.
3. Tegzes et al., "Just Food for Dogs White Paper," p. 8.
4. Michael Myers, "CVM Scientists Develop PCR Test to Determine Source of Animal Products in Feed, Pet Food," *FDA Veterinarian Newsletter* 19, no.1 (January/February 2004), https://archive.is/uEie.
5. Kawalek et al., "Effect of Oral Administration of Low Doses of Pentobarbital on the Induction of Cytochrome P450 Isoforms and Cytochrome P450-Mediated Reactions in Immature Beagles."

19 당신 개는 살쪘어요!

1. McMillan, "Stress-Induced Emotional Eating in Animals."

20 응가 비상사태

1. Cinquepalmi et al., "Environmental Contamination by Dog's Faeces," p. 72.

2. Lowe et al., "Environmental and Social Impacts of Domestic Dog Waste in the UK."

21 동물의 역습

1. Centers for Disease Control and Prevention, "Preventing Dog Bites," 마지막 업데이트 2015년 5월 18일, http://www.cdc.gov/features/dog-bite-prevention/index.html; American Veterinary Medical Association, "Infographic: Dog Bites by the Numbers," 2015, https://www.avma.org/Events/pethealth/Pages/Infographic-Dog-Bites-Numbers.aspx.

2. 핏불과 위험성에 대한 논란의 분위기를 알고 싶다면 구글에서 '핏불'을 검색한다. 구체적인 예로 동물농장연합Animal Farm Foundation 웹 사이트에서 제시한 조사 자료(http://www.animalfarmfoundation.org/pages/Breed-Specific-Legislation)와 메리트 클리프턴Merritt Clifton의 "Dog Attack Deaths and Maimings, U.S. and Canada September 1982 to November 13, 2006" (http://dogbitelaw.com/images/pdf/Dog_Attacks_1982-2006_Clifton.pdf)을 비교해보라. 보호소 직원이 겉모습만 보고 견종을 판단하는 작업의 신뢰성이 의심스럽다는 의견에 대해서는 빅토리아 보이스Victoria Voith의 조사 연구(http://nationalcanineresearchcouncil.com/breed-identification-1)를 참조한다.

3. Lakestani, Donalson, and Waran, "Interpretation of Dog Behavior by Children and Young Adults."

4. Meints, Racca, and Hickey, "How to Prevent Dog Bit Injuries? Children Misinterpret Dogs Facial Expressions."

5. 로빈 베넷Robin Bennett의 웹 사이트에 아이와 개를 안전하게 보호하는 법이 나온다. "Why Supervising Dogs and Kids Doesn't Work," August 19, 2013, http://www.robinkbennett.com/2013/08/19/why-supervising-dogs-and-kids-doesnt-work.

22 애완동물과 지구

1. Bukowski and Wartenberg, "An Alternative Approach for Investigating the Carcinogenicity of Indoor Air Pollution."
2. "Breaking New Ground on Toxins in Pets," Environmental Working Group, http://www.ewg.org/successes/2008/breaking-new-ground-toxins-pets.
3. Norrgran et al., "Higher PBDE Serum Concentrations May Be Associated with Feline Hyperthyroidism in Swedish Cats."
4. De Silva and Turchini, "Towards Understanding the Impacts of the Pet Food Industry on World Fish and Seafood Supplies."
5. 애완동물 숫자 추산 : "Pet Industry Market Size and Ownership Statistics," http://www.americanpetproducts.org/press_industrytrends.asp; 휴대전화 숫자는 업계 조사에서 얻은 것으로, 〈워싱턴포스트The Washington Post〉에 보도됨(Cecilia Kang, "Number of Cellphones Exceeds U.S. Population: CTIA Trade Group," Technology(블로그), The Washington Post, October 11, 2011, http://www.washingtonpost.com/blogs/post-tech/post/number-of-cell-phones-exceeds-us-population-ctia-trade-group/2011/10/11/gIQARNcEcL_blog.html).
6. Ghirlanda, Acerbi, and Herzog, "A Case Study in Media Influence on Choice."
7. Bush, Baker, and MacDonald, "Global Trade in Exotic Pets, 2006-2012."
8. Baker et al., "Rough Trade."

23 자유를 주세요

1. 이 자료는 미국애완동물상품연합American Pet Products Association, APPA에서 얻었다. 다양한 이국적 종에 대한 수치도 얻을 수 있다. 미국수의학협회American Veterinary Medical Association, AVMA는 이보다 적은 개 7000만 마리, 고양이 7500만 마리, 새 800만 마리 등으로 추산한다. AVMA 자료는 2012년에 나온 것이지만, APPA 자료는 2014년 것이다. 2년은 두 단체 자료의 차이를 설명하기에 충분하지 않아 보인다. 두 단체가 어떤 식으로 자료를 모았는지 자세한 설명 없이는 어느 것이 더 정확한지, 두 자료의 수치가 왜 다른지 정확히 알

아내기 힘들다. APPA가 상품으로서 애완동물의 인기를 부각하기 위해 수치를 부풀렸을까? APPA 자료는 다음에서 찾아볼 수 있다. "Pet Industry Market Size and Ownership Statistics," http://www.americanpetproducts.org/press_industry-trends.asp. AVMA 자료는 다음을 참조하라. "U.S. Pet Ownership Statistics," https://www.avma.org/KB/Resources/Statistics/Pages/Market-research-statistics-US-pet-pet-ownership.aspx.

2. Warwick, "The Morality of the Reptile 'Pet' Trade," p. 79.

3. 같은 글, 추가된 참고 문헌 목록.

4. Kis, Huber, and Wilkinson, "Social Learning by Imitation in a Reptile (pogona vitticeps)."

5. Warwick, "The Morality of the Reptile 'Pet' Trade," p. 78.

6. 같은 글, p. 79.

7. Mazorlig, "Small Tanks Can Equal Big Sales," pp. 92~93.

8. Aydinonat et al., "Social Isolation Shortens Telomeres in African Grey Parrots (Psittacus erithacus erithacus)."

9. Douglas Quenqua, "An Idyllic Picture of Serenity, But Only If You're Not Inside," New York Times, December 26, 2011, http://www.nytimes.com/2011/12/27/science/fish-in-small-tanks-are-shown-to-be-much-more-aggressive.html.

10. Horowitz, "Canis Familiaris."

11. 같은 책, pp. 11~12.

12. 같은 책, p. 13.

13. 같은 책, p. 16.

14. Palmer and Sandøe, "For Their Own Good."

15. Sonntag and Overall, "Key Determinants of Dog and Cat Welfare," p. 217.

24 권태 문제

1. Wemelsfelder, "Animal Boredom," p. 81.

2. 같은 책, p. 83.

3. 같은 책, p. 84.

4. 같은 책, p. 81.

5. 같은 책.

6. 같은 책, p. 85.

25 나를 원하지 않나요?

1. Jonathan Bullington, "Niles Man Left Dog Unattended for Almost Two Months," Chicago Tribune, March 19, 2014, http://articles. chicagotribune.com/2014-03-19/news/ct-niles-animal-cruelty-arrest-tl-20140319_1_niles-man-niles-police-news-release-apartment-building.

2. 애착과 분리의 연결 고리는 복잡하다. 개가 겪는 불안 문제가 분리 불안으로 발생한다는 데 이론의 여지가 없어도 개의 행동에 대한 근본적 원인을 해석할 때는 조심해야 한다. 밀스Mills와 반 데르 지van der Zee, 줄치Zulch가 주장하듯, '분리 불안'은 문제의 근저에 깔린 인지적이고 정서적인 과정에 대한 추론을 끌어낸다. 하지만 그 추론이 정확하지 않을 수 있다. 예를 들어 주인이 없을 때 집 안의 모든 가구를 계속 씹어대는 개는 불안 장애일 수 있다. 이 개는 갇혔을 때 (자크 판 크세프Jaak Panksepp가 《Affective Neuroscience감정에 관한 신경과학》에서 'RAGE sensu'라고 부른) 좌절감으로 그런 행동을 할 가능성이 있다. 파괴 행위는 고통 때문이 아니라 정서적 체계를 찾는 긍정적인 활동일 수 있다. Mills, van der Zee, and Zulch, "When the Bond Goes Wrong," p. 235.

3. Previde and Valsecchi, "The Immaterial Cord," p. 178.

4. 같은 책.

26 동물에 대한 잔학성, 학대 그리고 방치

1. Emily Thomas, "The Collie Lost Lower Jaw, Nearly Died from Gunshot Wound," Huffington Post, March 21, 2014, http://www.huffingtonpost.com/2014/03/21/collie-lower-jaw-lad-gunshot-_n_5008200.html.

2. "Man Tries to Get Dog to Bite Bystanders by Kicking and Punching Dog," Examiner.com, February 12, 2014, http://www.examiner.com/article/man-tries-to-get-dog-to-bite-bystanders-by-kicking-and-

punching-dog?CID=examiner_alerts_article.

3. "NJ Man Charged after Dragging Dog Tied to Car," NBC New York, March 31, 2014, http://www.nbcnewyork.com/news/local/Man-Charged-After-Dragging-Dog-Tied-to-Car-New-Jersey-253102191.html.

4. "Man Says He Killed Dog Because She 'Looked at Him Funny,'" First Coast News, March 7, 2014, http://www.firstcoastnews.com/story/news/local/2014/03/07/man-kills-adopted-dog/6172801.

5. Sinclair, Merck, and Lockwood, *Forensic Investigation of Animal Cruelty*, p. 1.

6. Revised Code of Washington, sec. 16.52.205, "Animal Cruelty in the First Degree," http://apps.leg.wa.gov/rcw/default.aspx?cite=16.52.205.

7. Jessica Wilder, "Man Accused of Blowing up Dog Not Charged with Animal Cruelty," ABC News, August 6, 2013, http://abcnews.go.com/blogs/headlines/2013/08/man-accused-of-blowing-up-dog-not-charged-with-animal-cruelty.

8. Sinclair, Merck, and Lockwood, *Forensic Investigation of Animal Cruelty*, p. 21.

9. Vermeulen and Odendaal, "Proposed Typology of Companion Animal Abuse," p. 7.

10. Carlisle-Frank and Flanagan, *Silent Victims*, p. 79.

11. 같은 책, p. 77.

12. 같은 책, p. 7.

13. Mark Derr, "When Did You Stop Kicking, Hitting Your Spouse, Dog, Child?" Psychology Today(blog), October 22, 2014, https://www.psychologytoday.com/blog/dogs-best-friend/201410/when-did-you-stop-kicking-hitting-your-spouse-dog-child.

27 보이지 않는 학대

1. 프랭크 맥밀런은 동물의 정서적 고통과 행복 문제에 주목해온 열렬한 옹호자 중 한 명이다. 예를 들어 McMillan, "Emotional Maltreatment in Animals," p. 174 참조.

2. 같은 책, pp. 171~172.

29 애니멀 호딩이라는 이상한 세계

1. Patronek, "Animal Hoarding," p. 222.
2. 같은 책, p. 227.
3. 같은 책, p. 221.

30 연결 고리

1. Akhtar, *Animals and Public Health*.
2. 최근 연구 평가에 대해서는 Gullone, "An Evaluative Review" 참조.
3. Akhtar, *Animals and Public Health*, p. 30.
4. Phil Arkow, "The 'Link' with Domestic Violence," http://animalthera
   phy.net/animal-abuse-human-violence/the-link-with-domestic-
   violence.
5. Akhtar, *Animals and Public Health*, pp. 39~42.

31 도살 면허

1. Lesy, *The Forbidden Zone*, p. 4.
2. 안락사에 관한 주 법 요약은 다음에서 찾아볼 수 있다. "Summary of Each
   State's Laws on Euthanasia," American Veterinary Medical Foundation
   (마지막 업데이트 2015년 5월 5일), https://www.avma.org/Advocacy/
   StateAndLocal/Documents/euthanasia_laws.pdf.

32 도살에 저항하는 분노

1. "Destroying the Dogs," New York Times, July 6, 1877.
2. 래리 카본Larry Carbone이 강력하게 이 주장을 한다(*What Animals Want*, p.
   202).
3. 여러 철학자가 죽는 것이 낫다는 주장에 관한 문제와 죽음의 유해성에 대

해 글을 썼다. 이런 논점은 흥미롭고 유용하다. 예를 들어 다음을 참조하라. Carruthers, *The Animals Issue*; Regan, *The Case for Animal Rights*; DeGrazia, *Taking Animals Seriously*; Sapontzis, *Morals, Reasons, and Animals*.

4. Wright, "Why Must We Euthanize?" pp. 7~8.
5. McMahan, *The Ethics of Killing*, 특히 pp. 199~203.
6. 같은 책, p. 203.
7. Bresrup, *Disposable Animals*, p. 44.

33 죽음의 용액

1. Pierce, *The Last Walk*.

34 중성화를 둘러싼 논란

1. "Pets by the Numbers," Humane Society of the United States, January 30, 2014, http://www.humanesociety.org/issues/pet_overpopulation/facts/pet_ownership_statistics.html.
2. Hoffman, Creevy, and Promislow, "Reproductive Capability is Associated with Lifespan and Cause of Death in Companion Dogs."
3. Kustritz, "Determining the Optimal Age for Gonadectomy of Dogs and Cats."
4. Torres de la Riva et al., "Neutering Dogs."
5. Milani, "Canine Surgical Sterilization and the Human-Animal Bond," p. 924.
6. 같은 책.
7. 메리트 클리프턴이 2010년에 작업한 "Replacing Myth with Math: Using Data to Design Shelter Overpopulation Programs" 1장에서 피터 마시Peter Marsh가 인용한 수치다. http://www.shelteroverpopulation.org/SOS_Chapter-1.pdf.
8. Kustritz, "Determining the Optimal Age for Gonadectomy of Dogs and Cats."

9. Rollin, *Animal Rights and Human Morality*.

10. Peeters and Kirpensteijn, "Comparison of Surgical Variables and Short-Term Postoperative Complications in Healthy Dogs Undergoing Ovariohysterectomy or Ovariectomy"; DeTora and McCarthy, "Ovariohysterectomy versus Ovariectomy for Elective Sterilization of Female Dogs and Cats" 참조.

11. Alliance for Contraception in Cats and Dogs, "Zeuterin™/Esterisol™: Product Profile and Position Paper", June 2014, http://www.acc-d.org/docs/default-source/Research-and-Innovation/pppp-zeuterinesterilsol-revised-june2015-for-web.pdf?sfvrsn=2.

12. Armbruster, "Into the Wild," pp. 43, 46.

35 나쁜 브리딩에 대한 생각

1. "Puppy Mill FAQ," American Society for the Prevention of Cruelty to Animals, http://www.aspca.org/fight-cruelty/puppy-mills/puppy-mill-faq.

2. "What Everyone Needs to Know about Hunte," http://www.thehunte corporation.com.

3   "Undercover at the Hunte Corporation," Companion Animal Protection Society, 2004, http://www.caps-web.org/rescues/item/656-undercover-at-the-hunte-corporation.

4. Brandow, *A Matter of Breeding*.

36 보호소 산업의 실태

1. 보호소 도살에 관한 통계는 해석하기 어렵기로 악명 높다. 이용할 수 있는 최신 자료는 2014년 통계인데, 죽음을 당한 개와 고양이는 270만 마리로 줄어든 것으로 나온다. 이는 6년 내 최저치지만, 숫자가 줄어든 것은 동물이 죽는 장소와 도살하는 인원에 변화가 있었음을 의미할 뿐이다. 예를 들어 길고양이는 덫을 놔서 잡아 보호소로 데려가 처리하기보다 야생동물 단속반wildlife nuisance 대원이 일반적으로 보고하지 않고 바로 처리한다. 메리트 클리프턴

의 웹 사이트(Animals-24/7)에 보호소 통계에 대한 자료가 있다. 이 통계를 보고 싶으면 다음을 참조하라. Merritt Clifton, "Record Low Shelter Killing Raises Both Hopes and Questions," November 14, 2014, http://www.animals24-7.org/2014/11/14/record-low-shelter-killing-raises-both-hopes-questions.

2. Paul Leach, "Dogs 'Rescued' from Cleveland Shelter Sent to 'House of Horrors,'" Chattanooga Times Free Press, February 20, 2014, http://www.timesfreepress.com/news/local/story/2014/feb/20/dogs-from-cleveland-rescue-seized-in-morristown/132243.

3. "Executive Director of ARF Found Dead in Car with 31 Dogs," Examiner.com, November 8, 2013, http://www.examiner.com/article/executive-director-of-arf-found-dead-car-with-31-dogs?cid=taboola_inbound.

4. Leigh and Geyer, *One at a Time*, p. 52.

5. 같은 책, p. 53.

6. 같은 책, p. 52.

7. 같은 책.

8. "Pet Care Costs," American Society for the Prevention of Cruelty to Animals, https://www.aspca.org/adopt/pet-care-costs.

9. "Man Found Traveling with 62 Dogs by Minivan," January 2014, http://www.nbc4i.com/story/24429277/man-found-traveling-with-62-dogs-by-minivan(이제 페이지를 이용할 수 없음).

37 요람에서 무덤까지

1. "To Hell and Back: A Journey Inside the Pet Trade," PETA, http://features.peta.org/pettrade.

2. Ashley et al., "Mortality and Morbidity of Invertebrates, Amphibians, Reptiles, and Mammals at a Major Exotic Animal Wholesaler," p. 308.

3. 같은 글, p. 317.

38 살아 있는 산업

1. Boncy, "What Tomorrow Brings," p. 54.
2. 같은 글, p. 60.
3. 같은 글, pp. 59~60.
4. 같은 글, p. 54.
5. 같은 글, p. 59.
6. 같은 글, p. 61. 이를 위해 펫코PetCo와 조에티스Zoetis(수의약품을 판매하는 회사) 같은 대기업뿐만 아니라 PIJAC나 APPA 등 다양한 애완동물 산업 관련 단체가 애완동물의 건강 증진을 연구·장려하는 인간과동물의유대연구계획Human Animal Bond Research Initiative, HABRI에 재정 지원을 한다.

39 애완동물 산업계의 로비스트

1. "Your Freedom to Responsibly Own Fish Is at Risk," PIJAC(업데이트 2015년 3월 25일), http://www.pijac.org/marine.
2. "Dog Ownership…a Cherished American Tradition," National Animal Interest Alliance, October 3, 2013, http://www.naiaonline.org/articles/aricle/dog-ownership…-a-cherished-american-tradition.
3. "Frequently Asked Questions," Protect the Harvest, http://protect theharvest.com/who-we-are/faqs.

40 애완동물을 빌려드립니다

1. Hannah: The Pet Society, http://www.hannahsociety.com.
2. William Grimes, "Cat Café Offers a Place to Snuggle, with Reservations," New York Times, January 16, 2015, http://www.nytimes.com/2015/01/16/nyregion/cat-cafe-offers-a-place-to-snuggle-with-reservations.html?_r=0.

41 가장 큰 피해를 보는 동물 : 이국적 애완동물

1. Bush, Barker, and Macdonald, "Global Trade in Exotic Pets, 2006-

2012," p. 665.

2. 같은 책.

3. 같은 책.

42 애완동물에게 무엇이 필요할까?

1. Špinka and Wemelsfelder, "Environmental Challenge and Animal Agency."

2. 같은 책, p. 28.

3. 같은 책, p. 27.

43 동물의 삶을 풍성하게 만들려면?

1. Young, *Environmental Enrichment for Captive Animals*, p. 76.

2. 같은 책.

3. 같은 책, p. 77.

4. 이 정의는 웨멜스펠데르의 "Animal Boredom" p. 87에 나온다.

5. 같은 책, p. 87.

6. Young, *Environmental Enrichment for Captive Animals*, p. 79.

7. Braithwaite, *Do Fish Feel Pain?*

8. Salvanes et al., "Environmental Enrichment Promotes Neural Plasticity and Cognitive Ability in Fish."

9. Karen Pryor's Clicker Training website: Karen Pryor, "Fish Enrichment," Karen Pryor Clicker Training, December 1, 2004, http://www.clickertraining.com/node/29.

10. Barbara Heidenreich, "Cute Guinea Pigs Play Basketball," December 22, 2013, https://www.youtube.com/watch?v=0461ujOgBy8#t=81.

44 어떤 동물이 애완동물이 되기에 적합할까?

1. Burghardt, "Environmental Enrichment and Cognitive Complexity in Reptiles and Amphibians."

2. FooPets: http://www.foopets.com.

45 더 잘 보호하기

1. Faunalytics, "Animal Tracker, Year 6," 2013, https://faunalytics.org/feature-article/animal-tracker-year-6/#. (전체 보고서는 등록된 사용자만 이용할 수 있다.)
2. On legal changes, Phillips, *Defending the Defenseless*; Animal Legal Defense Fund(http://aldf.org); Born Free USA(http://www.bornfreeusa.org); Companion Animal Protection Society(http://www.caps-web.org).

46 애완동물을 대변하며

1. Bok, "Keeping Pets," p. 791.
2. Lippmann, *Public Opinion*.

반려동물 기르기의 윤리학

당신 개는 살쪘어요!

펴낸날 _ 2019년 5월 24일 초판 1쇄
지은이 _ 제시카 피어스(Jessica Pierce)
옮긴이 _ 조은경
만들어 펴낸이 _ 정우진 강진영 김지영
꾸민이 _ Moon&Park(dacida@hanmail.net)
펴낸곳 _ (04091) 서울 마포구 토정로 222 한국출판콘텐츠센터 420호
편집부 _ (02)3272-8863
영업부 _ (02)3272-8865
팩 스 _ (02)717-7725
이메일 _ bullsbook@hanmail.net/bullsbook@naver.com
등 록 _ 제22-243호(2000년 9월 18일)
ISBN 979-11-86821-36-7 03840

이 도서의 국립중앙도서관 출판시도서목록(CIP)은 서지정보유통지원시스템 홈페이지(http://seoji.
nl.go.kr)와 국가자료공동목록시스템(http://www.nl.go.kr/kolisnet)에서 이용하실 수 있습니다.
(CIP제어번호 : CIP2019017090)